CÉU DE GUERRA

RENATO A. AZEVEDO

UNDERLINE
PUBLISHING

ISBN-13: 978-1-949868-50-0

Text Copyright © 2021 Renato A. Azevedo

Ilustração da Capa:
Paulo Baraky Werner (www.terradelund.com.br)

1ª edição, 2021

Publicado por Underline Publishing LLC
www.underlinepublishing.com

Todos os direitos reservados

Todos os direitos reservados. Nenhuma parte desta publicação pode ser reproduzida — em qualquer forma ou por qualquer meio, seja mecânico ou eletrônico — tampouco armazenada em sistemas de banco de dados, sem a expressa autorização, por escrito, da editora, exceto no caso de breves citações incluídas em revisões críticas.

Os personagens e eventos descritos neste livro são fictícios. Qualquer semelhança com pessoas da vida real é mera concidencia.

PREFÁCIO

A obra que você tem em mãos, Céu de Guerra, de Renato Azevedo, é uma obra que se enquadra tanto no gênero *Dieselpunk** como no gênero de relatos de guerra em que combatentes, no caso pilotos da Segunda Grande Guerra, contam suas experiências em primeira mão, nos levando aos *cockpits* de seus aviões, sejam Mustangs, Spitfires, Zeros e Stukas, ou ainda nas cabines de bombardeiros como os Avro Lancasters ou as Fortalezas Voadoras.

---

*Observação: *Dieselpunk* é um subgênero da Realidade Alternativa que normalmente acontece na primeira metade do século XX, muitas vezes, como no caso, na II Guerra Mundial, e no qual a tecnologia do diesel é muito mais avançada do que acontece ou aconteceu em nossa realidade. Este subgênero surgiu, como o Steampunk (que trabalha com o vapor e normalmente na Era Vitoriana) do *Cyberpunk*, que nasceu na década de 80 do século XX como uma contraposição à Ficção Científica utópica dos anos 50, dizendo que se o mundo continuasse como estava o início do século XXI seria de alta tecnologia "Cyber", e baixo nível de vida "punk". Como estes três, muitos outros subgêneros da Realidade Alternativa, como *Stonepunk* (Idade da Pedra), *Bronzepunk* (Idade do Bronze), *Sandalpunk* (Império Romano), Middlepunk ou *Candlepunk* (Idade Média), *Clockpunk* (Renascença), *Atomicpunk* e *Transistorpunk* (segunda metade do século XX), existem.

Aqui, no entanto, como toda boa obra de Realidade Alternativa, a tecnologia vai muito além da sua época. Mesmo assim Céu de Guerra mantém os pés no chão e a seriedade dos livros de guerra clássicos, de modo que você não verá aqui robôs gigantes ou aviões que batem asas como pássaros ou ainda que são submarinos, como no filme "Capitão Sky e o Mundo de Amanhã", o qual, inclusive, foi uma das influências do autor. Neste livro, além dos aviões que eu citei e que muitos aficcionados já conhecem, você também verá aviões e outra armas experimentais reais e também criadas pelo autor. E não só nazistas, como a asa-voadora Horten Ho 229, o foguete Messerschmitt Me 163 Komet, o foguete helicóptero Focke-Wulf Triebflugel, ou porta-aviões aéreos baseados nos antigos zepelins e mesmo bases orbitais; mas também armas experimentais aliadas.

Na verdade, mais do que isso, pois como um bom *Dieselpunk*, em Céu de Guerra, o pai da aviação Alberto Santos Dumont além de ser um dos precursores da aviação moderna, também fundou a Aeronáutica Dumont e a empresa, assim como o Brasil, está na vanguarda da indústria aeronáutica da época. Deste modo, você encontrará aqui jatos experimentais brasileiros, como o Dumont D-90 Bis e outros voando no teatro de guerra europeu.

E além de toda essa tecnologia, a história também tem, como toda história de guerra, um foco muito humano, com os pilotos Ricardo Almeida, um brasileiro que teve de se mudar para a Inglaterra após quase ter sido acusado de traição no Brasil, e a inglesa Denise Landron, assim como do mecânico experimental Matheus Kirk à frente do lendário Esquadrão Ouro, que é tão famoso e eficaz no universo de Céu de Guerra quanto a esquadrilha Rogue é em "Star Wars".

Então, seja bem-vindo a este universo alternativo histórico e que sua imaginação consiga levar você aos *cockpits* e cabines tanto de caças e bombardeiros clássicos, como também de inovadores e experimentais através dessa versão impar da segunda guerra mundial criada por Renato Azevedo.

Gianpaolo Celli

Gianpaolo Celli é escritor, editor, redator, tradutor, leitor crítico, preparador de textos, ghost writer e consultor editorial. Entre outros organizou e foi coautor dos livros Steampunk – Histórias de Um Passado Extraordinário (Tarja Editorial, contos, 2009), o primeiro livro de Steampunk do Brasil, Retrofuturismo (Tarja Editorial, contos, 2013), o primeiro livro a juntar as principais vertentes da literatura punk do mundo. Este último, como o Steampunk – Contos do Mundo do Vapor (Dragonfly, contos, 2017) contou com a participação do Renato Azevedo.

CAPÍTULO I

SOBRE A ALEMANHA NAZISTA, 5 DE JULHO DE 1944, 11:04 H.

O imenso grupo de bombardeiros B-17 cruzava os céus a 9000 m de altitude. No frio reinante em torno dos aviões, compridos rastros de condensação se formavam devido à descarga de seus quatro motores Cyclone de nove cilindros equipados com turbocompressores. Mais de um tripulante se permitia perder alguns instantes para observar aquele espetáculo.

Os bombardeiros faziam parte da Oitava Força Aérea Norte-Americana, e se dirigiam ao vale do Ruhr, dentro do território da Alemanha nazista. Era uma zona altamente industrializada, que há anos vinha sendo bombardeada para comprometer o esforço de guerra de Hitler.

O desembarque aliado na Normandia, o Dia D como já havia sido anunciado pela imprensa, havia ocorrido no mês anterior, e as tropas aliadas, mesmo diante da tenaz resistência nazista, avançavam rapidamente na França ocupada. Hitler e seu alto comando, apanhados de surpresa, haviam ordenado que os aliados fossem combatidos e levados de volta às praias. Um e outro tripulante daquela grande formação havia ouvido notícias de estranhos ataques, efetuados por aeronaves diferentes de tudo que já havia sido visto. Mas eram apenas boatos, segundo seus superiores, os quais se esforçavam para que a moral elevadíssima diante dos acontecimentos se mantivesse assim. Havia uma guerra para vencer, e os jovens soldados precisavam de todo incentivo possível, pois o inimigo cruel e desumano não iria tornar as coisas fáceis.

— Aí vêm eles, pessoal!

Por toda a grande formação, tripulantes ouviram seus comandantes darem esse aviso. Artilheiros se prepararam, e logo as torretas dos B-17, que lhe concediam o apelido de Fortaleza Voadora, cuspiam balas contra os Messerchmidt Me-109 nazistas que vinham assediar a esquadrilha.

O combate era feroz, com os caças alemães vindo de todos os lados. O fogo antiaéreo, conhecido como *flak*, explodia em torno dos bombardeiros, e muitos B-17 eram atingidos, explodiam, ou apenas se inclinavam e começavam a cair soltando fumaça. Gritos eram ouvidos pelos fones de todos os tripulantes, e logo apareciam os caças de escolta, P-51B Mustangs e P-47 Thunderbolts, que davam combate aos Messerchmidt.

— Mas o que é isso...!?

Dois B-17 explodiram subitamente, quando três pequenos aviões, com fuselagem curta e sem cauda, e asas enflechadas, passaram pela formação vindos de baixo a uma velocidade alucinante. Enquanto tanto os artilheiros dos bombardeiros quanto os pilotos de caças aliados tentavam em vão desviar-se daqueles aparelhos, os Me-109 aproveitaram-se e abateram mais um B-17.

Estava quase impossível manter a formação, quando os pequenos aviões, reconhecidos como Messerchmidt Me-163 movidos a foguete, passaram novamente pela formação, despejando seus disparos de 30 milímetros e abatendo mais um B-17. Um deles foi destruído por um Mustang, que logo era atingido por disparos de outro avião estranho.

O Messerchmidt Me-262 havia aparecido recentemente, e ao contrário do foguete Me-163, tinha duas turbinas a jato, era muito manobrável e tinha grande autonomia. Além de tudo, era mais veloz que qualquer coisa com asas que os Aliados possuíssem, e muitos dos caças de escolta americanos foram abatidos, e mais três B-17 caíram devido ao fogo de apenas quatro Me-262.

— Onde está nossa escolta? Haviam prometido que teríamos mais apoio! — berravam muitos dos comandantes, tentando salvar seus aviões e tripulação, e ainda se manter na rota certa.

Os operadores de rádio dos bombardeiros enviavam mensagens de socorro insistentes, e um pouco de ânimo surgiu quando um dos jatos alemães foi abatido por dois Mustangs. Mas os demais aparelhos nazistas continuavam fustigando os B-17, e se mais alguns bombardeiros fossem perdidos, a missão estaria comprometida.

O comandante de um dos B-17 na dianteira da formação teve tempo de ver um Me-262 vindo de frente com seus poderosos canhões de 30 milímetros já começando a atirar. Balas furaram a fuselagem do bombardeiro, e o alemão parou de atirar por um momento, a fim de posicionar melhor seu caça a jato e abater o bombardeiro. O comandante gritou:

— Preparar para receber fogo inimigo, a postos!

O jato se aproximava pela vulnerável frente do B-17, e os tripulantes sabiam que, assim que disparasse, seu avião e eles próprios seriam destruídos. O bombardeador no nariz envidraçado tentava enquadrar o jato na mira da torre de tiro no queixo do bombardeiro, mas era veloz demais.

Parecia o fim. Mas subitamente, o céu diante deles ficou todo vermelho, destroços voavam em todas as direções, e por um triz seu avião não fora atingido.

Dois Mustangs P-51D, o mais moderno caça americano a entrar em serviço, passaram zunindo a uma velocidade inacreditável, vindos de cima e da direita. O comandante e seu copiloto tiveram a impressão de ver fogo saindo da cauda dos aparelhos, e de relance viram que o nariz e o leme dos P-51 eram pintados de amarelo vibrante. Os tripulantes se surpreenderam ao ouvir uma voz feminina dizer:

— Atenção grupo de bombardeio, seguir para o alvo. Não se preocupem, o Esquadrão Ouro está aqui para protegê-los.

A tenente Denise Landron, líder da Segunda Unidade do Esquadrão Ouro, disse a seus companheiros, com seu sotaque britânico bem marcante:

— Agora, vamos acabar com esses chucrutes!

As tripulações dos B-17, maravilhadas, contemplaram a ação enquanto os Mustangs perseguiam os Messerchmidts. Os dois Me-262 restantes, mesmo com sua maior velocidade, foram abatidos. Os Me-109, caças padrão da Luftwaffe, não tiveram chance melhor. Os bombardeiros puderam seguir para seus alvos, e logo as instalações industriais alemãs no Ruhr eram atingidas por toneladas de bombas. Hitler, sem dúvida, não ficaria nada satisfeito.

No retorno, os tripulantes dos bombardeiros e dos caças de escolta comentavam sem parar os impressionantes eventos. O Esquadrão Ouro já havia se retirado, mas o caminho de volta fora tranquilo. A Luftwaffe já experimentava sérios problemas de escassez de combustível, e foram poucos os caças inimigos a aparecer, rapidamente sendo abatidos ou afugentados pela escolta.

Mas os tripulantes ainda conversavam, e a maioria absoluta ainda custava a acreditar que o Esquadrão Ouro realmente existia. Quase todos os oficiais de primeiro escalão afirmavam com convicção que aquilo era invenção, uma arma de propaganda contra os nazistas.

Propaganda ou não, o fato é que aqueles P-51D pareciam muito especiais. Perseguindo os jatos alemães, muitos artilheiros e tripulantes observaram chamas saindo da parte de trás dos caças, ao mesmo tempo em que a abertura ventral, a entrada de ar para o radiador do motor, parecia crescer, o que dava um impulso extraordinário aos caças. Muitos foram os que viram isso, mas ninguém conseguiu imaginar uma explicação.

Quilômetros adiante, já em território amigo, Denise conversou rapidamente com seus companheiros, e mudaram a rota para retornar a sua base, na Inglaterra. Ela desligou, e disse consigo mesma:

— Como será que Ricardo está se saindo?

A 100 KM DO LITORAL DA INGLATERRA, ATLÂNTICO NORTE, 5 DE JULHO, 17:12 H.

O comboio que se aproximava das Ilhas Britânicas era pequeno, mas a escolta pesadamente armada fazia notar que o mesmo, e especialmente sua carga, devia ser muito importante.

Normalmente, os comboios que trafegavam por aquela rota recebiam a denominação SC, seguida por um número. Mas devido à carga, aquele não havia recebido qualquer identificação, possuindo apenas um código secreto para ser reconhecido nas trocas de mensagens por rádio.

Os navios seguiam trabalhando intensamente, e rápidas mensagens de rádio eram trocadas com as bases na ilha. Dois B-24 do Comando Costeiro da RAF davam rasantes sobre o comboio, para em seguida voltar a subir, caçando possíveis submarinos alemães. Os U-Boats haviam sido um verdadeiro flagelo sobre os comboios aliados, especialmente no Atlântico e no Mar do Norte, estes destinados a abastecer a União Soviética. A situação chegou a ficar desesperadora entre 1942 e 1943, mas a entrada em serviço da nova classe de porta-aviões de escolta, do qual dois acompanhavam aquele comboio, mais a disponibilidade de aeronaves melhores como os Beaufighters britânicos e uma série de aviões americanos como o grande B-24, contribuíram pra afastar o risco das alcateias de U-Boats.

Já estavam a menos de 100 quilômetros de Penzance, na Cornualha, e seu destino era a Baía de Cardigan. Caças Spitfire e Tempest sobrevoavam o comboio, e os porta-aviões de escolta recolhiam mais um grupo de patrulhamento, preparando-se para lançar mais aeronaves, quando tudo começou.

Sem qualquer aviso, explosões aconteceram no convés de voo de um dos porta-aviões e em um destróier da escolta. O alarme soou, mas os navios civis do comboio sofreram uma primeira passagem de estranhas aeronaves, que pareciam constituídas apenas por uma delgada asa enflechada. Disparos atingiram as embarcações, e os estranhos objetos deram a volta para mais um ataque.

O segundo porta-aviões mal teve tempo de lançar suas aeronaves de prontidão, quando também foi atingido por uma bomba. A explosão na pista foi bem menor do que no primeiro navio, mesmo assim produziu severos danos. Um número não definido das estranhas aeronaves, voando velozmente e vindas aparentemente do nada, atacava o comboio.

Mensagens de rádio eram trocadas em tom desesperador, enquanto os atacantes davam mais uma passagem. Novas explosões atingiram o primeiro porta-aviões atacado, e o navio tentou se afastar praticamente coberto pelas chamas. Um dos navios do comboio sofreu também uma grande explosão, e começou a afundar.

Um dos B-24 do Comando Costeiro da RAF, tentando ajudar, interpôs-se entre os atacantes e os navios, tentando atingir alguns dos inimigos com o fogo das metralhadoras de suas torretas. Mas foi atingido em cheio por uma das aeronaves, e a bola de fogo e destroços caíram no mar.

Os caças nada podiam fazer, pois os intrusos eram velozes demais. Para os membros do comboio que detinham informações mais atualizadas, parecia que os inimigos eram propelidos a jato ou a foguete.

Tudo indicava que seria uma carnificina, quando surgiu um grupo de vinte P-51 Mustangs, ostentando as cores vibrantes do Esquadrão Ouro.

— Rapazes, vamos pegá-los — disse capitão Ricardo Almeida.

Ele era o comandante do Esquadrão Ouro, e fez uma curva acompanhado por seus alas, apontando o Mustang na direção dos atacantes. Estes pareceram reconhecer que agora teriam um páreo duro, pois deram as costas ao castigado comboio, e aproximaram-se dos Mustangs com velocidade inacreditável. Eram cerca de quinze, e o fogo dos P-51 abateu dois deles. Porém três Mustangs passaram a soltar muita fumaça quando as duas formações se cruzaram.

— Chefe, quem são esses caras?

A pergunta soou nos fones de Ricardo, e ele reconheceu de imediato a voz de cantor de jazz do tenente Tony Reynolds. O habilidoso piloto negro, que Ricardo havia recrutado do famoso esquadrão Tuskegee, formado apenas por negros, era seu ala e braço direito. Ricardo respondeu:

— Não sei, mas não podemos permitir que destruam o comboio. Atrás deles!

Fazendo a volta, Ricardo liberou a capa vermelha que cobria uma pequena alavanca no painel do Mustang, um dos equipamentos especiais das máquinas daquele esquadrão de elite. Com um clique no comando, cilindros hidráulicos acionaram a abertura da tomada de ar ventral do P-51, ao mesmo tempo em que a metade inferior do leme do avião se abria em duas, expondo o bocal de uma pequena turbina a jato.

O motor foi ligado no mesmo instante, e Ricardo sentiu um brutal empurrão nas costas. Os demais Mustangs também aceleraram vertiginosamente, saindo no encalço das asas voadoras inimigas. Assim que conseguiram alcançá-las, dispararam suas metralhadoras, e mais duas explodiram em chamas.

Ricardo ordenou aos três Mustangs de seu grupo que retornassem e protegessem o comboio, enquanto o resto do esquadrão perseguia os inimigos. Um grupo destes fez uma curva incrivelmente acentuada, voltando a disparar contra eles. Mais um foi atingido, mas seguiu no combate.

Os grupos se dispersaram, e Ricardo já havia percebido que algumas das asas voadoras não eram tão ágeis nas manobras quanto a maioria delas. Foi Tony quem percebeu uma diferença entre um e outro tipo de aeronave:

— Capitão, eles não têm cabine! Não têm pilotos!

Os dois estavam tendo dificuldades de tirar de suas caudas dois inimigos. Ricardo conseguiu olhar para trás, e viu uma terceira asa:

— Tony, tem uma terceira atrás das que nos perseguem. Parece que essa sim tem uma tripulação. As outras devem ser pilotadas por controle remoto, por isso fazem curvas tão acentuadas. Não há piloto para sofrer com as forças G.

Ricardo puxou subitamente o manche para trás, ao mesmo tempo em que desligava a turbina e acionava os freios aerodinâmicos nas asas, sentindo seu corpo ser jogado contra os cintos de segurança. Conforme pretendia, o inimigo o ultrapassou, e o capitão mal teve tempo de enquadrá-lo na mira e apertar o gatilho. Mais uma das asas fora destruída. Ele voltou a acionar a turbina, e viu que Tony fizera uma grande curva, a mais fechada que conseguiu. Mas os dois inimigos, incluindo o que não possuía tripulação, o seguiram.

O capitão tomou um rumo direto contra eles, acelerando tudo. Pelo rádio, avisou Tony:

— Assim que eu disser, vire para sua direita e para baixo.

— Mas capitão...

— Quer fazer o que digo!? Espere... agora!

Tony mergulhou seu P-51, sentindo sua visão ficar turva por um instante com a tremenda pressão. As asas voadoras o ultrapassaram, e Ricardo, vindo de frente, disparou suas armas. A que tinha a cabine bem visível explodiu, ao passo que a outra tombou sobre um dos lados e mergulhou no oceano.

Os demais pilotos do esquadrão lidaram com os inimigos da melhor forma que conseguiram. Mas sobraram mais duas asas voadoras com cabine, e cerca de sete não tripuladas, que subitamente apontaram para cima, e dispararam o que pareciam ser motores de foguete.

Já havia determinado que os aparelhos possuíam duas turbinas, e as descrições que Ricardo ouviu pelo rádio davam conta que se assemelhavam muito a modelos de aeronaves avançadas que a Inteligência Aliada descobrira que os nazistas estavam tentando desenvolver. Que um tipo como aquele estivesse disponível, e demonstrasse tamanha capacidade operacional, era surpreendente. E pior, poderia ser uma grande ameaça aos Aliados.

Ricardo olhou para baixo, vendo que a asa que havia caído sozinha flutuava na água. Um contratorpedeiro era visível aproximando-se, e o capitão pediu que tivesse extremo cuidado. A seguir, disse a Tony e os outros:

— O que estão esperando? Atrás deles!

Usando as reservas de combustível, acionaram novamente as turbinas auxiliares e apontaram os P-51 para cima. Era a primeira vez que Tony experimentava essa capacidade dos Mustangs modificados do Esquadrão Ouro, e quase se esqueceu da máscara de oxigênio.

Os rastros dos inimigos eram bem visíveis, e os P-51 os seguiam de longe. Passaram de dez mil metros de altitude, depois dos quinze mil, e estavam se aproximando dos vinte mil metros, quando Ricardo e Tony ficaram sozinhos, pois as reservas de combustível dos companheiros estavam ficando críticas.

— Tudo bem, rapazes, voltem para casa — disse Ricardo.

O capitão apurou os ouvidos, e percebeu que, naquela altitude, o ar rarefeito não permitia o funcionamento dos motores normais dos aviões. Embora a hélice continuasse girando livre, o Packard Merlin V-12 havia parado de funcionar. O céu ao redor deles estava já absolutamente escuro, e olhando ao longe, Ricardo enxergava a totalidade das Ilhas Britânicas e boa parte da Europa conflagrada. Mais ao sul, os contornos da África se delineavam, enquanto no céu as estrelas brilhavam mais fortes do que nunca. Nesse momento, Tony chamou pelo rádio:

— Chefe, estou quase sem combustível. Vai ser difícil até voltar para casa...

— Volte, Tony, vou continuar.

— Capitão, não estamos nos aproximando dos inimigos, na verdade mal consigo vê-los. Acho que é melhor o senhor...

— Tenente, acho que lhe dei uma ordem.

— Sim, senhor. Cuidado, capitão.

Tony virou o Mustang, e apontou-o para um mergulho suave.

Não podiam descer a pique, pois com a velocidade se aproximando da velocidade do som, os Mustangs seriam completamente esfacelados. Mas Tony tinha razão, pensou Ricardo, quando tentou divisar lá no alto os inimigos, e não mais os viu. Nesse instante, outra voz se fez ouvir em seus fones de ouvido:

— Ricardo, esqueça, amigo, eles já passaram de trinta mil metros, a uma velocidade que você não vai acreditar. Nunca vai conseguir, e ficará sem combustível logo. Volte!

— Kirk, estou tentando obter toda a informação que puder sobre esses...

— Pois já temos mais do que poderíamos esperar. Conseguiram tirar aquela que caiu da água. Volte, amigo.

A contragosto, Ricardo admitiu que o amigo tinha razão. Apesar de jovem, Matheus Kirk era um dos maiores gênios aeronáuticos dos aliados e o chefe da Divisão de Engenharia do Esquadrão Ouro.

Desligou a turbina, tipo Mattarazzo J-3, e o Mustang iniciou o mergulho. A contragosto, o capitão acionou outro dispositivo quando o caça começou a balançar muito, e a metade superior do leme se abriu, liberando um paraquedas para frear a queda do P-51. Após muitas tentativas, com o amperímetro no painel apontando uma carga nas baterias cada vez mais fraca, finalmente o Merlin foi acionado aos 8 mil metros, e Ricardo pôde controlar o avião.

Verificou desanimado o marcador de combustível, e viu que nunca conseguiria chegar nem ao litoral da Inglaterra. Mas Kirk voltou a chamar pelo rádio:

— Então, está sem combustível, hein?

Antes que Ricardo respondesse, o engenheiro respondeu:

— Calma, que logo você vai poder tomar um lanche rápido...

Minutos depois, Ricardo aproximava seu Mustang com o combustível muito baixo a um bombardeiro XB-32 americano convertido em avião tanque. Aquela manobra fora muito treinada nas últimas semanas, à custa de muitas mangueiras do avião tanque cortadas pelas hélices dos Mustangs. Do tanque extra instalado abaixo da asa esquerda estendeu-se uma sonda em forma de cano, que se encaixou no cone da ponta da mangueira, que por sua vez pendia da ponta da asa direita do XB-32.

Kirk estava a bordo de outro XB-32 convertido, cujo dorso era tomado por quatro antenas em forma de T, o radar mais potente já instalado em uma aeronave. Tentou conseguir dois dos novos B-29 para aquelas tarefas, mas os americanos não os haviam liberado, forçando-o a se contentar com o aparelho da companhia rival. O engenheiro disse:

— Muito bom, capitão, agora podemos ir para casa. O resto do esquadrão já deve estar chegando a essa hora.

— Kirk, e nossa presa?

— A asa voadora inimiga deve chegar ao porto amanhã, e depois mais um dia para chegar a nossa base por terra.

Haviam perdido dois Mustangs naquele confronto. As informações ainda eram desencontradas, mas o porta-aviões de escolta atacado primeiro havia sofrido sérios danos. Um dos navios do comboio fora a pique, mas felizmente os demais haviam passado com poucos danos. Mas muitos bons homens haviam perecido, incluindo a tripulação do B-24 destruído.

— O que está acontecendo, Kirk? — perguntou Ricardo. — Quem são esses caras?

— Nossas tropas que avançam desde a Normandia têm enfrentado alguns problemas semelhantes, chefe — respondeu Kirk. — Não foi um caso isolado, infelizmente. Espero que possamos aprender algo com a máquina que caiu.

Ricardo, terminado o abastecimento, saiu em disparada com destino a base do Esquadrão Ouro. Imaginava que os comandos envolvidos em toda aquela operação já estariam disputando a posse da máquina estranha.

CAPÍTULO 2

WASHINGTON D.C, 5 DE JULHO DE 1944, 18:02 H.

As ruas da cidade estavam tomadas. As pessoas saíam as ruas para aproveitar a temperatura agradável do verão. As notícias da guerra distante contribuíam para que o clima fosse permanentemente tenso na capital, e por isso todos buscavam descansar e relaxar em qualquer oportunidade que aparecesse.

A movimentação com carros e veículos motorizados em geral encontrava-se vetada ao grande público, sendo liberada apenas em casos excepcionais. No esforço de guerra, para poupar combustível e matérias-primas, apenas funcionários públicos do governo, forças policiais e militares podiam valer-se de veículos. A população em geral andava a pé ou de bicicleta, mas ninguém reclamava.

Era preferível fazer aquele sacrifício para garantir a vitória sobre o Eixo. Não eram apenas os soldados, nos distantes teatros da guerra, que lutavam. A população que ficara na terra natal dava sua contribuição nas fábricas, plantações e todos os lugares, enquanto tentava manter a vida dentro da normalidade possível naqueles tempos.

Após o covarde ataque japonês a Pearl Harbor em dezembro de 1941, todas as providências haviam sido tomadas para que nunca mais o território dos Estados Unidos fosse atingido pelo fogo inimigo. Os relatos que, apesar da censura oficial, chegavam pela imprensa davam conta de que Hitler estava desenvolvendo pavorosas armas de destruição, como aviões a jato, e potentes foguetes como as bombas V-2 que estavam caindo em Londres nas últimas semanas. Os primeiros ataques, com as vagarosas V-1, apesar de duros e causarem pavor inicial, não foram suficientes para abalar o moral da população britânica, pois os mais velozes caças aliados podiam interceptá-las.

Eram as novas V-2, grandes foguetes cuja interceptação era impossível, que haviam semeado o pânico na Inglaterra, e nos Estados Unidos havia o grande receio de que os nazistas as lançassem a partir de seus submarinos U-Boat. Navios da Marinha americana patrulhavam incessantemente suas costas, caças e bombardeiros estavam em prontidão revezando-se no ar. E mesmo que após o Dia D a maré da guerra parecesse cada vez mais mudar a favor dos Aliados, aquela nação mantinha-se atenta e vigilante.

Mas nenhuma vigilância poderia impedir o caos que se espalhou por Washington quando explosões começaram subitamente a acontecer naquele agradável final de tarde, ocorrendo a esmo em várias regiões da cidade. Sem qualquer aviso, parecia que bombas estavam literalmente caindo do céu. Os poderosos holofotes da defesa aérea foram acionados, caças foram enviados e os canhões antiaéreos permaneciam em prontidão.

Pessoas corriam e gritavam em pânico, algumas eram pisoteadas ou caíam ao chão, e muitos olhavam para cima buscando as aeronaves inimigas responsáveis por aquele ataque repentino.

Mas nenhum avião inimigo foi encontrado. No oceano, não havia qualquer sinal dos *U-Boats*. Explosões aconteceram nas proximidades da Casa Branca e do Congresso, mas felizmente nenhum dos principais prédios da administração americana fora atingido. O ataque acabou tão subitamente quanto havia começado.

Houve pânico, muitas pessoas se feriram no caos e na correria, e vítimas fatais foram retiradas horas depois dos escombros fumegantes dos edifícios e casas atingidos. O ataque não paralisou nem o governo, nem a máquina de guerra americana, e de fato os locais das explosões pareciam ter sido atingidos puramente por acaso.

Mas uma nação teve uma noite conturbada, e foram poucos os que conseguiram dormir. Parecia que a guerra havia finalmente chegado.

NOVA YORK, 6 DE JULHO, 9:04 H.

Os jornais que circularam por todo o país naquela manhã traziam quase as mesmas notícias. O ataque a Washington quase não havia deixado espaço nas edições da manhã para outro assunto.

Alguns jornalistas, com fontes mais importantes dentro da hierarquia militar, já especulavam que Hitler estava lançando mão de suas fabulosas armas secretas. Os navios patrulhando a costa não encontraram qualquer sinal de submarinos hostis, e a já grande rede americana de radares não havia detectado qualquer avião inimigo. Pela experiência britânica, sabiam que mesmo com sua velocidade inacreditável de 5000 quilômetros por hora, os foguetes V-2 apareceriam nos radares.

Mas os danos, com exceção de algumas edificações atingidas por mais de um projétil, não eram compatíveis com a ogiva de uma tonelada de uma V-2. Crateras isoladas em ruas e avenidas eram similares, entretanto, com os estragos de bombas alemãs comuns de 500 kg. Mas não se fazia qualquer ideia de como fora possível aos nazistas realizar um ataque como aquele. Mesmo que os estragos não houvessem sido graves, sem dúvida nada que se igualasse a carnificina de Pearl Harbor, o estado de ânimo da população estava abalado. Todos estavam apavorados, pois se o inimigo podia atingir impunemente a capital da nação, ninguém estaria seguro.

— Tantas teorias e especulações, e tenho certeza de que nenhuma sequer se aproxima da verdade! — Valentina Sheridan fez a observação enquanto lia a manchete de um jornal concorrente.

O editor do *East Coast Tribune*, Maximillian Scott, respondeu:
— Tudo o que podemos fazer é especular, Valentina.
— Ora, Max, e por que você acha que é assim? Fomos pegos de surpresa, e nem eles sabem com o que estamos lidando!

A repórter balançou os longos cabelos loiros, levantou-se e caminhou até a janela, dizendo:
— Hoje ou amanhã pode ser Nova York, ou qualquer outra cidade. O que não entendo é que Roosevelt não disse nada! Nenhum pronunciamento, informação, nada!

— Val — disse Scott usando o apelido pelo qual costumava chamar sua melhor jornalista — o governo certamente deve estar buscando uma forma de acalmar a população...

— Enquanto não faz qualquer ideia de quem ou o que está realmente por trás disso.

O dia passou sem novidades. Valentina ligou o dia todo para seus contatos no governo e no meio militar, mas não conseguiu qualquer informação nova. Falava-se muito nas armas secretas de Hitler, em foguetes de longo alcance ainda maiores que as V-2, mas a verdade é que ninguém tinha uma explicação.

Esperava-se outro ataque no começo da noite, e as maiores cidades estavam em alerta. Mas nada diferente aconteceu.

Valentina estava a ponto de deixar a redação do *Tribune* por volta das 19 horas, quando recebeu um telefonema. Atendeu dizendo seu nome e ouviu uma voz sussurrar:

— Senhorita Sheridan, preciso encontrá-la. Central Park, na praça próxima ao portão 3, às oito da noite. Venha sozinha, é muito importante.

A repórter tentou dizer algo, mas o homem que parecia amedrontado desligou.

Scott, diante do que Valentina disse, foi radicalmente contra a ideia:

— Val, você está ficando louca? Sair à noite, com essas ruas desertas, ir encontrar um desconhecido!? E ainda por cima, que fala com sotaque alemão?

Valentina, entretanto, estava irredutível, verificou se tinha lápis, caneta e seu bloco de anotações na bolsa, apanhou sua câmara, vestiu um sobretudo contra o frio da noite de começo de verão, e sorriu para seu editor:

— Max, pode estar relacionado aos ataques, e o que mais poderia ser?

O editor tentou se conformar. Quando Valentina decidia uma coisa, era impossível convencê-la do contrário. Apanhou algo no bolso e estendeu a ela, dizendo:

— Ao menos vá com meu carro.

A repórter colocou seu chapéu, sorriu novamente e saiu.

CENTRAL PARK, PORTÃO 3, 20:06 H.

Valentina olhava constantemente para o relógio. O informante, se é que poderia chamá-lo assim, estava atrasado.

As ruas estavam vazias, poucas pessoas eram vistas, mas a repórter não sentia medo. Já enfrentara situações bem mais arriscadas do que aquela. Alguns transeuntes passaram apressados, olhando constantemente para cima. No céu, os fachos de luz dos potentes holofotes buscavam incessantemente algum intruso, mas a noite estava calma.

Val ouviu passos, virou-se, e observou um homem movendo-se entre as árvores que delimitavam a praça. Estava muito escuro e ela não conseguia ver suas feições, mas como obviamente o sujeito parecia temeroso, deduziu que fosse o mesmo que lhe telefonara. Caminhou até próximo da árvore onde ele se ocultava parcialmente, e foi logo perguntando:

— Sou Valentina Sheridan, do *Tribune*. O senhor me ligou para nos encontrarmos aqui?

O homem usava óculos e um terno bem amarrotado. Parecia que não parava em casa havia dias. Olhava para todos os lados, e parecia genuinamente aterrorizado. Olhou para ela, e a muito custo conseguiu dizer:

— Sou o doutor Hazemann... Ralf Hazemann. Fui um dos que trabalharam em projetos secretos para a Alemanha no começo da guerra...

Val prestava o máximo de atenção, e nem se preocupou em anotar nada. Tinha ótima memória, e certamente se lembraria daquele nome para futura pesquisa. Perguntou:

— E por que foi que me procurou, doutor Hazemann? Por acaso seria por causa dos ataques a Washington ontem?

O homem enfiou a mão trêmula no bolso interno do paletó, e tirou de lá uma folha amarelada e dobrada de mau jeito, entregando-a a Valentina. Ela olhou para todos os lados e a guardou no bolso interno do sobretudo, enquanto Hazemann dizia:

— Eles ficaram loucos... mais do que o próprio Hitler! Acreditam que podem vencer a guerra, usando as novas tecnologias! Que eu ajudei a desenvolver, Deus me perdoe...

Val pensou em dizer algo, mas o homem continuava:

— Precisa impedi-lo! Precisa parar Viggenstein! Agora que os Aliados desembarcaram na França, pode ser que ainda haja uma chance! Devem procurar a base dele, em...

Tiros romperam o silêncio da noite, e Hazemann caiu. Valentina soltou um grito quando outros disparos atingiram as árvores a seu redor. Desesperada, ela puxou o homem para trás da árvore, enquanto do outro lado do grosso tronco mais disparos arrancavam lascas da madeira. Aflita, ela sentiu raiva por ter deixado em casa um revólver que lhe fora presenteado por seu pai. Nesse momento, Hazemann agarrou sua mão, e murmurou algo. Val aproximou o ouvido de sua boca, e o ouviu dizer:

— Por favor... impeça Viggenstein... e nos... per... perdoe...

A mão que segurava caiu inerte, e os olhos de Hazemann ficaram vidrados. Mais disparos atingiram a árvore, e Valentina decidiu que precisava sair dali. Apanhou uma pedra que viu no chão, e jogou-a para a direita. Tiros atingiram as árvores naquela direção, enquanto ela se levantava, correndo para o lado oposto.

A repórter corria sem parar, o máximo que seus saltos altos permitiam. Depois de quase tropeçar duas vezes tirou os sapatos, parando um instante para ouvir se a seguiam por dentro da floresta. Escutou passos rápidos quebrando ramos caídos ao chão se aproximando, e saiu correndo mais. Lamentou não ter tido tempo de ao menos fotografar o corpo de Hazemann.

Nunca havia ouvido aquele nome antes. Nem muito menos do tal Viggenstein. Quem seria? O que desejava? Estaria mesmo por trás do ataque a Washington? Hazemann falara de novas tecnologias. Mas Val cobrara todos os favores que lhe deviam nos últimos anos, e nunca havia ouvido falar de uma arma ou aeronave que pudesse despejar bombas em uma cidade e permanecer invisível para a defesa aérea.

A moça correu mais. Outros tiros foram ouvidos, e ela se embrenhava mais e mais na floresta do Central Park. Não sabia para onde estava indo, só queria escapar daqueles assassinos.

Valentina entrou correndo em uma clareira, e quase tropeçou novamente. Ergueu-se depois de lutar para manter o equilíbrio, apenas para soltar um grito ao ver dois homens de ternos e chapéus escuros a sua frente, com armas na mão. Por um instante ficou aterrorizada e paralisada, imaginando ser seu fim. Mas um deles gritou:

— Abaixe, agora!

Val se jogou no chão, ouvindo vários disparos que não conseguiu contar. Seu chapéu havia caído no chão, e ela se protegeu instintivamente com os braços sobre a cabeça. A seguinte coisa que ouviu foram passos próximos, e duas mãos a segurarem pelos braços ajudando-a a se erguer.

Ela tentou se recompor ao mesmo tempo em que olhava para o homem, que exibiu uma insígnia e se apresentou:

— Agente Smith do FBI, senhorita Sheridan. Este é o agente Harrison.

Harrison aproximou-se, e entregou a Valentina seu chapéu. Ela o apanhou com a mão trêmula e o colocou na cabeça, e se abaixou para apanhar os sapatos, calçando-os. Smith voltou a falar:

— Teve sorte, senhorita. Os agentes da Gestapo raramente deixam de eliminar seus alvos.

Os dois homens que a perseguiam jaziam na borda da clareira, mortos. Antes que Val pudesse dizer algo, Harrison acrescentou:

— Podemos saber o que estava fazendo aqui no Central Park a esta hora, senhorita, e o que discutiu com o homem assassinado por esses dois lá atrás?

Valentina hesitou antes de responder. Pensou acima de tudo no documento que Hazemann lhe havia entregado.

Por fim, respondeu:

— O nome do homem era Hazemann, acho. Não tive tempo de anotá-lo, pois esses dois o mataram antes.

— Ele lhe disse alguma coisa? — perguntou Smith.

— Alegou ter informações sobre os ataques de ontem. Mas como disse, não teve tempo de me dizer nada.

— E ele lhe entregou alguma coisa? — voltou a perguntar Smith.

Valentina olhou firme nos olhos dele. Não era a primeira vez, seguramente, que ela enfrentava a lei por um furo. Respondeu com convicção:

— Não, agente Smith. Nem tive tempo de checar seus bolsos. Estava preocupada em não levar um tiro, e saí correndo dali.

Os agentes se entreolharam, e conduziram Valentina por outro caminho de volta ao portão 3. A seguir, pediram que Valentina os seguisse até um escritório do FBI ali perto.

Depois de passar quase toda a noite respondendo a perguntas dos agentes, e mentindo bastante para eles, finalmente Valentina foi liberada quando já passava das sete da manhã do dia 7 de julho. Seguiu direto para o *Tribune*, onde Maximillian já estava doente de tanta preocupação:

— Garota, você não pensa!? Poderia ter sido morta, ou coisa pior! Sabia que nunca devia tê-la deixado ir!

Ele dizia isso no meio da redação, quase toda a equipe que ali estava os olhando. Val, que se orgulhava de jamais perder a pose, sorriu e deu um beijo na bochecha do editor, contornando-o e se encaminhando para sua sala.

Ela tirou o chapéu e o sobretudo, e deixou-se cair em sua cadeira. Estava exausta, mas ainda havia trabalho a fazer.

Chamou o arquivista, e passou a ele, escritos em um papel, os nomes de Ralf Hazemann e Viggenstein. Recomendou que os encontrasse o mais depressa possível.

Max entrou quando o arquivista saiu. Fechou a porta, e foi logo dizendo:

— Sabe, Val, não gosto quando o FBI me liga em casa, dizendo que estão com uma de minhas repórteres. Imediatamente pensei em você. Já arrumou encrenca demais com as autoridades, menina!

— Relaxe, Max...

— Queira me chamar de senhor Scott, você é minha funcionária, caramba!

Valentina exibiu mais um sorriso incorrigível, e prosseguiu:

— Então, Max, como eu estava dizendo, pode ser que tenhamos tirado a sorte grande. O homem com que me encontrei, Hazemann, me disse antes de ser morto que esse tal de Viggenstein é o responsável pelos ataques a Washington.

O editor ia dar mais uma tremenda bronca na repórter, mas diante do que ela disse, pediu mais detalhes.

Ela olhou para os lados e levantou-se, indo verificar se a porta estava trancada. A seguir, tirou de dentro da blusa o papel amarelado que o alemão lhe havia entregado na noite passada, dizendo:

— Tive tempo de ler quase tudo vindo para cá, enquanto parava nos semáforos. Parece ser um memorando para a Inteligência alemã, assinado por Adolf Viggenstein. O tom é bem veemente. Basicamente, afirma que os líderes nazistas, Hitler e Goebbels inclusos, são idiotas por insistirem em táticas e armas antiquadas, uma visão, segundo Viggenstein, "tradicionalista e arcaica", diante das novas tecnologias em motores foguete e a jato, novos materiais e combustíveis. Meu Deus...

— O que foi, Val?

Maximillian notou de repente como Valentina mostrou uma expressão de assombro, ficando branca como se tivesse tomado um grande susto. A jornalista, depois de alguns instantes, pigarreou e disse, com voz insegura:

— E disse que a pesquisa do urânio pode levar a armas para, em suas palavras, "colocar os aliados de joelhos".

Scott caminhou nervosamente pela sala. A palavra urânio era pouco usada, e ele mesmo apenas a conhecia devido a uma matéria da própria Valentina, que não se sabia como, o Serviço Secreto impedira de ser publicada. Val apurara que o grande cientista Albert Einstein havia escrito ao presidente Roosevelt uma carta, alertando-o para a possibilidade de os nazistas desenvolverem uma arma final, que seria uma bomba atômica. O editor disse:

— Valentina, precisa entregar esse documento ao FBI o mais rápido possível! Não sei como foi louca... você está me ouvindo?

Val, enquanto Max falava, reparou numa correspondência expressa fechada sobre sua mesa. Era proveniente da Inglaterra, e o nome do remetente era um código para um contato seu, com quem conversara havia mais de duas semanas. O homem tomaria parte de um comboio secreto, que levaria, segundo o que pudera apurar, um novo tipo de avião a jato americano, o XP-80, a fim de ser avaliado. Outros equipamentos e materiais novos e secretos também faziam parte da carga.

Val olhou rapidamente as fotografias, e diante do que elas mostravam, literalmente devorou a carta anexa, onde seu informante descrevia os acontecimentos. Não era a primeira vez que a repórter tomava conhecimento de ataques como aquele, por parte de aeronaves desconhecidas e bem diferentes dos novos caças a jato e a foguete dos nazistas. Ela havia obtido relatos esparsos de tropas aliadas na França sendo atacadas por aeronaves similares.

Sabia muito bem que, depois dos anos terríveis de 41 e 42, em que a Batalha do Atlântico pendeu para os nazistas graças a seus submarinos, a partir de 1943 os Aliados se impuseram com melhores navios e aeronaves, iniciando uma caçada que em poucos meses dizimou boa parte dos U-Boats alemães. Combates esporádicos ainda ocorriam, mas o domínio do oceano havia passado para as mãos dos Aliados. Daí que uma destruição como a descrita por seu contato era surpreendente para Val, que sempre detinha informações atualizadas sobre as batalhas aeronavais. Será que o nome de Viggenstein estava também ligado àquelas misteriosas máquinas voadoras?

Mas o que chamou mesmo sua atenção foi um detalhe que viu em uma das fotos. Apanhou novamente o documento de Hazemann, e não teve mais dúvidas.

Voltou para a carta do informante, que afirmava que o material fora enviado para a base do Esquadrão Ouro, o mesmo responsável pela salvamento do comboio.

— Ricardo... — ela disse sorrindo.

Maximillian voltou a recomendar a ela que enviasse o documento para as autoridades, mas Val ergueu-se, contornou a mesa, e olhando bem fundo nos olhos dele respondeu:

— Senhor Scott, meu caro editor, relaxe. Sabe como sou uma garota prevenida. E com ótimos contatos! Não posso enviar esse documento para as autoridades, pois precisarei levá-lo em minha viagem para a Inglaterra.

Scott ameaçou protestar, mas Valentina interrompeu dizendo:

— Já disse que não deve se preocupar! Voltarei logo, e com uma história melhor do que qualquer outra que já escrevi. Prometo!

Beijou-o novamente na bochecha, ficando nas pontas dos pés para fazer isso. Scott, depois que Valentina o encarou bastante, acabou sorrindo conformado, e disse que iria providenciar tudo. Quando sua melhor repórter decidia uma coisa, nenhuma força no mundo a convencia do contrário. E confiava que ela cumpriria a promessa, sabia muito bem o que Val podia fazer quando seguia pistas como aquela.

Valentina, depois que o editor saiu, voltou a sentar-se na cadeira, espreguiçando-se. Estava louca para ir para casa, tomar um banho e descansar antes de sair para a viagem. Mas assim que voltou a pensar no assunto, abriu uma das gavetas de sua mesa, tirando da mesma um quadro contendo uma foto.

Olhou-a demoradamente. Ela e Ricardo Almeida, em outros tempos, deitados juntos e apaixonados ao sol em Copacabana, Rio de Janeiro.

Valentina aproximou a foto dos lábios, e depositou um demorado beijo sobre a imagem de Ricardo. Imaginava se ele ainda estaria bravo com ela. Mesmo com anos tendo se passado, julgava que sim. Mas aquilo não importava agora. Tinha certeza de que, diante das informações que possuía e ainda esperava obter, ele a receberia. E Valentina teria sua história. Além do mais, daquela maneira também estaria auxiliando no esforço de guerra dos Aliados.

Val sorriu, olhando para a foto, com a marca de seu batom bem nítida no vidro que a cobria. Sem limpá-la, voltou a guardá-la na gaveta..

CAPÍTULO 3

CERCA DE 25 KM A NOROESTE DE OXFORD, INGLATERRA, 10 DE JULHO DE 1944.

A Base Ouro, sede do esquadrão de mesmo nome, era uma das instalações mais secretas dos Aliados. Fora estabelecida ali, fora do alcance das aeronaves da Luftwaffe no começo do conflito, a fim de ser a ponta de lança na guerra por informações, e um local onde as mais avançadas tecnologias pudessem ser testadas.

O início de suas operações aconteceu no final de dezembro de 1941. Os Aliados já dispunham de informações seguras de que o Eixo começava a desenvolver armas muito avançadas, como aviões a jato e foguetes, e a Base Ouro foi estabelecida primeiramente para testar equipamentos capturados do inimigo. Muito cedo, os mais importantes informes da Inteligência Aliada começaram a passar primeiro por ali, e seus arquivos em pouco tempo tornaram-se os mais completos do mundo, consultados por enviados que chegavam de todos os teatros da guerra.

A base tinha um imenso hangar, que comportava aeronaves de todos os tipos e tamanhos, e mais cinco menores. Havia quatro prédios administrativos e de alojamentos, um deles com instalações subterrâneas que se estendiam por três andares abaixo do solo. A partir do final de 1943, aeronaves nazistas de longa distância faziam incursões de reconhecimento, e a base já sofrera alguns ataques, todos repelidos pelo pesado armamento antiaéreo de que dispunham, mais esquadrilhas de caças defensores, Spitfires, Thunderbolts, Mosquitos e Mustangs que se revezavam no ar 24 horas por dia.

Do inventário do Esquadrão faziam parte, além dos caças, aviões de reconhecimento de longa distância Mosquito, atuando ao lado de outros do tipo, na especificação de caça noturno, alguns bombardeiros médios B-25, os dois B-32 convertidos, e vários aviões da Aeronáutica Dumont, a fábrica brasileira estabelecida pelo pioneiro Alberto Santos Dumont no começo dos anos 1920. O tipo mais usado era o D-84, o 70º projeto que se seguiu ao 14 Bis de 1906, e o mais bem sucedido modelo da fábrica brasileira.

Produzido desde 1940 nas instalações de São José dos Campos, o D-84 era um avião versátil pouco menor que o B-25 americano, capaz de, dependendo da versão, realizar missões de bombardeio, reconhecimento, transporte, patrulhamento marítimo, caça noturno e infiltração clandestina. Equipado com dois motores americanos Double Wasp de 18 cilindros, era o bimotor de maior raio de ação do tempo, igualando-se as versões de reconhecimento do Mosquito, sendo quase tão veloz quanto o bimotor de madeira inglês.

A Base Ouro também avaliava aeronaves capturadas do inimigo, e vários Me-109 e FW-190 se perfilavam em um dos hangares. Um jato Me-262 estava sofrendo tentativas de restauração, abatido alguns dias antes pelas tropas que penetravam cada vez mais profundamente no território francês.

O avanço aliado estava se acelerando mais e mais, e por isso mesmo, a reação nazista se tornava cada vez mais feroz. Londres estava enfrentando o maior ataque de bombas voadoras V-1 desde que essa terrível arma surgira em 1943. Agora, esses pequenos aviões a jato sem piloto eram lançados do ar por bombardeiros alemães, e simplesmente atacar suas bases de lançamento não era mais suficiente. Mesmo que os mais velozes caças aliados, incluindo o novo jato inglês Meteor, conseguissem abater a maior parte das bombas voadoras, as que conseguiam passar pelas defesas produziam estragos terríveis.

Muito piores eram os ataques com as bombas V-2. Contra esses imensos foguetes não existia defesa, e mesmo com todo o esforço dos bombardeiros aliados, a base alemã de Peenemunde ainda conseguia lançá-los, com resultados devastadores.

E alguns informes que chegavam, sendo cuidadosamente mantidos ocultos da imprensa, população em geral, e até mesmo a maior parte dos militares, trouxeram ainda maior preocupação aos comandantes aliados. As misteriosas asas voadoras que pareciam surgir do nada haviam atacado quatro vezes na última semana, com resultados devastadores. Companhias inteiras dos aliados foram exterminadas, e muitos aviões de apoio abatidos. Um campo de aviação provisório ao sul de Paris havia sido dizimado dois dias antes, e ninguém sabia dizer de onde vinham aquelas aeronaves.

Era justamente por isso que Ricardo havia passado os últimos dias pressionando Matheus Kirk. O jovem gênio inglês quase não comia ou dormia, totalmente concentrado em descobrir os segredos da asa voadora que haviam capturado após os combates do dia 13. A tripulação do destróier americano que a tirou da água havia escrito em seu relatório que a aeronave simplesmente boiava, tendo sido bem pouco danificada pelo impacto. A extrema leveza de sua construção havia impressionado a todos, e houve tensão quando o comando americano exigiu levar a aeronave capturada aos Estados Unidos.

O ambiente começou a ficar pesado quando os comandos inglês e francês exigiram a mesma coisa, e até representantes russos entraram na brincadeira. As tensões foram subindo rapidamente, e foi necessária uma mensagem do próprio Winston Churchill, primeiro-ministro britânico, para colocar ordem na situação. Exigiu que todos voltassem a razão, afirmando que para aquele tipo de problema existia ali mesmo uma base cuja especialidade era obter informações de todo tipo de material capturado do inimigo. Desse modo, a asa voadora foi encaminhada para a Base Ouro.

Ricardo pensou em tudo isso, enquanto iniciava a aproximação final da longa pista de pouso da base. A seu lado, como copiloto do D-84, estava Denise Landron, a comandante da segunda unidade do Esquadrão Ouro. As demais três aeronaves entraram em formação com o avião líder, e juntas se encaminharam para o pouso.

O capitão brasileiro, líder do esquadrão, e autoridade executiva da base junto a outros dois oficiais, reparou na tenente, sua segunda em comando. Denise era de Londres, com olhos verdes, cabelos curtos e negros. Além de ser uma das melhores pilotos que o brasileiro já vira, nos últimos tempos ele havia percebido que suas trocas de olhares estavam ficando muito frequentes.

Almeida sorriu, e voltou a concentrar-se no pouso. O D-84 flutuou por algumas dezenas de metros após a cabeceira da pista, e a seguir o trem de pouso tocou o asfalto. Os demais aviões seguiram o procedimento, e logo todos entravam pelas amplas portas do hangar principal da base.

Depois do cheque final de pouso, saíram do avião, não sem antes Denise notar que Ricardo a observava atentamente. Perguntou:

— Sim, capitão?

Como ele não respondeu, distraído que estava, a moça sorriu, e deixou de lado patentes e hierarquia:

— Rick, o que foi? Está bem?

Ele finalmente voltou ao mundo real, olhou a tenente, piscou os olhos castanhos, e a seguir respondeu:

— Ah, sim, Denise, tudo bem...

— Você está distante, parece com a cabeça nas nuvens!

— Acha mesmo, tenente?

— Claro que sim, capitão! Ainda precisa de mim?

Ricardo sorriu, fez que não, e encaminhou-se para o hangar 6, o mais seguro e fortemente vigiado. Casualmente olhou para trás, e viu Denise de braços cruzados olhando para ele. Almeida tirou o capacete, sacudindo seus cabelos castanhos, e sorriu.

Quem sabe, numa das próximas folgas, quem sabe.

O hangar 6 abrigava todas as aeronaves capturadas, e os mais recentes protótipos dos Aliados. Olhando a direita depois que entrou, Ricardo viu o Me-262 que a equipe técnica ainda tentava recuperar. Ao lado, uma de suas turbinas estava sendo cuidadosamente remontada. O chefe da equipe que cuidava da mesma havia prometido para aquele dia um teste de solo, mas a bancada continuava ocupada com um grande propulsor inglês Whittle tipo 11. Num espaço afastado a esquerda, e protegido do restante do hangar por grossas paredes blindadas, outros técnicos com vestimentas pesadas antifogo manuseavam com extremo cuidado um novo míssil antinavio alemão, que a inteligência descobrira ter a designação de Hs-293. Uma pequena bomba voadora, lançada a partir de bombardeiros FW-200 ou Do-217, com efeitos devastadores. Para sorte da tripulação do navio que havia sido atingido, aquela arma não havia explodido com o impacto. O mesmo defeito acontecera com uma sucata de metal retorcida no *box* ao lado, restos de uma bomba V-2 que caíra em Londres havia algumas semanas. Infelizmente a velocidade da queda, de mais de 5000 km por hora, havia transformado o míssil em um monte de metal retorcido, mas ainda assim alguns técnicos insistiam em estudá-lo.

Uma discussão chamou a atenção de Ricardo, e ele desviou-se de seu caminho. A certa distância, viu um grupo rodeando alguns homens, e caminhou para lá. Reconheceu a voz de Gordo, como chamava seu ala, o tenente Tony Reynolds. Mas um homem falava com ele, na verdade gritava, e dizia coisas nada lisonjeiras:

— Não sei como permitem um sujeito como você aqui! Sua raça não tem capacidade de fazer parte deste lugar.

O homem falava um inglês sofrível, com forte sotaque francês. Ricardo passou entre os curiosos, que abriram passagem assim que reconheciam o comandante do esquadrão.

— O que está acontecendo? — perguntou com tom de comando.

Tony voltou-se para ele, mas nada disse. O outro, um tenente da inteligência francesa, foi logo reconhecido por Ricardo. Não se lembrou do nome, mas já havia tido reclamações contra o sujeito antes.

E o francês justificou o que diziam dele, pois disparou:

— Não sei como podem permitir que um criou...

— É muito importante para sua carreira, sem falar em sua integridade física, tenente, — disse Ricardo de forma autoritária — que não termine essa frase.

O francês, diante do tom, parou e engoliu em seco, mas não parecia ter desistido, pois disse a seguir:

— E o que também não entendo é como escolheram para dirigir este lugar um brasileiro! Francamente, devem estar querendo que Hitler vença a maldita guerra...

Ricardo percebeu que Tony estava a ponto de saltar no pescoço do francês desbocado. Colocou a mão em seu ombro, o tenente se virou e deu com o sorriso acolhedor de seu comandante. O americano relaxou no mesmo instante, sabendo que o francês não perdia por esperar. Ricardo passou pelo francês como se ele não existisse, ficou bem no meio do grupo, e disse em voz alta:

— Além do tenente... como é mesmo seu nome, tenente?

O francês parecia extremamente incomodado com todos os olhares voltados para ele. A contragosto, respondeu:

— Tenente Chaufic.

— Tenente Chaufic o quê, tenente?

Chaufic parecia confuso, pois perguntou:

— O quê... como?

Ricardo ficou bem em frente a ele, e perguntou:

— Tenente Chaufic, o que mesmo se costuma dizer, ao final de cada frase dirigida a um oficial superior?

Ele enfatizou as duas últimas palavras, e finalmente o francês, com extrema má vontade, respondeu:

— Tenente Chaufic, senhor.

— Ah, muito bem, tenente Chaufic! – disse Ricardo com um largo sorriso no rosto. — Esteja informado que, mesmo se seu oficial superior for um brasileiro, deve se dirigir a ele dessa forma. E ao tenente aviador Reynolds, aqui. Afinal, ele é seu superior, e pelo que vejo, não apenas na hierarquia militar, mas também como pessoa e ser humano.

Chaufic dessa vez engoliu em seco, bateu continência para Tony diante da ordem mais do que implícita de Ricardo, e disse:

— Sim, senhor. Desculpe, senhor.

Tony sorriu, bateu os calcanhares e fez continência. A seguir, Ricardo se dirigiu aos demais:

— Infelizmente, tenho visto que as tensões aqui nesta base, de cujo corpo dirigente faço parte, têm aumentado, bem como a quantidade de incidentes. Muitas vezes envolvendo nacionalidades, e pior, etnias, o que é ainda mais lamentável. Será que estão mal-informados a esse ponto, que ignoram que é justamente isso que os malditos nazistas fazem?

Rick olhou nos olhos de cada homem ao redor, e disse:

— O Esquadrão Ouro é a elite dos Aliados! Os melhores entre os que lutam contra Hitler são escolhidos para trabalhar aqui. Nosso trabalho é importante, sem dúvida. Mas igualmente importante, para mim, é a convivência que temos aqui, com colegas de outros países e outras culturas. É importante o que aprendemos uns com os outros. Em algum dia no futuro, que todos esperamos próximo, essa guerra vai acabar, e o que aprendemos aqui levaremos para nossas casas.

Os homens faziam silêncio. Ricardo reparou que a coisa que Chaufic mais gostaria de fazer era correr para bem longe dali. Ele sorriu e concluiu:

— E, com o que aprendemos aqui, que a excelência e a vitória dependem apenas do esforço e talento pessoal de cada um, independentemente de qualquer outro fator, poderemos ajudar nossas comunidades, nossas sociedades, nossos países, a crescerem juntos, cooperarem, e construírem um mundo muito melhor, onde o ódio e o preconceito que deram origem a praga do nazismo nunca mais encontrem terreno para florescer! Não estamos aqui apenas para ganhar a guerra! Estamos aqui para preparar o futuro que virá depois dela! É por isso que tenho confiança de que todos vocês saberão se comportar da melhor forma possível, e dar o seu melhor para nossa vitória final.

A seguir Rick disse que estavam dispensados, e os homens voltaram a seus afazeres. Ainda havia, porém, uma última tarefa desagradável a concluir:

— Tenente Chaufic, o senhor claramente não se encaixa no que acabei de dizer, e, portanto, não pode atuar aqui na Base Ouro. Espero vê-lo afastando-se daqui o mais breve possível.

Deixou o francês boquiaberto e sem ação, e caminhou depressa para os fundos do hangar, um setor separado dos demais por uma parede e uma grande porta, similar as que isolavam a construção do mundo exterior. Dois soldados guardavam a mesma, que bateram continência e a abriram para a entrada de Almeida.

Matheus Kirk era baixinho e magro, com ar juvenil apesar dos quase trinta anos. Sempre ajeitando os óculos que teimavam em escorregar pelo nariz, costumava ficar mal-humorado quando trabalhava dias a fio no mesmo projeto.

Mas aquilo era diferente. Kirk não saía daquele hangar havia três dias, tão concentrado que estava a estudar a asa voadora nazista junto a sua equipe principal.

Assim que as portas abriram, e ele viu que era Ricardo quem entrava, largou tudo e veio correndo falar com ele. Trazia o que parecia um pedaço de metal na mão, e o mostrou ao capitão, dizendo:

— Capitão, veja que incrível! Não é uma construção puramente metálica! Veja isto, duas folhas de alumínio incrivelmente finas, cobrindo dos dois lados uma placa feita, de quê, você pergunta? Papelão e fibra de vidro! Tudo unido pela cola mais eficiente que já vi! Um tipo de construção que chamamos composto, e ainda é altamente experimental. A própria Dumont lá no Brasil apenas começou seus estudos com esse tipo de material, e olha que eles costumam valorizar ideias a princípio extravagantes. Nisso, se parecem com seu fundador...

Ricardo ia dizer alguma coisa, mas Kirk o interrompeu:

— Lembra que primeiro começamos a examinar a asa num dos boxes blindados do hangar, temendo que, por ser um veículo de controle remoto, tivesse alguma forma de autodestruição, como explosivos? Que nada! Se for como estamos pensando e descobrindo, essa coisa foi construída para ser o mais leve possível! Não encontramos qualquer explosivo.

Almeida abriu a boca para dizer algo, enquanto andavam em torno da asa e das inúmeras bancadas montadas a seu redor, mas Kirk não o deixava falar:

— Conseguimos determinar que originalmente este "bebê" media dezesseis metros de envergadura, e cerca de sete metros de comprimento. Parece ser derivado de projetos que nossa inteligência identificou produzidos pelas fábricas alemãs Gotha e Horten. A capacidade de combustível é inacreditável! Rigorosamente todo canto não utilizado serve como tanque. E o peso, você me pergunta? Aproximadamente 2800 quilos, e estimamos que aumente para quase onze toneladas completamente abastecido! Incrível, não? Resultado da estrutura que, com esse material composto, é leve e rígida. E, não levando um piloto a bordo, pode fazer manobras com altíssimas cargas de força G, o que claro as torna duros adversários em combate próximo. Não é incrível?

Rick mais uma vez tentou dizer algo, e novamente Kirk o interrompeu:

— E quanto aos motores, descobrimos que...

— Kirk, Kirk, Kirk... — disse Ricardo. — Se eu for interrompido mais uma vez, cabeças vão rolar aqui!

O engenheiro era só entusiasmo quando ficava imerso em um estudo como aquele, e olhou para o capitão como se ele fosse verde. Sua expressão variava entre assustado e entusiasmado. A seguir, porém, sorriu e disse, bem mais articulado e calmo:

— Desculpa, chefe, sabe como é, sempre me entusiasmo com coisas assim.

Ricardo bateu de leve nas costas do amigo, e disse:

— Sabe que está tudo bem. Claro, o que já me disse, e que provavelmente não irei me lembrar assim que sair daqui, é muito importante. Mas, e quanto a saber de onde essas coisas vem?

— Não conseguimos qualquer indicação, chefe! — respondeu Kirk conformado. — A bordo dessa coisa não há nada. Estudamos seu transmissor e receptor de rádio, e descobrimos que seu alcance é de cerca de 500 quilômetros.

— Então, além do controle da asa tripulada, alguém a 500 km de distância de onde estávamos no dia 13 pode controlar a aeronave também?

Kirk pensou um pouco, e respondeu:

— Teoricamente é possível, chefe! Mas veja isso!

Já haviam montado uma série de painéis elétricos com comandos e chaves ao lado da aeronave, com fios e cabos que seguiam para o seu interior.

O engenheiro acionou uma chave, e os bordos de ataque da asa se destacaram, avançando movidos por pistões hidráulicos até cerca de um metro a frente da aeronave. Depois, abriram-se em duas metades, acima e abaixo.

Rick examinou aquela estranha conformação, e perguntou:

— Muito estranho... para que serve isso?

Kirk, entusiasmado, ficou examinando o material escuro e áspero que formava as peças por alguns instantes. Parecia sentir prazer em conhecer algo que seu comandante não sabia. Por fim, respondeu:

— Está vendo isso? Esse material é titânio. Altamente resistente a elevadas temperaturas. E veja como está desgastado, e até lascado em alguns pontos!

— Quer dizer — sugeriu Almeida — que esta peça já foi submetida a altas temperaturas?

— Exatamente, chefe! E muito altas, devo acrescentar! Veja isto, a fuselagem está coberta por sinais de elevado aquecimento, e encontramos restos de um tipo de resina.

De fato, largas porções da fuselagem estavam enegrecidas, e Kirk tirou com uma espátula um material estranho do alumínio que cobria a asa.

— O laboratório está analisando este material. Já descobriram que pode ser aplicada como tinta, que também é altamente refratária ao calor.

Ricardo não sabia o que pensar. O comando aliado pedia incessantemente mais informações sobre a aeronave inimiga. Reparou na ponta da asa, onde, no lugar da insígnia alemã da cruz, havia outro símbolo: uma caveira circundada por uma coroa, no centro de uma suástica. Desde a ascensão de Hitler e do nazismo, em 1933, nunca aquele símbolo jamais fora visto.

No dia 13, os operadores de radar na costa inglesa mantiveram-se em alerta por horas, e até mesmo o avião radar B-32 do Esquadrão Ouro se manteve vigilante por mais de seis horas após o final da batalha. Não foi detectado qualquer sinal das asas voadoras que escaparam. Era como se houvessem desaparecido do mundo.

Ricardo observou outra bancada, e reconheceu um dos estranhos dispositivos encontrados no cadáver de um dos tripulantes abatidos. O homem encontrava-se a bordo de uma das asas voadoras tripuladas abatidas pelo Esquadrão Ouro, mas o corpo encontrava-se deteriorado demais para permitir identificação. E o piloto não portava qualquer placa de identificação, o que era ainda mais estranho.

O dispositivo era um disco metálico de uns três centímetros, de cujo centro saía uma extensão no formato de prego, que penetrava no crânio cerca de cinco centímetros. Kirk percebeu o interesse de Ricardo, e disse:

— Isso parece ser um eletroímã. O disco metálico funciona como uma antena, e no buraco no centro dele poderia ser conectado a um cabo, ligado por sua vez a algum equipamento da aeronave.

— Controle da mente?

A ideia de que falou o capitão parecia ficção científica, mas Kirk não ficou surpreso. Ele mesmo considerava aquela hipótese, e respondeu:

— Temos alguns relatórios e estudos afirmando que ondas eletromagnéticas podem influenciar os processos mentais. Alguns informes da inteligência dão conta de que os nazistas fazem experiências assim em prisioneiros.

Aquele assunto tornava-se mais e mais esquisito conforme se acumulavam as descobertas a respeito. O pior é que aeronaves como aquela continuavam a atacar os aliados que avançavam na França, que tinham seu progresso consideravelmente atrasado.

Kirk voltou a falar das características gerais da aeronave. As turbinas eram as mesmas do Me-262, suas aberturas no bordo de ataque eram fechadas quando se acionavam as estranhas pás de titânio. No centro da cauda havia um poderoso motor foguete, que Kirk afirmava ser mais potente e avançado que o da V-2. Combinado com a extrema leveza da estrutura, poderia propelir o conjunto a velocidades inacreditáveis.

— Não faço ideia de qual altitude podem atingir, mas não foi à toa que você as perdeu de vista naquele dia, chefe. Acho que...

As sirenes de alarme da Base Ouro entraram subitamente em ação, e o som encheu o ambiente. Ricardo saiu correndo, e ainda viu seus comandados correndo também, a fim de assumir as posições defensivas necessárias.

Quando saiu do hangar, olhou para cima e viu um pequeno avião circulando a base. Reconheceu-o de imediato como um pequeno Cessna para duas pessoas, do tipo muito comum usado por civis e militares.

Correu até a torre de controle, e foi informado que o aparelho surgira repentinamente. O controlador estava conversando com o piloto:

— Ela insiste em receber permissão de pouso, senhor.

— "Ela", sargento?

Ricardo estava espantado, e o controlador confirmou:

— Parece que o piloto é uma mulher, senhor.

Dito isso, acionou os alto-falantes para o capitão poder ouvir a troca de mensagens. Assim que ouviu a voz da piloto, Ricardo disse:

— Não!

A piloto dizia:

— O que pretendem fazer? Atirar em mim, deixar que eu fique aqui circulando até acabar meu combustível e cair, ou vão permitir meu pouso? Tenho informações importantes, que só irei revelar ao capitão Richard Almeida!

Almeida pensou seriamente em ordenar que as baterias antiaéreas abrissem fogo. Mas acabou concordando em permitir o pouso do pequeno avião. Correu até a pista para receber a piloto.

Minutos depois, o pequeno Cessna fazia um pouso quase perfeito, parando com o motor tossindo a poucos metros de onde Ricardo estava, acompanhado por soldados fortemente armados. Ordenou-lhes que ficassem naquele lugar, e caminhou até o avião, cuja porta abriu-se.

Ricardo parou diante da mesma, e olhou para a bela moça loira que estava sentada sozinha dentro da cabine. Esperava jamais ver novamente aqueles olhos azuis, o cabelo longo e loiro digno de uma estrela de cinema, e nem o sorriso atrevido e zombeteiro com que Valentina Sheridan o saudava.

— Oi, Rick, há quanto tempo!

As lembranças passaram pela mente de Ricardo, distraindo-o. Recordou-se da última vez em que se viram, e tudo que havia ocorrido depois. E não gostava disso.

— Não tempo demais, Valentina.

A moça sorriu e virou o corpo, colocando as belas pernas que transpareciam da fenda da saia para fora do avião. No instante seguinte, estava de pé na pista de pouso, diante de Ricardo, dizendo:

— Não é possível que ainda esteja bravo comigo, querido! Depois de tudo que vivemos...

— Você sabe muito bem o que fez. Valentina, o que está pensando!? Poderíamos ter atirado em você. Você poderia ter morrido!

— Ah, então se preocupou comigo!

Aquele jeito dela deixava Ricardo fulo da vida. Ao mesmo tempo, as velhas lembranças não eram todas más. Algumas, de fato, traziam a doçura de tempos mais inocentes, mais felizes...

— Vou mandar que seu avião seja reabastecido, e você vai sair daqui.

Ela quase nunca ficava irritada ou demonstrava insegurança, algumas das qualidades de Valentina que incomodavam Ricardo, bem mais do que jamais admitiria. Mais gente da base se juntou para observar a cena, e Denise estava entre eles. A repórter respondeu:

— Não acredito que nem vai me mostrar a famosa Base Ouro!

— Sabe muito bem que a Base Ouro não existe, Valentina!

Ricardo estava decidido, virou-lhe as costas e estava a ponto de ordenar que os soldados resolvessem aquele assunto e a mandassem embora, quando Val disse:

— E suponho que as armas secretas de Hitler também não existam, então?

Aquilo teve em Ricardo o efeito de um choque elétrico. Parou e pensou no que fazer a seguir. Arrependendo-se de sua escolha, virou-se e perguntou o que Valentina sabia daquele assunto.

Ela, naturalmente, aproveitou-se daquilo para torturá-lo mais um pouco com seu sorriso irresistível. Ricardo lembrou-se como Val era uma excelente piloto. Poderia até ter se tornado aviadora de combate, mas escolhera o jornalismo, quase arruinando a carreira dele no processo.

Val finalmente enfiou a mão no bolso do casaco, e tirou de lá um papel. Mostrou-o dobrado a Ricardo, que observou um desenho familiar no mesmo.

Não podia ser! Pensou em milhões de formas de como Valentina poderia ter obtido aquele papel, mas não conseguiu imaginar nenhuma. Estendeu a mão para apanhar o papel, mas ela tornou a guardá-lo, sem nunca tirar o arrasador sorriso dos lábios.

Vencido, Ricardo ordenou que o avião fosse rebocado e guardado no hangar 2. A seguir, encaminhou-se para o prédio 1 da administração da base, e mandou que chamassem Kirk.

Valentina, sorridente e orgulhosa, o acompanhou, sentindo uma grande satisfação. Acabou admitindo para si mesma que boa parte desta última se devia ao fato de estar com Ricardo novamente.

CAPÍTULO 4

Alberto Santos Dumont, o pioneiro máximo da aviação mundial, logo após o histórico voo do 14 Bis, em 23 de outubro de 1906, tornou-se um ardoroso defensor itinerante do desenvolvimento da aviação.

Ainda fez mais voos com seu avião, sempre o aperfeiçoando a cada nova tentativa. Mas já no primeiro semestre de 1907, o aeroplano havia sido danificado em mais uma experiência, levando Santos Dumont a partir daí a dedicar-se a novos projetos.

Depois de algumas tentativas não muito bem-sucedidas, finalmente o pioneiro apresentou o Demoiselle em 1909, aprimorado conforme sua quilometragem voada aumentava. Dumont decidiu divulgar o projeto da aeronave para que outros interessados o construíssem, tornando-se praticamente o primeiro avião fabricado em série no mundo.

No segundo semestre de 1915, Alberto aportava nos Estados Unidos, dedicando-se pelos meses seguintes a também impulsionar a aviação na América. O pioneiro acreditava que contribuiria para aproximar os povos, integrando-os em uma era de progresso como nunca a humanidade experimentara.

O uso militar do avião na então chamada Grande Guerra, que mais tarde ficaria conhecida como Primeira Guerra Mundial, o deixara desgostoso, mas Dumont continuou sua missão, apresentando suas ideias em congressos como o Primeiro Congresso Aeronáutico Pan-Americano, no Chile, em março de 1916. Em maio do mesmo ano, finalmente, chegava ao Rio de Janeiro, onde no dia 25 discursou na Associação de Empregados do Comércio, anunciando sua dedicação ao desenvolvimento da aviação no Brasil.

Em novembro de 1916, ao lado da Baía de Guanabara, era erguido um pavilhão destinado ao que então era chamado Marinha Aérea do Brasil. Infelizmente, apesar de todo apoio do pioneiro máximo, e brasileiro mais conhecido de sua época, as autoridades absolutamente nada fizeram. Como se Santos Dumont nada representasse para o Brasil, suas falas foram esquecidas, e os projetos simplesmente deixados de lado.

O pioneiro, mais uma vez atingido por tamanha demonstração de mediocridade, dedicou-se a outros empreendimentos, estudos e invenções. Felizmente, no começo do primeiro semestre de 1923, foi procurado por empresários paulistas, que desejavam seu apoio para erguer um incipiente parque aeronáutico em São José dos Campos.

Alberto a princípio desconfiou da ideia, mas diante dos projetos e planos que os empreendedores paulistas lhe apresentaram, acabou aderindo ao projeto com renovado entusiasmo. Finalmente, em 23 de julho de 1923, era fundada a Aeronáutica Dumont.

A fábrica experimentou um rápido crescimento, e o pioneiro que lhe concedeu seu nome encontrou o mais forte motivo para retornar a aviação. Logo, protótipos de todos os tipos e tamanhos passaram a voar, e empresas aéreas, utilizando os aviões Dumont, passaram a surgir e prosperar.

As máquinas eram exportadas para outros países da América Latina, e logo os aviões brasileiros estavam voando até mesmo em céus dos Estados Unidos e Europa. O primeiro destaque da fábrica foi o grande hidroavião D-44, trigésimo projeto concebido por Dumont após o 14 Bis, o primeiro hidroavião anfíbio de quatro motores. Na época, devido a sua aerodinâmica superior, os hidroaviões faziam sucesso nas rotas comerciais, e o primeiro voo do aparelho, com o próprio Santos Dumont nos controles, deu-se em novembro de 1929.

A crise econômica que se alastrara pelo mundo nesse ano, a partir do *crash* na Bolsa de Valores de Nova York, foi grandemente minimizado no Brasil graças a Aeronáutica Dumont. Paralelamente, milhares de outras empresas passaram a prosperar em São Paulo, dando origem a um parque industrial que pouco ficava a dever às indústrias do hemisfério norte. Ao mesmo tempo, a crescente onda de industrialização do Brasil fez nascer outros empreendimentos, como estaleiros em Santos e no Rio de Janeiro, que em breve começariam a entregar barcos e navios de tamanhos e capacidades sempre crescentes.

A Mecânica Mattarazzo, na capital do estado, passara a construir sob licença de empresas europeias e americanas os motores que equipavam os aviões Dumont, que já não precisavam ser importados.

A fundação de universidades nos estados do Rio de Janeiro e São Paulo incentivava o aparecimento de novas ideias e talentos, que davam sua contribuição para o progresso. No começo de

1930 foi inaugurado nas instalações da Aeronáutica Dumont em São José dos Campos o mais avançado túnel de vento do mundo até então, que seria utilizado por dúzias de fábricas nos anos seguintes, e seria ainda considerado um equipamento de ponta até a metade da década seguinte. A Escola Superior de Aeronáutica foi estabelecida primeiramente ao lado do parque da Dumont, para na década de 1930, mudar-se para a recém criada Universidade de São Paulo.

O ritmo de trabalho era intenso, e Santos Dumont tinha pouco tempo para conceder entrevistas. Nas raras aparições públicas, sempre que tinha a oportunidade. falava com extremo otimismo sobre o grande futuro que aguardava a nação brasileira.

Até que veio a Revolução de 1930, colocando Getúlio Vargas no poder. A princípio, concentrado no desenvolvimento de São Paulo, e por extensão, do Brasil, Dumont não se envolveu com a política, mas não deixou de manifestar-se quando julgava necessário, sempre defendendo seus princípios e valores humanistas e democráticos.

O pioneiro sofreu um grande golpe quando, durante a Revolução Constitucionalista de 1932, tremeu ao ver os aviões do governo federal, muitos dos quais produzidos pela fábrica que ajudara a fundar, bombardear os rebeldes paulistas. Pouco se sabe a respeito de seu pensamento durante o turbulento período, mas as poucas informações que existem dão conta de que considerou seriamente a possibilidade de suicídio.

Alberto ficou abalado por meses a fio, mas acabou retornando ao trabalho a seguir. Agora, entretanto, dirigia-se com maior frequência à imprensa, defendendo os mesmos princípios que nortearam o Movimento Constitucionalista. Dizia que a Constituição era a pedra fundamental da sociedade, um guia para evitar as tentações autoritárias e a queda na direção do barbarismo. Importante como era, suas palavras encontraram eco em muitas figuras de destaque da sociedade, e Vargas teve que ceder, aprovando uma nova constituição em 1934.

Porém, uma nova sombra descera não apenas sobre o Brasil, mas ameaçando estender sua escuridão sobre toda a humanidade, quando um certo Adolf Hitler subiu ao poder com seu partido nazista, na Alemanha, em 1933. Todas as pessoas que trabalhavam com Santos Dumont a essa altura notaram nele uma mudança de comportamento. Tornara-se obcecado por informações, acompanhando avidamente os passos, tanto de Getúlio, quanto de Hitler. Para Dumont, ambos eram assustadoramente parecidos, e ele sentiu que tinha que fazer algo a respeito.

Percebera, nos discursos do autointitulado *führer*, a ameaça da devastação começando a se estender sobre todo o planeta. Adepto incondicional da paz e do entendimento entre os povos, razão única de sua dedicação a ciência e incentivo a aviação e cultura, devido aos tristes fatos tornou-se amargurado e com constantes crises de depressão. Não se conformava que, em plena Alemanha, terra natal de pensadores, artistas e cientistas de fabulosa e única envergadura, um bárbaro primitivo, como qualificava Hitler aos que lhe eram íntimos, pudesse ser eleito. Sua troca de correspondências com o amigo Albert Einstein tornara-se cada vez mais frequente, e logo o físico que revolucionara o conhecimento da humanidade iria se exilar nos Estados Unidos.

Dumont já não se opunha a projetos de aeronaves concebidos para uso militar, dizendo:

— Por toda a vida procurei lidar com o lado prático das coisas, e agora, infelizmente, diante das nuvens negras que se avolumam no horizonte, devemos pensar de forma prática. Devemos nos questionar sempre: qual o maior dos males? O que podemos e devemos fazer a respeito?

CÉU DE GUERRA

Outro de seus correspondentes era o inglês Frank Whittle, que vinha há anos se dedicando ao estudo de uma nova máquina chamada turbina a gás. Santos Dumont entendeu naquele avanço tecnológico um possível e brilhante futuro para a aviação, e logo a Mecânica Mattarazzo criava o primeiro protótipo funcional de uma turbina brasileira.

A parceria entre as duas indústrias havia rendido para o Brasil, de forma surpreendente, a conquista do cobiçado Troféu Schneider, antiga competição travada entre os fabricantes do hemisfério norte, numa vitória tão espetacular quanto inesperada, na edição de 1930. A competição era disputada por hidroaviões de apenas um lugar, e o arrojado Dumont D-50 mostrara-se imbatível naquele ano, com o piloto também brasileiro René Almeida. Infelizmente, na edição de 1931, o intrépido ás brasileiro sofreu um terrível acidente, aonde veio a perecer.

Ainda outro golpe foi desferido quando o governo Vargas, motivado por pura miopia política e o desejo de deter o contínuo aumento do poder econômico do estado de São Paulo, cortou o financiamento para a continuidade do desenvolvimento do fabuloso motor Mattarazzo M-23 V-12, que propulsionava o D-50. Equipado com dois turbocompressores, pela primeira vez na história, era de longe o motor mais avançado da época, e já com uma impressionante confiabilidade, tornando o D-50 capaz de desenvolver velocidades em torno dos 620 quilômetros por hora. O próximo projeto de destaque, o belíssimo quadrimotor de passageiros D-55, quebrou todos os recordes de velocidade e alcance equipado com quatro unidades desse fabuloso motor, de projeto inteiramente brasileiro, e o protótipo foi intensamente testado até 1936 sem qualquer problema.

O corte no financiamento dos bancos estatais significou o fim prematuro de ambos os projetos. A receita obtida com as exportações bastava para sustentar o funcionamento normal, tanto da Aeronáutica Dumont, quanto da Escola de Aeronáutica. Nos primeiros anos do novo regime, ele apoiou a indústria em nome do prestígio nacional, mas agora a situação havia mudado.

Outros empreendedores sofreram com a sanha autoritária. O Instituto de Café de São Paulo, responsável pela política para o setor, fora em 1931 substituído por órgãos federais. Antes, os excedentes da safra eram financiados pelo Banco do Brasil. Agora, eram queimados, e a penúria econômica chegava a um setor que sempre trouxera grandes divisas ao país.

Vargas, em sua inesgotável sede por poder, atacava quem ameaçasse ficar em seu caminho, e por fim nomeou um interventor para a Dumont, a Mattarazzo e a Escola Superior de Aeronáutica. As exportações da fábrica estavam sendo tremendamente prejudicadas pela falta de investimentos no Porto de Santos, e pelas contínuas paralisações dos funcionários, comandados pelo sindicato leal a Vargas. Outras indústrias na cidade litorânea estavam em situação ainda pior, e Santos Dumont afirmou para quem quisesse ouvir, na época:

— Parece que se tornou, em nosso país, um crime de lesa-pátria pensar de forma independente, criar e ter espírito empreendedor!

A ditadura, que já se mostrava em todo seu grotesco esplendor, não poderia tolerar isso, mesmo que viesse de alguém como Santos Dumont. O pioneiro foi convocado ao Palácio Guanabara, para uma tensa reunião com Getúlio Vargas. Dumont foi hóspede do governo por dois dias inteiros, não saindo do palácio em nenhum instante.

Finalmente, foi convocada uma coletiva de imprensa, em que Vargas e Dumont disseram que haviam chegado a um entendimento, definido como o necessário para conduzir adequadamente o Brasil rumo a seu futuro ideal. O pioneiro afirmou que estava se demitindo da diretoria da Aeronáutica Dumont, mas que prosseguiria contribuindo com suas ideias, e se necessário projetos e invenções. Os repórteres notaram como Alberto encontrava-se abatido, e o brasileiro mais conhecido e querido de então anunciou que estaria se retirando para a cidade de Poços de Caldas, em Minas Gerais, a fim de descansar.

Pilotando seu próprio avião, um modelo D-51, um pequeno monomotor de transporte, Santos Dumont passou duas semanas na cidade. Findo esse período, embarcou novamente em sua aeronave, dizendo que desejava sair por aí, voar um pouco, sentir novamente o prazer de estar entre as nuvens.

Era o dia 5 de dezembro de 1934, e nunca mais se teve qualquer notícia de Santos Dumont. Buscas foram realizadas semanas a fio pela montanhosa região, mas não fora encontrado qualquer sinal do Pai da Aviação nem de sua aeronave. Um memorial foi inaugurado com as maiores honras diante da sede da Aeronáutica Dumont, em maio de 1935, mas sua morte nunca fora reconhecida desde então. O pioneiro do voo constava como desaparecido, e o mistério alimentara, pelos anos seguintes, uma sempre crescente indústria de teorias de conspiração. Veio o Estado Novo em 1937, com a imposição de uma nova constituição chamada de "polaca", e o governo Vargas praticamente proibira que se falasse no nome de Alberto Santos Dumont. Mas as teorias a respeito do desaparecimento do grande pioneiro tinham sua própria força, e não deixariam de circular apenas pela vontade do ditador de plantão.

Ricardo Almeida, durante boa parte de sua vida, foi uma sombra do meio irmão René. Isso de forma alguma significava que o relacionamento entre os dois fosse difícil, muito pelo contrário. O pai de ambos, o diplomata Benedito Almeida, casara-se pela segunda vez em 1909 com Marlene, depois que sua primeira esposa, Maria, mãe de René, morrera precocemente dois anos antes. Benedito sempre soube conduzir seu lar com a mesma diplomacia que o fizera embaixador em diversos países da Europa e do Oriente, e seu lar era muito feliz.

A morte de René durante a disputa do Troféu Schneider em 1931, última edição do evento, foi um duríssimo golpe para a família, que estava toda presente para acompanhar a corrida, realizada naquele ano nas proximidades de Londres. Na volta ao Brasil, René teve honras dignas de um herói por parte do governo, mas reservadamente, Benedito criticava Vargas com veemência ainda maior que Santos Dumont.

Criticou publicamente o governo quando o financiamento para a Dumont e a Mattarazzo foi cortado por razões meramente políticas. Afirmou para quem quisesse ouvir que aquilo era uma estupidez:

— O governo, que se diz defensor dos interesses brasileiros, com essas atitudes de motivação puramente políticas, da forma mais baixa possível, impede que nossa nação se veja na vanguarda da aviação mundial. Os projetos, tanto do motor M-23 quanto do avião de passageiros D-55, poderiam projetar o grande nome do Brasil internacionalmente, mas isso não parece interessar aos que governam o país!

Benedito logo era exonerado de suas funções, e a família passou a sofrer perseguições de toda ordem. Foi apenas por intervenção direta de Santos Dumont, dias antes de seu desaparecimento, que o diplomata acabou sendo reconduzido ao cargo. Mas Vargas não deixou por menos, nomeando-o para embaixadas consideradas de pouca importância na América Latina.

O jovem Ricardo desde cedo se mostrou interessado na aviação, ingressando no curso de formação de pilotos da Escola Superior de Aeronáutica. Infelizmente, isso se deu durante a gestão do interventor, e não se podia dizer que o tratamento que recebeu foi isento. Mesmo assim, graduou-se entre os primeiros da turma, e logo conseguiu um cargo de piloto de testes da Aeronáutica Dumont.

Por volta de 1938, as nuvens da guerra já se mostravam bem nítidas no horizonte para quem quisesse vê-las, e Ricardo, sendo já detentor de excepcional reputação, recebeu um convite para atuar junto aos voluntários americanos Tigres Voadores, na China.

Na época já era conhecido por seu destacado trabalho no desenvolvimento do primeiro caça da Dumont, o modelo D-70. De linhas afiladas e com motor americano Allison V-12, mostrou-se superior ao P-40, que utilizava o mesmo motor. A posição dos radiadores no bordo de ataque das asas era idêntica à que seria depois utilizada no bimotor inglês Mosquito, durante a Segunda Guerra Mundial. De forma deplorável, novamente o financiamento foi negado, e quando chegou tempos depois a necessidade de comprar caças para a nascente Força Aérea Brasileira, o governo Vargas optou... pelos P-40!

Diante do desgosto, pois havia investido muito tempo e esforço naquele projeto, junto ao restante da equipe de testes da Dumont, Ricardo acabou aceitando o convite do americano Claire Chennault, líder do Grupo Voluntário Americano. Até o começo de 1940, Ricardo fez parte do grupo, que conseguiu vitórias estrondosas contra os invasores japoneses na China e na Birmânia, utilizando os mesmos P-40. Esse nunca fora considerado um caça de primeira linha, sendo inferior aos novos modelos americanos e mesmo os ingleses Hurricane e Spitfire, mas as técnicas e táticas de Chennault foram continuamente aperfeiçoadas, com seus destemidos pilotos transformando um caça considerado medíocre em uma arma mortífera.

Ricardo retornou ao Brasil logo a seguir ao tempo em que passou junto aos Tigres Voadores havia-lhe granjeado grande experiência e prestígio, calando os que ainda perseguiam sua família. Paralelamente ao novo trabalho de formar pilotos de caça para a FAB, voltou a ser piloto de testes da Dumont.

Era um período de excitantes novidades. Os alemães, por anos imersos em uma impressionante escalada tecnológica, fizeram voar o primeiro avião a jato pela metade de 1938, inspirados pelos projetos de turbinas do inglês Frank Whittle. Os ingleses, correndo contra o tempo, mostraram seu protótipo ao mundo apenas um ano depois.

Na Dumont, mesmo com o corte do financiamento governamental, o trabalho com as turbinas continuou, e alguns exemplares ingleses tipo Whittle chegaram ao final de 1939. Uma quantidade maior dos mesmos motores foi destinada aos americanos na mesma época.

Os projetos de alemães e ingleses até então eram nada mais que experiências, não podendo os pequenos aviões de demonstração servir para qualquer propósito além de voos experimentais. Ainda restava conhecer e desenvolver os novos propulsores, a fim de que tivessem reais possibilidades de utilização, ou até mesmo competir com os consagrados motores a pistão. Mas a Dumont, com uma rapidez assombrosa e digna de uma fábrica sempre buscando a inovação conforme o exemplo de seu fundador, desenvolvera ao mesmo tempo dois aparelhos.

O primeiro, D-89, com uma turbina, voou em maio de 1940, mas a fábrica brasileira surpreendeu o mundo quando revelou logo a seguir o D-90, com duas turbinas embutidas na raiz das asas, um desenho similar ao do americano P-59. Ricardo realizou o primeiro voo de ambos os modelos, e os aviões foram testados com sucesso sempre crescente pelos meses seguintes.

Na mesma época, a vida pessoal de Ricardo começou a se acelerar quase na mesma velocidade dos inovadores aparelhos que ajudava a desenvolver. Começou a namorar uma repórter americana novata, chamada Valentina Sheridan. A moça já trabalhava no jornal nova-iorquino *East Coast Tribune*, e ao mesmo tempo fazia um estágio no paulistano *O Estado de São Paulo*. Conheceram-se durante a apresentação do D-89, e poderia ser dito que fora paixão à primeira vista.

Pelos meses seguintes, Ricardo se dividia entre a formação dos novos e jovens pilotos, o teste das aeronaves da Dumont, e o namoro com Valentina. Muitos americanos vinham visitar o Brasil para trabalhar e estudar no estado de São Paulo, e tanto a Dumont quanto a Escola de Aeronáutica eram instituições reconhecidas no mundo todo. O curso de engenharia também era concorrido, e muitas vezes Ricardo dava palestras lá, auxiliando a conceber novos projetos baseados nas necessidades de utilização, com base em sua experiência com os Tigres Voadores.

Foi durante esse período que conheceu também um jovem engenheiro inglês chamado Matheus Kirk. O rapaz era considerado um dos melhores projetistas britânicos em ascensão, e ajudou a melhorar substancialmente o desempenho do caça Spitfire, trabalhando ainda no desenvolvimento dos motores Merlin e das turbinas Whittle.

O governo Vargas, mesmo aplaudindo de forma inacreditável muitos dos sucessos nazistas na guerra já iniciada, fazia vista grossa a essas colaborações com os aliados, mesmo porque não podia negar as vantagens do intercâmbio de conhecimentos. Já nessa época, eram intensas as pressões para que o Brasil declarasse guerra ao Eixo, mas o ditador considerava ser muito mais conveniente manter-se neutro, tanto quanto fosse possível.

Embora sua família tivesse sido diretamente atingida pela opressão da ditadura em outros tempos, Ricardo não se envolvia em política. Estava muito mais preocupado com sua carreira e sua vida. Kirk em pouco tempo tornou-se seu amigo, e passavam horas a fio conversando sobre projetos, aviões, a guerra e o que lhes reservava o futuro. O amigo, finalmente, foi subitamente chamado a Londres durante os dias terríveis da Batalha da Inglaterra, e a Ricardo só restara ficar com Valentina.

O namoro ia muito bem, e o piloto já pensava em casamento. Um dia, por muita insistência da repórter, ele concordou em levá-la a um *tour* pela Aeronáutica Dumont. Ela quis conhecer tudo, projetos, o histórico da companhia, a exposição permanente sobre o fundador Santos Dumont, e até mesmo os arquivos.

Ricardo mostrou-lhe tudo. Val insistiu, querendo ver de perto os inovadores jatos, que só haviam sido mostrados à distância, e em voo. O piloto não pôde resistir ao charme da bela loira e entraram por fim num dos hangares, onde os aparelhos passavam por manutenção.

Almeida foi chamado nesse instante, um telefonema urgente. Ausentou-se por alguns minutos, e logo voltou. Encerraram o turno, e saíram para mais um jantar romântico.

A bomba estourou na imprensa dias depois. O *East Coast Tribune* publicou detalhadas fotos e desenhos dos jatos brasileiros, que foram copiados por quase todos os jornais da Europa e das Américas. Tudo que nem os diretores da Dumont, nem o governo Vargas, queriam que ocorresse.

As investigações logo chegaram a Ricardo e ele foi preso, mas não ficou na cela por muito tempo. Com seguidas ressalvas de que estava sendo posto em liberdade devido a seus inestimáveis serviços, ele foi expulso da FAB e do quadro da Dumont, e literalmente "convidado a se retirar" do Brasil.

Nos últimos dias em seu país, o piloto procurara Valentina em todos os lugares. No hotel onde vivia, finalmente, foi-lhe dado um envelope fechado. Em lacônicas palavras, a moça dizia que fizera apenas seu dever profissional, que os projetos dos outros jatos igualmente foram divulgados pela imprensa, e que lamentava muito, pedindo desculpas e dizendo que torcia para que ele a perdoasse.

Ricardo, em uma onda de ódio e frustração, esforçou-se por esquecê-la, quando novamente recebeu um convite na véspera de deixar o Brasil rumo ao Chile. A RAF, a Real Força Aérea Britânica, estava desesperadamente precisando de pilotos, e sabendo da situação dele, perguntavam se desejaria oferecer seus serviços.

Sem alternativas, e desejando há muito tempo fazer alguma coisa para ajudar na luta contra os nazistas, Ricardo embarcou em um avião de transporte para a Inglaterra. Nas semanas seguintes estava auxiliando na formação e treinamento de novos pilotos, e participando de muitos combates na Batalha da Inglaterra, que afinal se revelou como a primeira derrota das tenebrosas forças de Hitler. Com informes de inteligência acumulando-se, dando conta do desenvolvimento pelos alemães das avançadas tecnologias vislumbradas antes da guerra, um grupo secreto de elite foi formado em janeiro de 1941, chamado Esquadrão Ouro.

Ricardo reencontrou Kirk, e logo começaram a trabalhar juntos, participando, entre outros projetos, do desenvolvimento de aperfeiçoados aparelhos de radar e aprimoramento dos aviões existentes. Logo o brasileiro foi galgando postos, e no segundo semestre de 1943, era promovido a líder do Esquadrão Ouro. A Base Ouro, a mais sofisticada base militar dos aliados, agora também com a participação dos americanos, que entraram na guerra após o ataque a Pearl Harbor em dezembro de 1941, se tornou uma importante ponta de lança contra o nazismo, respondendo apenas ao Comando Supremo Aliado. Para as demais unidades militares, a base e, especialmente, o Esquadrão Ouro era apenas uma lenda.

A dura rotina da guerra impedia que se pensasse em qualquer outra coisa. Mas nas noites de folga, quando encostava em algum canto para descansar, Ricardo pensava com saudades no Brasil e na família.

E, embora tentasse não fazê-lo, a contragosto pensava também em Valentina.

CAPÍTULO 5

BASE OURO, 10 DE JULHO DE 1944.

Já passava das quatro da tarde quando Ricardo e Valentina entraram no escritório do piloto. O mesmo se localizava no mesmo prédio administrativo que dispunha dos três andares subterrâneos. Esses andares abrigavam os arquivos mais completos e secretos dos aliados, e salas de reunião utilizadas por pessoas do alto escalão. Até Churchill já as havia utilizado várias vezes.

Ricardo sentou-se em sua cadeira sem olhar para Valentina. Ele observou vários documentos sobre sua mesa: relatórios a serem preenchidos notificando o progresso nos testes do novo jato americano, o XP-80, e dos testes comparativos com o jato inglês Meteor, além do novo bimotor americano XF7F, movido pelos mesmos motores Double Wasp do D-84, informações sobre as missões de reconhecimento, pedidos de informes sobre o progresso no estudo dos materiais capturados do inimigo, pedidos de aviadores, técnicos e cientistas que gostariam de trabalhar na base... Ricardo pensou que o lado ruim daquela posição de comando era a burocracia.

"Na verdade, sem dúvida é o lado pior", pensou, de si para si.

Valentina sentou-se numa cadeira do outro lado da mesa, e já não exibia o sorriso atrevido de antes. Mas mostrava uma expressão absolutamente tranquila, aguardando os acontecimentos.

Kirk chegou esbaforido na mesma hora, e assim que viu que Ricardo estava acompanhado, disse:

— Chefe, desculpe, não sabia... Valentina!?

A repórter virou-se para olhá-lo, sorriu, levantou-se e abraçou o engenheiro, estalando um beijo em sua bochecha e dizendo:

— Matheus! Que bom ver você, querido! Bom, na verdade não chega a ser surpresa, pois já imaginava encontrá-lo aqui, e bem antes de ouvir Rick chamá-lo.

Os dois nesse momento olharam para Ricardo, que não parecia muito feliz. Kirk ficou de pé próximo a ponta da mesa, e Val tornou a sentar. O capitão aguardou mais alguns instantes, e depois finalmente disse:

— Bem, se os cumprimentos já terminaram...

Kirk ia dizer alguma coisa, mas parecia sentir medo do tom que Ricardo usava. Ficou calado, e o piloto completou:

— Valentina, pode nos mostrar o documento que trouxe?

Ela voltou a sorrir nesse instante, e respondeu:

— Não sem antes você me prometer que poderei acompanhar todo o desenrolar da investigação, que obviamente irá ordenar, e aqui na base!

Ricardo levou as mãos a cabeça, parecendo que ia explodir. Kirk não se atreveu a dizer nada, e o capitão, por fim, controlou-se, dizendo:

— Pelo visto, não adianta tentar convencê-la do contrário. Bom, de qualquer forma, é melhor tê-la por perto, assim podemos controlar o que vai fazer, dizer ou publicar.

Val sorriu, cheia de desafio, e tirou por fim o papel do bolso. Desdobrou-o, colocando-o sobre a mesa. Ricardo o examinou juntamente com Kirk. Como Val havia descoberto ainda nos Estados Unidos, logo após receber o documento, ele era um memorando assinado por Adolf Viggenstein. Na margem inferior, abaixo da assinatura do autor, o motivo de Rick permitir a presença da repórter. Kirk resumiu o espanto dos dois, apontando para o papel:

— Mas... é o mesmo símbolo que encontramos na asa voadora!

O engenheiro percebeu que fizera bobagem, falando abertamente de assuntos secretos, pois Val emendou:

— Então, sabem do que se trata? Já imaginava...

— Quem é esse Viggenstein? — perguntou Ricardo. — O que descobriu?

Valentina ergueu-se, e foi até a janela. O escritório de seu antigo namorado ficava no segundo andar do prédio, e ela tinha uma visão da comprida pista de pouso, onde estava nesse momento decolando o jato Meteor no qual uma das equipes de Kirk vinha trabalhando nas últimas semanas. O objetivo era fornecer um incremento no desempenho de suas duas turbinas, usando o que Kirk chamava de pós combustão.

— Com certeza, vocês têm andado bem ocupados aqui, hein, meninos? — perguntou Valentina.

Ela por fim explicou que não havia encontrado muito em sua pesquisa:

— Nos arquivos do *East Coast Tribune* encontramos algumas informações. Esse Viggenstein aparece como participante de expedições que os nazistas fizeram ao Tibete por volta de 1935, com o fim de encontrar provas de que sua "raça ariana" descende de uma antiga e avançada civilização.

— Falou-se muito que os nazistas estavam à procura da Atlântida, tal como o filósofo grego Platão a descreve — intrometeu-se Kirk.

— Isso — respondeu Valentina. — E outra área a qual esse Viggenstein apareceu ligado é na pesquisa de propulsão avançada para aeronaves. O nome dele consta como um dos participantes dos projetos a jato das fábricas Messerchmidt e Heinkel antes da guerra. Parece que também andou trabalhando com Werner Von Braun.

Já naquela época, sabia-se nos círculos da inteligência aliada, que Von Braun era um dos maiores cientistas alemães, o cérebro por trás das temíveis bombas V-2. Entre o alto comando aliado, havia muito receio de que essas armas avançadas pudessem virar a maré da guerra a favor dos nazistas.

Nos minutos seguintes os dois militares ainda examinavam o documento, depois de discutirem sobre algumas das informações. Finalmente Ricardo apanhou o telefone, e assim que atenderam disse:

— Allan, poderia vir ao meu escritório, por favor?

Poucos minutos depois, um homem de cabelos castanho-claros, trajando uniforme de capitão com insígnias americanas, entrou na sala. Allan Taylor era o oficial de inteligência da base, e o mais alto representante dos Estados Unidos na mesma. Ricardo mostrou o documento para Taylor que, como os companheiros, mostrou-se muito espantado. Depois de ouvir a história de Val sobre o bombardeio a Washington e seu encontro com Hazemann, disse:

— Nunca ouvi falar desse tal de Viggenstein, mas temos uma imensa quantidade de documentos aqui. A maioria ainda nem foi propriamente vistoriada.

— Acho bom colocar seu melhor pessoal para trabalhar nisso.

O americano concordou com a recomendação do brasileiro, pediu licença e saiu, depois de escrever os nomes de Adolf Viggenstein e Ralf Hazemann em uma folha de papel.

Valentina viu quando o americano saiu apressado pela porta, e voltou a reparar em Ricardo. Pouco havia mudado desde o último encontro, quatro anos antes. Mas parecia mais velho, com o peso do mundo nos ombros. As elevadas responsabilidades como um dos comandantes daquela base secreta não deveriam ser um fardo fácil de carregar. Arriscou uma pergunta sobre o passado:

— E Joseph Sullivan, tem tido notícias dele?

Sullivan voara pelos Tigres Voadores na mesma época de Ricardo, e os dois mantinham uma amizade diferente, muito baseada na rivalidade que nutriam um pelo outro. Várias vezes voaram juntos nas missões, e o americano se envolvera em um caso nebuloso com outro cientista alemão, anos antes.

— Pelo que sei — disse Ricardo distraído — está no Pacífico com os Fuzileiros Navais americanos, voando de F-4U Corsair.

Ele sabia que Val havia tido um caso rápido com Sullivan, mas não quis entrar em detalhes.

Depois de conversar ao pé do ouvido com Kirk, ambos acabaram concordando, e levaram Val até o pavilhão mais secreto da base. Antes, Rick tomou a precaução de tirar a câmera fotográfica que a repórter sempre trazia consigo, e a pendurou ao ombro como garantia de que não seria usada.

Valentina, diante do que lhe foi mostrado, nem chegou a ficar chateada. Ela conhecia aeronaves, acompanhando avidamente os mais recentes avanços tecnológicos, e a visão inacreditável daquela asa voadora era algo que seguramente adoraria mostrar a seus leitores.

Kirk explicou algumas de suas características técnicas, e apontou para uma grande bancada, onde estavam desmontando um dos motores:

— É muito diferente de uma turbina tipo Whittle normal. O fluxo de ar pelo motor é bem diverso, e ela tem umas estranhas válvulas, que parecem quando acionadas impedir que o fluxo de ar e combustível sigam o caminho habitual. Na verdade, parece que essas válvulas param o motor em pleno voo! Por que diabos fariam isso, não sei...

Taylor chegou nesse momento. Levou os dois companheiros para um canto distante de Valentina, e disse:

— Descobrimos que Hazemann teve ajuda do governo americano e foi para os Estados Unidos, depois de desertar e cruzar a fronteira espanhola.

— Mas por que isso? — perguntou Almeida.

— Até parece que você anda nas nuvens, meu amigo! — ironizou o americano. — Não sabe que está começando uma corrida para obter os segredos das armas alemãs? Não tem lido os informes que chegam das tropas na França? Um exemplo, os alemães, já que estamos destruindo as antigas bases de lançamento das bombas voadoras V-1, as têm lançado de bombardeiros, especialmente o He-111.

O americano fez uma pausa, e concluiu:

— Stalin pessoalmente ordenou a inteligência russa que consiga todas as informações possíveis sobre a outra arma, o míssil V-2. E meu governo está fazendo exatamente o mesmo. Daí faz todo o sentido aproveitar o conhecimento de um sujeito como Hazemann. Ele trabalhou no projeto do foguete, e já sabemos que há muito em comum com os trabalhos de Robert Goddard.

Goddard era um pioneiro americano no campo dos foguetes, tendo feito voar o primeiro desses engenhos de combustível líquido ainda nos anos 1920. Kirk emendou:

— Pois é, nunca entendi como puderam deixar de lado o conhecimento de Goddard.

Taylor disse que isso bastou para abrir os olhos dos militares, e que uma série de programas de pesquisa estavam tendo sinal verde. O Eixo tinha que ser vencido, custasse o que custasse.

— O que vai surgir depois que a guerra acabar, ninguém pode dizer.

Taylor não parecia muito animado com essa constatação. Era de fato uma preocupação que mais e mais incomodava também os outros dois.

— E quanto a Viggenstein? — perguntou Ricardo.

Taylor disse que os documentos já conhecidos eram poucos. De modo geral, confirmavam as descobertas de Valentina, sem acrescentar muito mais. Viggenstein era fanaticamente nazista, acreditava piamente da pretensa "superioridade ariana", e antes da guerra foi um dos mais destacados pesquisadores alemães. Trabalhou em inúmeros projetos de pesquisa, incluindo como já posto motores a jato e foguetes, e era declaradamente um entusiasta pela alta tecnologia.

— Chegou a trabalhar nas equipes de carros de corrida da Mercedes e da Auto-Union antes da guerra — acrescentou Taylor. — Foi um dos que conceberam o sistema de injeção de combustível dos motores Daimler-Benz dos Messerchmidt Me-109, e teve destacado papel no projeto dos foguetes que, segundo as poucas informações que temos, deram origem a V-2. Mas...

Kirk e Ricardo se olharam, e o capitão perguntou:

— Mas o quê, Taylor?

O americano baixou a cabeça, frustrado, e por fim disse:

— Desde que apareceram as primeiras armas avançadas de Hitler, temos mantido arquivos a respeito. Os comandos em todos os teatros de operações têm ordens de coletar toda e qualquer informação sobre suas novas tecnologias. Mas infelizmente aqui na base temos enfrentado uma severa falta de pessoal para pesquisar o arquivo.

Taylor acrescentou que, de todos os documentos lá, pelo menos quarenta por cento ainda não haviam sido examinados de forma apropriada, e concluiu:

— Não conseguimos localizar absolutamente nada sobre Viggenstein a partir de 1941. Parece que desde então ele simplesmente desapareceu da face da Terra!

O americano exibiu um documento obtido pela inteligência britânica, datado de outubro de 1940, que apontava que Viggenstein estava a caminho da França, a fim de conduzir uma série de experiências secretas.

— Se estiverem com falta de pessoal, eu posso ajudá-los com o maior prazer.

A voz feminina intrometeu-se na conversa, e todos se viraram para Valentina. A repórter acrescentou:

— E quase tudo o que disseram já é do conhecimento da imprensa.

Ricardo olhou seus companheiros, e a seguir tornou a examinar sua antiga namorada. Os olhos, o rosto, os cabelos loiros se esparramando pelos ombros. Valentina não havia mudado em nada. Estava diferente, é verdade, em um aspecto. Tornara-se ainda mais intrometida, vigorosa e decidida do que já era. O capitão, por fim, se virou para o colega americano e disse:

— Allan, creio que infelizmente não temos muita escolha. Bem sei o quanto o setor de arquivos está atolado de solicitações.

Aproximou-se de Val, e disse:

— Vai trabalhar com os arquivos, mas está proibida de copiar ou divulgar qualquer informação que encontrar. Irá se reportar apenas a mim, a Taylor ou Kirk. Entendido?

Ela ainda fez menção de protestar, mas desistiu assim que abriu a boca. Fez que sim com a cabeça, e Almeida se virou para o engenheiro:

— Kirk, leve a senhorita Sheridan até o arquivo. Antes, passem no almoxarifado e arrumem um uniforme para ela. É bom prender esse cabelo de estrela de cinema, Val, e maneirar a maquiagem. Podemos trabalhar juntos, mas desde que seja discreta.

Os dois saíram, mas antes que se afastassem a repórter se virou e disse:

— Você me chamou de Val, querido! Isso não acontecia há quatro anos...

Minutos depois, Almeida e Taylor estavam de volta ao gabinete do primeiro, e assim que entraram, viram que havia alguém a sua espera.

Damon Holmes era natural de Oxford, capitão condecorado da RAF por sua participação na Batalha da Inglaterra, ainda em 1940, e o administrador geral da base.

— Posso saber como cometeram o absurdo de permitir a presença de uma jornalista nesta base, a instalação aliada mais secreta que existe?

Ricardo tinha uma convivência muito boa com o americano Taylor. Já com o inglês, com quem dividiam a autoridade sobre a Base Ouro, reportando-se somente ao Alto Comando Aliado, a coisa mudava de figura. Holmes nunca se esforçara para manter seu relacionamento em um nível amigável, e frequentemente discordava de decisões que os demais tomavam.

Ricardo contornou o inglês, passou ao lado da mesa e sentou-se em sua cadeira. Reclinou-se, colocando os pés para cima, e abriu a jaqueta de aviador. Depois de uma olhada nos papéis a sua espera sobre a mesa, respondeu:

— Holmes, vou continuar fingindo que esqueci daquela vez, há uns dois meses, quando chamou um "chapa" seu, jornalista de Oxford, para visitar a base e ver parte de nossa preparação para o Dia D.

O inglês ameaçou abrir a boca para protestar violentamente, mas o brasileiro disse:

— Além do mais, como o Taylor pode confirmar, estamos com pouco pessoal. Valentina tem qualificações que podem nos ajudar. Ou vai dizer que não está preocupado que Londres possa vir a sofrer um ataque como o de Washington? Sem aviso, e sem qualquer sinal de um atacante!

Holmes ia dizer mais alguma coisa, mas Rick o interrompeu novamente:

— E por favor, homem, ainda não se recuperou de ter sido preterido por mim para comandar o corpo aéreo da base? Não sei se já voou outra coisa que não um Spitfire ou um Mosquito. Apenas agora está se habituando ao Meteor, o que é bom para você. Mas vai mesmo querer comparar sua experiência com a minha?

Allan costumava ser mais diplomático quando lidava com Damon. Já Ricardo não se preocupava minimamente se desagradava ou não o inglês. Sabia perfeitamente que era um piloto mais versátil do que ele, e não suportava que Holmes viesse com aquela arrogância típica dos ingleses para cima dele.

Damon respirou fundo algumas vezes. Ajeitou o uniforme sempre completo e impecável que costumava usar. Parecia ter se controlado, pois colocou os papéis que carregava sobre a mesa, dizendo:

— De qualquer forma, temos trabalho a fazer. Essa é a razão de ter vindo vê-los.

Depois de ler os documentos, Ricardo com expressão preocupada os passou para Taylor. O americano ficou um pouco mais perturbado, pois olhou para Holmes e perguntou:

— Mas hoje?!

Holmes parecia ter recuperado a fleuma. Olhou para o relógio, e respondeu:

— Já emiti ordens para que os arranjos que me cabem comecem. Quanto a vocês, meus caros, melhor se apressar com os preparativos. Eles devem chegar às 19 horas em ponto.

A Base Ouro não era uma instalação de elite por acaso. As sete horas da noite tudo estava pronto. Caças Mustang passavam em voos rasantes a todo instante, e um grupo de caças noturnos Mosquito estava de prontidão. Os esquadrões se revezariam no ar 24 horas por dia, pelo tempo que durasse aquela reunião.

A caravana que trazia o primeiro-ministro britânico Winston Churchill apontou nos portões da base uns cinco minutos antes das sete da noite. Dwight Eisenhower, comandante supremo aliado para a Operação Overlord, o Dia D, chegou logo depois com um avião americano que pousou na longa pista da base.

Junto a Churchill e seu inseparável charuto, desembarcou Charles De Gaulle, o comandante dos franceses livres. Delegações de outras nações aliadas chegaram a seguir. A dos representantes russos era a maior.

Contato telefônico ininterrupto era mantido com Washington, onde Franklin Roosevelt acompanhava a importante e secreta conferência. E os representantes russos também mantinham contato constante com seu líder, Josef Stalin, em Moscou.

Era a mais importante reunião dos aliados desde a Conferência de Casablanca, ocorrida no Marrocos após o desembarque no norte da África, em janeiro de 1943.

Os líderes e seus *staffs* acomodaram-se no auditório da base, o único local grande o suficiente para todos. Ficava no último piso subterrâneo do prédio administrativo, que também abrigava os arquivos, e era naquele momento o local mais bem guardado e vigiado do mundo.

Por insistência do anfitrião, Churchill, os primeiros a falar foram os comandantes da Base Ouro. Em curtos discursos, Ricardo Almeida, Allan Taylor e Damon Holmes deram as boas-vindas a todos, e apresentaram rápidos relatórios sobre suas áreas respectivas de atuação. Todos foram muito aplaudidos.

Ricardo vestia a farda social típica da RAF, mesmo que seu P-51 exibisse insígnias americanas. Aquilo só ocorria, em todas as forças aliadas, com os membros do Esquadrão Ouro. Uma concessão que os comandantes lhe haviam feito foi uma pequena insígnia redonda, que trazia afixada ao peito, idêntica a uma "bolacha" que usava na manga de seu traje de voo. Era um círculo amarelo, cortado na horizontal por uma faixa verde, e uma azul mais abaixo. Fora o fato de conversar em português com Kirk e algumas outras pessoas, incluindo emissários dos militares brasileiros, era uma das poucas reminiscências do Brasil que mantinha sempre consigo.

O auditório estava lotado, e ao lado direito, no comprido corredor que descia até o palco, foram dispostas várias cadeiras com mesas, onde funcionários usavam máquinas de escrever para registrar tudo que era dito. Uma equipe de filmagem estava a postos, no lugar onde em um cinema seria a sala de projeção.

Os líderes tomaram seus lugares, junto a seus funcionários mais importantes, em uma comprida mesa colocada sobre o palco. Eisenhower foi o primeiro deles a falar. Relatou o andamento da Operação Overlord, cujo *front* ainda se encontrava a cerca de trinta quilômetros de Paris. Naturalmente, a resistência das forças nazistas de ocupação aumentava conforme os aliados aproximavam-se da capital ocupada.

O comandante norte-americano, frisando que aquela era uma informação que não deveria sair daquela sala, relatou novos encontros da aviação aliada com as misteriosas asas voadoras. Apareciam do nada, na maioria dos casos mergulhando a partir do alto, e sobrepujavam os aviões e caças aliados com facilidade. Eisenhower afirmou que a seu ver a participação do Esquadrão

Ouro na ofensiva havia sido por demais limitada naqueles últimos dias, retardando o avanço aliado.

— É chegada a hora de não mais limitarmos a atuação de nossas melhores forças! Temos que utilizar o que tivermos de melhor, a fim de obtermos uma decisiva vitória sobre o inimigo!

Naturalmente, o comandante provocou uma grande salva de palmas, evidentemente mais intensa por parte do pessoal norte-americano. O francês De Gaulle falou a seguir, dizendo que agora que as forças aliadas desfrutavam de uma condição estabilizada no território francês, era chegado o momento de avançar, destruir o inimigo, e libertar Paris.

O reduzido contingente francês fez bem mais barulho que os americanos dessa vez. Foi nesse momento que Ricardo, sentado na primeira fila de poltronas, reparou que Matheus Kirk, que por pedido de Churchill sentava-se ao lado do primeiro-ministro, trocava constantes palavras ao pé do ouvido com ele. Vários telefones haviam sido instalados nos fundos, e o engenheiro levantou-se e foi até um deles.

Almeida ficou pensativo com aquilo, quando falou o representante russo, general Ivan Raghozov. Ele afirmou que já havia passado da hora de os aliados aumentarem a pressão sobre os nazistas no oeste, a fim de enfraquecê-los e possibilitar um avanço mais rápido das forças soviéticas no leste. Ricardo sabia que nenhuma outra nação sofrera mais do que a Rússia diante do nazismo, mas também concordava com boa parte dos oficiais, que discretamente apontavam as semelhanças entre os totalitarismos de Hitler e Stalin. Não seria do interesse dos aliados uma União Soviética emergindo todo-poderosa dos escombros da tirania nazista. O fim da guerra, mesmo com as armas fabulosas que Hitler estava pondo em ação, se aproximava mais e mais a cada dia, e Ricardo frequentemente se preocupava com o que poderia vir depois.

Kirk voltou para a mesa quando, finalmente, chegou a vez de Churchill falar. Mesmo não sendo inglês, sempre sentia uma emoção diferente quando ouvia as palavras do primeiro-ministro. E era a primeira vez que ouviria um discurso dele em pessoa.

Churchill não era quase lendário à toa. Em sua brilhante fala, concordou com os colegas, ainda aproveitando para criticar um e outro comandante militar mais conservador. Afirmou que era chegada a hora de um golpe decisivo, e que isso significava libertar Paris o mais depressa possível.

Para isso, seria necessária a participação direta do Esquadrão Ouro. A contribuição do grupo aéreo mais avançado dos aliados havia já sido decisiva no desenvolvimento de novas aeronaves e testes de novas tecnologias, sem esquecer o trabalho de inteligência conhecido por muito poucos. Mas manter o segredo em torno dele exigia que suas intervenções diretas fossem reduzidas.

— Isso acaba agora cavalheiros! — disse Churchill. — De comum acordo com os demais comandantes, estou emitindo uma ordem para o imediato engajamento da Base Ouro na ação. O objetivo, que já é do conhecimento de todos, é um só. Paris!

Depois que a irresistível onda de aplausos que se seguiu finalmente cessou, foram encerrados os discursos e dado início as negociações e apresentações, com o fim de elaborar um plano de ação. Antes de começar uma de suas apresentações, Ricardo reparou que Kirk novamente trocava comentários com Churchill. Por fim, ele conseguiu reparar que uma das palavras que utilizavam era "professor". E o engenheiro novamente levantou-se para ir usar o telefone. Para quem estaria ligando, Ricardo não fazia ideia.

Finalmente, chegara o momento de apresentar um dos assuntos, aquele mais novo e que a seu ver era extremamente importante. Almeida apresentou um relatório técnico sobre os progressos na análise da asa voadora, onde foi auxiliado por Kirk que já retornara, depois de desligar o telefone e novamente cochichar com Churchill. Muitos ficaram interessados quando foi apresentado o documento que Valentina trouxera, e a óbvia ligação que fora estabelecida entre a asa voadora, idênticas aquelas das quais Eisenhower se queixara, o ataque a Washington, que ainda era fonte de extrema preocupação, e o novo nome que surgira agora, Adolf Viggenstein.

Percebeu-se nos minutos seguintes uma nítida divisão entre os aliados. Churchill e Eisenhower pareciam interessados, mas De Gaulle e Raghozov disseram que no momento o importante era avançar em território francês. Alguns oficiais de alta patente deram suas opiniões, e Almeida trocou rápidas impressões com Taylor e Holmes a respeito.

— Parece que os comandantes estão divididos. Muitos preferem ter cautela, mas a maioria apoia um avanço rápido sobre Paris.

— Faz sentido — respondeu Taylor. — Mas parecem não ligar muito para nosso cientista misterioso.

— Temos que nos ater ao que é prático e urgente nesta hora — disse Holmes. — Não faz sentido perseguir contos de fada.

Ricardo virou-se para o inglês, dizendo:

— Então acha que Viggenstein é um conto de fadas?

Holmes voltara a ser o inglês arrogante e fleumático, respondendo:

— Você teve tempo de ler os relatórios das tropas na França. As tais asas voadoras engajam majoritariamente nossos caças, mas o ataque a nossas posições continua sendo feito pelas aeronaves de sempre, Messerchmidts, Junkers e até Stukas. Creio que vocês têm analisado lá no hangar uma peça de propaganda, nada mais!

— Agora é você que parece não dar atenção aos relatórios, Holmes — disse Ricardo. — Aquelas coisas abateram até nossos aviões do Esquadrão Ouro! E têm aparecido em números consideráveis, vindas de lugar nenhum! Para mim, é prova suficiente de que algo tem que ser feito a respeito.

Os ânimos estavam exaltados por todo o amplo recinto, e foi pedido o segundo intervalo da noite. Ricardo aproveitou para ir ver como Val estava. A jornalista americana havia sido mais uma adição a equipe que datilografava o que acontecia na reunião. Com uma rápida passada de olhos, Ricardo viu que ela na verdade redigia uma reportagem a respeito.

— É isso que você vai apresentar a seu comandante, é?

Ela olhou para ele e riu. Vestia calça, camisa e gravata do uniforme social da base, sem qualquer insígnia ou identificação. Apontou para outras posições, e disse:

— Aquele... aquela lá... e mais aquele outro ali, o primeiro da fila. Todos são meus colegas, que escrevem para boa parte dos jornais das capitais aliadas.

Ela disse que havia encontrado mais algumas informações sobre Viggenstein, e estava separando tudo. Havia muitos dados técnicos, e Val disse que Kirk poderia ser de grande ajuda naquela tarefa. O engenheiro, que havia se aproximado deles instantes antes, disse que poderia ajudar:

— Claro, se estiver tudo bem para você, chefe.

Almeida deu um tapinha em seu ombro, respondendo:

— Tudo bem, imagino que iria mesmo se interessar por informações técnicas ligadas a um cientista louco.

Todos voltaram a se sentar e Raghozov pediu a palavra. Kirk aproveitou e veio conversar com Ricardo, mostrando uma pasta e dizendo:

— Fotos de reconhecimento, chefe, nas proximidades de Paris.

Ricardo já as havia visto. As primeiras mostravam um grande campo de pouso ao norte de Paris, que imaginava que seria um dos primeiros alvos da nova campanha. Os aliados já haviam se apossado de alguns importantes aeródromos antes controlados pelos nazistas, mas aquele era bem maior e melhor. A série seguinte de fotos mostrava outro aeroporto, agora ao sul da capital, que certamente seria também um dos objetivos.

— Agora, chefe, veja isto!

Kirk mostrou outro conjunto de fotos, dessa vez tiradas por tropas aliadas em terra. Ricardo e os outros dois comandantes da Base Ouro observaram três conjuntos separados de imensas estruturas calcinadas, e foi Taylor quem primeiro fez comentários:

— Isso me lembra os restos do dirigível alemão Hindenburg, depois daquele terrível acidente.

Kirk mostrou os relatórios exultante, e disse:

— Pois o senhor acertou, capitão. Foi exatamente o que nossas tropas encontraram. Três dirigíveis imensos, ou os restos deles, para ser mais preciso.

— Segundo os relatórios são maiores que o Hindenburg! — disse assombrado Holmes.

O estado de ânimo do inglês dizia tudo. Ele nunca ficava assombrado. Ricardo perguntou:

— Quando aconteceu isso, Kirk?

— Eu estava verificando umas informações que o *staff* de Eisenhower nos trouxe, quando vi isso...

Apresentou a última foto. Uma insígnia que os responsáveis pelo relatório não souberam identificar. Mas eles sabiam do que se tratava.

— A insígnia de Viggenstein!

O brasileiro e o americano falaram ao mesmo tempo, e até o britânico parecia espantado. Nesse momento, um capitão russo se aproximou e, em inglês, disse:

— Seria de bom tom se os senhores prestassem a mesma distinção e cortesia a meu comandante, que apresentaram a seus líderes...

Os quatro repararam que um silêncio se estabelecera no salão, com boa parte dos presentes observando-os. Ficaram em silêncio, e o general soviético pôde prosseguir.

Assim que ele terminou, Taylor pediu a palavra e subiu ao pódio. Apresentou as novas informações, acrescendo alguns detalhes que não tiveram tempo de discutir, e por fim disse:

— Senhores, tudo indica que estes três achados, de três diferentes exércitos aliados, estão ligados ao mesmo nome aqui já apresentado antes. Adolf Viggenstein. Desde ontem, quando primeiro descobrimos a seu respeito, e sua provável ligação com o misterioso ataque a Washington, temos realizado pesquisas em nossos arquivos.

Enfatizou os problemas que enfrentavam, incluindo a falta de pessoal para trabalhar especificamente naquela pesquisa, e recomendou que esforços fossem realizados para descobrir que tipo de experimento estava ligado a três imensos dirigíveis, onde Viggenstein estava, e o que pretendia.

— Além de, naturalmente, determinar meios para detê-lo. Já sentimos o poder de suas aeronaves. Sabemos que Washington foi atacada. Londres pode ser a próxima. Ou mesmo Moscou. O serviço de informações foi essencial para o perfeito desenrolar da Operação Overlord. Sem dúvida, será essencial mais uma vez, na decifração desse enigma.

Algumas horas depois, já madrugada adentro, a reunião acabou. O Esquadrão Ouro começaria sua ofensiva dentro de dois dias, com prioridade máxima para a libertação de Paris e a tomada dos dois importantes aeroportos, ao norte e ao sul da capital. Não seria no momento estabelecida uma equipe especial para investigar o misterioso cientista nazista. Outros esforços, no entender dos líderes aliados, eram os mais urgentes.

Novamente, ao final da reunião, Ricardo reparou que Kirk conversava discretamente com Churchill. E de novo conseguiu entender uma palavra: "Professor".

Mesmo que estivesse curioso a respeito, não pretendia questionar o engenheiro agora. Tinha coisas muito mais urgentes a fazer. O tempo disponível para organizar a ofensiva era muito pouco.

Mas Ricardo estava frustrado. Considerava, como seus colegas, que era importante saber quem diabos era aquele Viggenstein. Ao menos Valentina estava disponível para pesquisar a respeito, e Kirk poderia auxiliá-la. O capitão ainda viu o engenheiro mais uma vez falando ao telefone, antes de sair do salão.

Cansado, só pensava em dormir. Mas ainda se dirigiu ao anexo dos alojamentos, e viu que boa parte de seus pilotos o esperava. Denise e Tony na frente.

Contou apressadamente o que fora discutido, evidentemente sem mencionar os aspectos mais sensíveis. Ricardo se surpreendeu como ficaram animados. Como brasileiro, ainda não entendia muito bem aquela ânsia de ir para a guerra aberta, embora ele mesmo se sentisse por vezes frustrado por ser obrigado a conter suas ações. Mas agora aquilo não importava mais. O Esquadrão Ouro estava pronto para o que estavam pedindo:

— Tenho certeza, pessoal, que todos estão aptos para essa tarefa que nos foi confiada. Nossos superiores ordenaram que limpássemos o caminho até Paris, e é isso que iremos fazer. O Esquadrão Ouro vai fazer a diferença, a favor dos aliados!

Ricardo sentiu uma grande euforia no ar diante dos aplausos que se seguiram. Mas também reparou que Denise olhava além dele. Virou-se, e deu com Valentina de braços cruzados, em pé a pouca distância, sorrindo de leve. Parecia emocionada com a cena, mas logo ficou séria.

O capitão encarou seu pessoal novamente, e viu que Denise estava muito séria. Já havia reparado que as duas, quando estavam juntas, mal se olhavam. Até que não achava aquilo muito ruim, na verdade, mas não tinha tempo de administrar ciúmes entre as duas. Os próximos dias seriam extenuantes.

×××

A milhares de quilômetros dali, o Professor pousou o fone no gancho. Já fazia ideia do que estava para vir. Não lhe agradava aquele rumo dos acontecimentos, mas como havia muito tempo se decidira, o mais importante no momento era evitar o mal maior.

Odiava aquele pragmatismo, mas era por enquanto a melhor forma de lidar com o futuro.

Preocupou-se com o que o jovem engenheiro lhe havia revelado. Estava decidido a instar seus funcionários a fazer uma pesquisa em seus próprios arquivos.

Levantou-se e caminhou até a janela, vendo o resultado de seu trabalho até então. De certa forma orgulhava-se do mesmo, apesar de o uso que se fazia não era nem de longe o que pretendera. Mas em tempos tão tenebrosos, com as nuvens negras ainda pairando sobre os destinos da humanidade, o Professor acabou concluindo que era no momento o melhor curso de ação a seguir.

CAPÍTULO 6

SOBRE A FRANÇA, 21 DE JULHO DE 1944.

A ofensiva havia começado já no dia 12 de julho. Alternadamente, caças-bombardeiros Mustang, Thunderbolt e Tempest dos aliados, além de bombardeiros médios tais como o B-25, Mosquito e D-84, passaram a fustigar todas as posições defensivas dos nazistas em território francês.

No dia 15, o inimigo tentara cercar as tropas aliadas que avançavam rapidamente, vindo do leste e do oeste. Os Mustangs e D-84 especiais do Esquadrão Ouro, já operando de campos de pouso no norte francês, realizaram literalmente uma carnificina, destruindo toda e qualquer possibilidade de reação por parte dos alemães.

No dia 19, uma semana após o começo da ofensiva, haviam tomado o importante aeroporto situado ao norte de Paris, nas proximidades de Pontoise. A reação das tropas defensoras foi feroz, e as baixas bastante severas para os aliados, mas o aeroporto pode começar a ser utilizado imediatamente.

Por cima, havia dois jatos alemães Me-262 intactos, que foram devidamente capturados e levados até a Base Ouro. Ricardo imaginava que Kirk iria ficar muito satisfeito.

O capitão retornava de mais uma missão, agora contra as defesas antiaéreas de Paris. Além dos Mustangs, pela primeira vez estavam utilizando aeronaves a jato, um dos XP-80 americanos, e três Meteors ingleses. Era um tremendo batismo de fogo para os jatos.

Após pousar, Rick foi direto para a tenda onde instalara seu escritório de campanha. Leu rapidamente os relatórios das missões, e tudo parecia em ordem. A campanha corria bem, apesar dos naturais revezes e perdas, mas nada com que deveriam se preocupar muito.

Um problema inesperado acabou sendo o fato de o status do Esquadrão Ouro não haver mudado para aquela campanha, participando mais diretamente da ofensiva. Continuavam respondendo unicamente ao Alto Comando Aliado, o que muitas vezes provocava discussões e até brigas, envolvendo oficiais que não admitiam ser contrariados por quem tinha patente inferior à sua.

Lidar com os repórteres de linha de frente era outra coisa a qual não estavam acostumados. Por quase dois anos o Esquadrão Ouro fora apenas uma lenda, mas agora volta e meia precisavam parar para atender algum jornalista. Mas a primeira matéria a respeito que saiu na imprensa foi no *East Coast Tribune*, assinada por Valentina Sheridan.

O aparelho de rádio emitiu um zumbido, e isso só acontecia quando queriam falar especificamente com ele. Ricardo apanhou o fone, disse seu nome, e ouviu:

— Senhor, é a tenente Morris.

Sara Morris era a única mulher na seção de Inteligência da Base Ouro, e um de três tenentes que enviara para averiguar os locais da queda dos dirigíveis de Viggenstein. Ricardo respondeu:

— Sim, tenente, tem alguma coisa para mim?

— Sim, senhor. Conforme ordenou, fiz uma vistoria do local da queda que aparece nas fotos. Sem dúvida são os restos de um dirigível similar ao Hindenburg, mas bem maior. Eu calculo que deveria medir em torno de 350 metros de comprimento.

Morris explicou que os restos estavam carbonizados, mas era reconhecível uma cabine muito pequena para no máximo 4 tripulantes. A tenente disse que, dos mesmos, nenhum vestígio restara. Além disso longos e grossos cabos de aço estavam espalhados por toda parte ao redor do local da queda. A tenente disse ter conversado com seus colegas, que visitavam os outros restos distantes vários quilômetros, para tentar formar um quadro coerente.

— E o que descobriu, tenente Morris?

Ricardo apreciava detalhes técnicos como o que a moça lhe passava, mas infelizmente seu tempo era muito curto. Mesmo assim, deixou que falasse:

— Membros da Resistência e de nossas tropas têm me ajudado, senhor. Encontramos algumas testemunhas, que afirmam que tudo aconteceu em março de 1942.

Ela afirmou estar de posse de desenhos feitos pelas testemunhas, já que os nazistas passavam em todas as casas procurando e destruindo câmeras fotográficas. Tropas da SS principalmente, que segundo a Resistência, pareciam zelar por uma experiência secreta.

— Senhor...

Sara engoliu, sua voz ficou trêmula e ela parecia ter dificuldades em falar. Ricardo percebeu imediatamente que ela deveria estar abalada com o que descobrira. A moça finalmente se recompôs, e prosseguiu:

— As pessoas com que falei, e que conseguiram apesar de toda a vigilância nazista observar o que eles faziam, disseram que os três dirigíveis estavam rebocando e erguendo um objeto gigantesco, um pouco menor que os dirigíveis.

Ricardo inconscientemente fechou os dedos na ponta da mesa, apertando tanto que só percebeu o que estava fazendo quando começaram a doer. Sentiu os cabelos da nuca se eriçarem, e ficou a pensar em incontáveis explicações para o que a tenente estava dizendo. Morris finalmente completou:

— Estou com um desenho aqui, senhor, que bate com a descrição das testemunhas. Eles dizem...

— O que foi tenente? Diga logo, o que viram?

Ricardo ficou impaciente, mas logo se controlou. Mesmo para ele, ouvir aquela história inacreditável não estava sendo fácil. Pediu desculpas e disse para ela continuar.

— Capitão, — disse Morris — eles descrevem uma suástica imensa, circunscrita em um círculo, sendo erguida nos céus! É... é inacreditável eu sei, mas temos os destroços dos dirigíveis como prova. O conjunto foi se erguendo, até que sumiu de vista. Eles também viram quatro grandes esferas decolarem e elevarem-se aos céus. Horas depois ouviram um estrondo colossal, e um dos dirigíveis apareceu repentinamente, caindo em chamas. Mas não conseguimos encontrar qualquer sinal do objeto redondo, a tal suástica gigante.

Era a coisa mais inacreditável que Ricardo já ouvira. Ordenou que Sara reunisse tudo que conseguiu obter, e junto aos dois colegas retornasse para a base de operações o mais depressa possível. O Alto Comando precisava saber daquilo.

Assim que Ricardo saiu da barraca, veio a seu encontro o coronel Johnson. Era o comandante americano designado para aquele aeroporto, e trazia novidades:

— Capitão Almeida, uma unidade de P-47 que pousou agora afirma ter metralhado a tripulação de um veículo transportador de bomba V-2. Desloquei outros caças para circularem pela área, a fim de garantir que o inimigo não consiga destruí-lo.

De fato, já haviam sofrido ao menos dois ataques com mísseis, V-1 lançados por aeronaves alemãs. Explosões nas proximidades já haviam ocorrido, e ficaram felizes pelo campo de aviação não ser um alvo muito extenso para os foguetes V-2. Felizmente, ainda não haviam enfrentado as misteriosas asas voadoras. Ricardo esperava que aquela sorte continuasse mais um pouco.

O relatório que ele leu confirmava que o veículo lançador se encontrava a cerca de 200 quilômetros de distância, a leste dali. Não havia campos de pouso assinalados no mapa que acompanhava o relatório, e ele disse:

— Coronel, podemos trazer esse material...

— Capitão, conversei com o general Bradley, chefe das forças americanas em terra, e eles já avançam para a região. Uma presa dessas não pode ser desperdiçada. Tenho outras tarefas para sua unidade, e...

— Coronel, eles irão demorar quase um dia para chegar lá, isso se não toparem com uma resistência mais pesada. Além do mais, é determinação do Alto Comando que todo material similar seja imediatamente entregue a Base Ouro.

Retornou a sua barraca, chamando Denise pelo rádio. Ordenou que aprontasse dois transportes D-84 mais seis Mustangs para partida imediata. Também recomendou que escolhesse os melhores homens para compor o grupo de desembarque.

— Capitão, com licença, pensei ter deixado claro...

— Coronel, com todo o respeito, isso está além de suas atribuições.

— Meu jovem, está se dirigindo a um oficial superior!

Ricardo virou as costas, aborrecido. Era mais um entrevero que tinha com o mesmo sujeito. Johnson era um excelente oficial, mas um pouco rígido demais para com a hierarquia oficial. Voltou a encará-lo e disse com toda paciência:

— Meu caro coronel Johnson, entenda que nós do Esquadrão Ouro não respondemos a qualquer comandante que esteja em território francês. Nossas ordens são de cooperar com as tropas aliadas no sentido de libertar Paris o mais depressa possível. Como segunda principal prioridade, estão todas as ações ligadas a Inteligência, como no presente caso. Além disso recebi ordens estritas de garantir a posse de todo e qualquer material alemão de alta tecnologia.

Ele apanhou seu material de voo, vestiu a jaqueta e acrescentou ao perplexo oficial:

— No que, aliás, se encaixa nossa bomba V-2. Então, se me der licença...

Rick ainda viu Johnson caminhando nervosamente para o prédio principal. Na certa para fazer uma nova reclamação ao Comando Aliado na Inglaterra. Ele não tinha tempo para frivolidades hierárquicas.

Em minutos os aviões estavam no ar. Cerca de meia hora depois, se comunicaram com os P-47 que vigiavam o local, e deram um rasante na área.

— Ali parece um bom lugar, capitão — apontou Denise.

Ela pilotava um dos D-84. Ricardo estava no comando do outro. A bordo, oficiais de inteligência e soldados de elite fortemente armados, prontos para garantir a posse do veículo.

A área que a tenente mostrou era uma comprida clareira, que mesmo com tamanho razoável, não devia medir mais de duzentos metros de extensão total.

— Ainda bem que viemos preparados, não é, tenente?

Ricardo foi o primeiro a pousar. Veio descendo o pesado bombardeiro convertido em transporte como se fosse um ágil caça. Abaixou o trem de pouso ao mesmo tempo em que acionava o comando que ejetava as coberturas das turbinas, uma embaixo de cada asa.

As rodas roçaram a copa das árvores, ao mesmo tempo em que o silvo das turbinas J-3 se fez ouvir. Eram do mesmo tipo, fabricado no Brasil pela Mattarazzo, que equipavam os Mustangs do Esquadrão Ouro. Mas Kirk projetara uma novidade para os modelos que estavam utilizando.

Flaps de metal resistente ao calor se fecharam na traseira das turbinas assim que as rodas tocaram o solo, dirigindo o jato para a frente. O troar das mesmas aumentou, enquanto todos a bordo sentiam o corpo ser empurrado contra os cintos de segurança. Em meros 150 metros, o D-84 parou.

Ricardo manobrou o avião, e instantes depois Denise repetiu o procedimento. Havia valido a pena terem treinado tanto nas semanas anteriores a importante reunião na Base Ouro.

Todos desceram rapidamente enquanto os caças davam cobertura. Em pouco tempo alcançaram o veículo de transporte, e todos sem exceção ficaram impressionados. O foguete V-2 ainda estava na rampa, e notava-se que os alemães não tiveram tempo de erguê-la.

De repente tiros, e todos correram. Havia corpos de soldados alemães aqui e ali, e quando chegaram próximos ao veículo de transporte, chamado pelos nazistas de Meillerwagen, protegeram-se.

Gritos em alemão vinham dali, e olhando por entre a folhagem Ricardo viu que eram dois homens. Pediu para Denise, que falava alemão, traduzir e disse:

— Estamos em maior número, rendam-se!

O soldado, cuja voz era de alguém bem jovem, gritou algo, que Denise traduziu:

— Vamos acabar com todos vocês, malditos!

Ricardo se ergueu, e caminhou para próximo do veículo. Finalmente viu os inimigos. Um oficial estava deitado numa poça de sangue, e um jovem soldado que estava menos ferido empunhava uma pistola Luger, equipamento padrão do exército alemão.

— Estamos em maior número, e seu oficial está gravemente ferido. Não há como escapar, largue a arma que chamaremos nosso médico para cuidar de vocês.

Denise traduziu o que Ricardo disse, e o capitão observou melhor o jovem. Estava trêmulo, com o ombro e a perna sangrando. O oficial que vociferava com ele estava em estado bem pior, e Ricardo novamente repetiu:

— Se largar a arma, trataremos de seus ferimentos. Não há razão para morrer por nada. Deve ter família esperando você em casa, não?

O jovem fraquejou, e Arnoux, um francês que fazia parte do time de engenheiros, gritou:

— Capitão, o que está esperando? Vamos acabar com eles!

— Arnoux, a diferença entre nós e os nazistas é que não queremos acabar com ninguém! Aliás, estes são apenas soldados cumprindo ordens, como nós. Não têm culpa dos atos de seus superiores. Já viu esse rapaz? Deve ter uns 18 anos!

O oficial voltou a vociferar, e Denise traduziu:

— O que está esperando? Atire nos tanques! Faça tudo explodir. Mate os malditos americanos!

Mas o jovem, trêmulo, finalmente tomou uma decisão. Jogou a arma longe e ergueu a mão. Os homens de Ricardo se ergueram e aproximaram-se com as armas apontadas, e o capitão ordenou:

— Afastem esses dois daqui e tratem de seus ferimentos.

O tom era tão decidido que ninguém questionou. Enquanto isso, os engenheiros presentes se certificaram que o míssil ainda não fora abastecido, e começaram a vistoriar o veículo, a fim de saber se poderiam transportá-lo.

Depois que os engenheiros confirmaram que poderiam levar a presa, chegaram outras tropas aliadas. Ricardo distribuiu ordens, entre as quais a de enterrar os alemães mortos, deixando marcos onde seriam penduradas suas plaquetas de identificação. Ao longe, passavam caças combatendo aviões alemães que se aproximavam, mas não havia perigo imediato. Depois de mais uma curta discussão com um major britânico pouco disposto a receber ordens de um capitão, finalmente puseram o caminhão e o grande reboque com a V-2 a caminho.

Já era noite quando os dois D-84 voltaram a pousar na base ao norte de Paris. Notícias chegavam a todo momento, dando conta de que a Resistência começara a erguer barricadas nas maiores ruas e avenidas da capital, e a enfrentar os invasores.

O Alto Comando ordenou prioridade máxima aos ataques contra blindados e posições nazistas dentro e ao redor de Paris. As tropas de ocupação de toda a região ao norte da cidade haviam sido dizimadas, e todos consideravam que o caminho estava livre.

Ricardo, Denise e o grupo que retornara com eles recebeu permissão para descansar até a manhã seguinte, mas quando chegaram a barraca do capitão, havia duas pessoas aguardando.

Matheus Kirk e Valentina Sheridan mal viram Ricardo e anunciaram que traziam novidades. Denise, como era de se esperar, examinou a americana de alto a baixo, colocou a mão sobre o ombro de Ricardo, e disse:

— Se precisar de mim, Rick, sabe onde me achar...

Saiu sem dizer mais uma palavra. Val não demonstrou que aquilo a incomodara, sentou-se, e foi logo dizendo:

— Aparentemente, o setor de inteligência da Base Ouro tinha muito material sobre Viggenstein, ao qual por algum motivo não deu atenção.

Ela e Kirk se alternavam nas explicações. Adolf Viggenstein era um gênio da ciência, isso já sabiam, mas seus interesses eram muito mais amplos do que poderiam imaginar. Kirk, mostrando desenhos e relatórios, disse:

— Descobri como funcionam os motores da asa voadora, chefe! Aquelas válvulas que me confundiam, elas realmente fazem o motor parar de girar em pleno ar!

Ante a estranheza de Almeida, o engenheiro explicou:

— Mas quando isso ocorre, a velocidade já é tremenda! Com certeza já deve ter experimentado, a altas velocidades, uma vibração muito grande em seu P-51, capitão?

— Sim, claro, — respondeu Ricardo — ainda mais depois que começamos a usar a turbina. Você me explicou que é o ar sendo comprimido na frente das asas...

— Exatamente! Os americanos já estão chamando isso de barreira do som. O avião se movimenta tão rápido, que o ar não tem tempo de sair da frente, e vai se comprimindo diante da aeronave. Acontece quando se aproxima da velocidade do som no ar, uns 1200 quilômetros por hora. Muitos engenheiros já estão trabalhando nesse problema, para criar aeronaves supersônicas. Pois eu acho que Viggenstein conseguiu!

Mostrou os diagramas, e concluiu dizendo que o que aquelas válvulas internas faziam era mudar o ciclo das turbinas das asas voadoras, fazendo-as funcionar como se fossem um motor *ramjet*.

— O que é isso? — quis saber Ricardo.

— Um motor *ramjet*, chefe, é um motor a jato sem turbina, sem eixo, sem partes móveis. A teoria é antiga, se fosse construído poderia atingir altíssimas velocidades, mas fazer funcionar é o problema. E parece que nosso cientista louco conseguiu!

Almeida examinou os diagramas impressionado, dizendo:

— Agora sabemos como eles conseguem desaparecer de nosso alcance tão rápido! Mas para que o foguete, então?

A asa voadora de posse do Esquadrão Ouro tinha na cauda um motor foguete ao menos tão potente quanto o da própria bomba V-2, informação obtida da espionagem aliada. Kirk respondeu:

— Chefe, não tenho certeza. Mas sabendo que a V-2 atinge o limite da atmosfera em seu voo, e que a asa é bem mais leve que o míssil de 15 toneladas, diria que devem atingir pelo menos uma altitude maior que a alcançada pelas V-2, que estimamos ser de 80 quilômetros.

— Poderiam mergulhar vindas aparentemente do nada, então!

A conclusão final de Ricardo era verdade. Sem dúvida, o Alto Comando Aliado precisava saber daquilo. Mas havia mais, e foi Valentina que começou:

— Ele também pesquisava muito a respeito de eletromagnetismo...

A repórter e o engenheiro mostraram diagramas e documentos com a mesma insígnia que já conheciam.

Viggenstein aparentemente dirigia um grupo de pesquisas rival ao de Von Braun, e Kirk explicou:

— Já sabemos que Viggenstein se interessava pela Atlântida. Participou de expedições ao Tibete e a Índia, ajudando Heinrich Himmler, o chefe da SS, e que também era fanático pelo assunto. Ambos acreditavam que sua adorada "raça ariana" era descendente da antiga civilização da Atlântida.

— Alguns outros, — disse Val — membros como Viggenstein e Himmler da sociedade secreta da SS conhecida como Ahnenerbe, eram ainda mais malucos, afirmando que os arianos poderiam inclusive ter vindo da estrela Aldebaran!

— Que salada!

A observação de Almeida fez todos rirem, e Kirk prosseguiu:

— Já por volta de 1937, Himmler enveredava por um caminho místico, que não tinha o menor interesse para Viggenstein. Ele só queria saber da história e da ciência, fazendo experiências sem parar. Estudou obsessivamente as teorias de Einstein, Bohr, Rutterford e outros, e estava convencido de que poderia utilizar o eletromagnetismo para a propulsão de aeronaves revolucionárias no futuro próximo.

Naquele momento, chegaram Sara Morris e os outros dois tenentes, que rapidamente apresentaram suas descobertas. Kirk ficou muito impressionado com as fotos dos locais de queda dos três imensos dirigíveis, e mais ainda com o desenho que Sara afirmou ter sido feito por uma das testemunhas. As três imensas formas em fuso dos dirigíveis erguiam por meio de cabos de aço uma grande estrutura circular, cujo miolo era formado por uma colossal suástica.

— O que estavam fazendo?!

Kirk fez a pergunta enquanto observava todos os dados avidamente, sem conseguir chegar a qualquer conclusão. Ricardo agradeceu aos tenentes e os dispensou, dizendo que esperava seus relatórios para o dia seguinte. Quando eles saíram, ele disse aos amigos:

— Acho que estamos todos cansados, e não chegaremos a qualquer conclusão assim. Já é madrugada, quero descansar um pouco. Todos precisamos, pois amanhã será um longo dia.

O dia 22 de julho demorou a passar. Por todos os lados chegavam notícias alucinantes.

Os nazistas em Paris enfrentavam a Resistência Francesa, enquanto os Aliados forçavam a entrada da cidade. Havia o grande temor, diante de algumas mensagens interceptadas, que os inimigos destruíssem a capital.

No cenário urbano, os caças do Esquadrão Ouro pouco poderiam fazer. Concentraram-se em varrer as tropas inimigas ao redor de Paris, e em tomar o pequeno aeroporto ao sul, próximo a Melun. Dali vinham ainda muitos caças e bombardeiros alemães fustigar as tropas aliadas que avançavam.

Na noite do dia 22, o aeródromo de Melun estava sob controle dos Aliados.

No dia 23, as escaramuças com os nazistas em Paris prosseguiam, mas as tropas dos exércitos aliados não mais encontravam problemas para tomar rua por rua, avenida por avenida.

Finalmente, em 24 de julho de 1944, depois de praticamente quatro anos de ocupação, Paris amanheceu livre. O comandante alemão, general Dietrich Von Choltitz, ignorou as ordens de Hitler para destruir a cidade, e apresentou sua rendição nas primeiras horas da manhã. Blindados aliados desfilaram na Champs-Élysées e diante da Torre Eiffel, entusiasticamente aplaudidos pela população.

Durante todo o dia, ainda foram travados pequenos combates, pois persistiam a agir atiradores alemães por toda parte.

Quando chegou a manhã de 25 de julho, uma parada das tropas aliadas, com grande destaque para a Resistência e os Franceses Livres de De Gaulle, estava sendo preparada. Mas aquela grande vitória não fazia o Esquadrão Ouro e os líderes aliados se esquecerem que ainda havia uma guerra a ser vencida. Obtido o controle de Paris, era hora de avançar e eliminar qualquer resquício nazista em território francês.

Ricardo examinava com Kirk e Valentina, de volta a sua barraca na base em Pontoise, informações recentemente disponíveis. A jornalista dizia:

— Estes relatórios da Resistência mostram que quantidades enormes de materiais vinham da Alemanha, a partir do final de 1940, tanto por rodovias quanto por trem. Muitas vezes, as tropas da SS vinham a frente, ordenando a todos que fossem para suas casas.

— Não queriam testemunhas, claro.

Kirk disse isso enquanto mostrava uma foto, obtida clandestinamente por um membro da Resistência, de um vagão de trem aberto transportando imensas peças de metal. Acrescentou:

— Creio que deviam ser peças daquela coisa erguida pelos dirigíveis.

O engenheiro pegou uma lupa e examinou as compridas folhas de metal transportadas, dizendo a seguir:

— Na verdade parecem a mesma forma de construção que vimos na asa voadora, o sanduíche de alumínio, lembra, chefe? Meu Deus, o vagão é imenso, deve ter uns quarenta metros!

Outros relatórios davam conta de que comboios de caminhões com escolta fortemente armada cruzavam as estradas francesas na mesma época, sempre a noite. Valentina disse que certa vez os franceses conseguiram interceptar um desses comboios, enviando uma amostra do conteúdo para a Inteligência aliada. Esta conseguiu descobrir que os nazistas transportavam urânio.

— Urânio! — surpreendeu-se Ricardo. — Não é o material que os americanos estão usando naquele projeto, Kirk?

O engenheiro parecia constrangido ao tocar no assunto, mas Val riu e disse:

— Ora, meninos! Até parece que pensam que eu não saberia nada a respeito! Pois se não fui eu mesma que divulgou a famosa carta de Einstein, comentando os riscos de Hitler desenvolver a bomba atômica!?

Sabiam que a Inteligência aliada descartara aquela possibilidade. Aquilo confirmava que Viggenstein tinha interesse na pesquisa atômica. Finalmente, decidiram falar com os superiores.

Ricardo apresentou as descobertas aos generais Eisenhower e Montgomery. De Gaulle havia mandado um representante, e um capitão mantinha contato telefônico constante com Churchill.

Os comandantes agradeceram, e disseram que aquela questão ainda seria tratada. O coronel Johnson, também presente, disse:

— Capitão, o mais importante agora é consolidarmos nossas posições.

— Coronel, com todo o respeito, — disse Ricardo — não está dando a essa informação o devido crédito. Já definimos que Viggenstein conseguiu desenvolver armas sem igual, e não fazemos a menor ideia do que pretendia fazer com sua máquina gigantesca, a que foi rebocada pelos dirigíveis.

— Tudo o que o senhor tem, capitão, são teorias...

— Coronel, o senhor não enfrentou aquelas asas voadoras! Eu sim. Perdi bons homens durante a batalha. Pois digo ao senhor que, se voltarem a aparecer...

A discussão começou a ficar séria, e Eisenhower impôs silêncio. Disse que Almeida poderia prosseguir com a investigação com sua equipe, mas que a prioridade agora era varrer os nazistas da França.

Nisso, um tenente entrou abruptamente, dirigindo-se aos mais altos oficiais. Afirmou que era muito urgente, e todos foram a central de comando.

Lá chegando, ainda conseguiram ouvir as últimas frases. O mesmo tenente explicou que era a tripulação de um avião de reconhecimento Mosquito, um de muitos enviados para verificar as condições ao sul da França:

— Uma esfera imensa... raios saindo dela... está nos perseguindo, não conseguimos nos livrar... nossa posição é próxima a Bourg, nas proximidades da base dos Alpes... Asas voadoras apareceram agora... Não!

Ouviram algo como o ruído de um transformador, e depois apenas estática. Kirk, que estava presente, tentava triangular a posição do transmissor, e tudo que conseguiu foi que se encontrava aproximadamente na região descrita na mensagem.

Tony Reynolds, também presente, disse:

— Ele disse que era uma esfera... Será que era um dos *foo-fighters*, capitão?

O americano era um de muitos pilotos aliados que, a bordo de bombardeiros e caças de escolta em voo sobre a Alemanha, testemunharam a presença de estranhas luzes que voavam ao redor dos aviões. Não pareciam hostis, e manobravam com uma velocidade e agilidade absolutamente impossíveis para qualquer máquina voadora conhecida. Muitos as consideravam armas secretas dos alemães, enquanto outros perguntavam qual o sentido de se enviar luzes coloridas para dançar ao redor dos aviões sem atacá-los.

Ricardo olhou para os demais, e respondeu:

— Tony, não creio. Segundo me disse, eram luzes pequenas, enquanto nosso infeliz amigo descreveu uma esfera enorme soltando raios...

Kirk nessa hora olhou para ele, e Ricardo adivinhou o que pensava. Raios e ruído de um gerador elétrico. Viggenstein teria conseguido mais um feito inacreditável?

Mas os comandantes foram categóricos. Investigar aquele fato estranho não estava entre as prioridades. Johnson parecia satisfeito quando disse a Almeida:

— Tem suas ordens, capitão. Esperamos que o Esquadrão Ouro as cumpra.

Sem alternativa, todos bateram continência para os generais, e depois voltaram a seus afazeres. Kirk não parecia satisfeito quando entraram novamente no escritório de Almeida:

— Capitão, e se for verdade? E se Viggenstein tiver conseguido mais essa? Lembre-se de que um dos documentos de 1940 mostravam que ele procurava um lugar para uma base exclusiva para ele e sua equipe! Quem sabe não fica no sul, onde a tripulação desse Mosquito teve seu encontro?

Ricardo não sabia o que responder, enquanto examinava as ordens para o dia. Patrulhar e fazer reconhecimento numa extensa região ao sul de Paris, eliminando focos da resistência nazista.

— Tão emocionante... Enquanto isso, um cientista louco continua desenvolvendo suas armas de destruição!

— Bom, querido, — disse Val — segundo o que disse Eisenhower deixou claro que sua prioridade eram suas ordens, mas deixou aberta a porta para seus subordinados...

Ricardo sorriu. Desprevenido, pegou-se admirando o sorriso maravilhoso de Valentina. Sacudiu a cabeça, levantou-se e apanhou sua jaqueta de voo, o capacete e o resto do equipamento. Enfiou uma pistola na bota, enquanto dizia:

— Acabaram de chegar dois dos nossos novos D-84 de reconhecimento. Tentem conseguir dois pilotos e enviem um deles para o sul. São muito mais velozes que os Mosquitos, pode ser que deem conta do recado.

Escreveu rapidamente alguma coisa em papel timbrado, assinou e disse:

— Usem isto. Não devem ter problemas. Quando eu voltar, se tiverem conseguido algo, veremos o que fazer.

Sorriu e saiu da barraca. Valentina olhou para Kirk, e ambos sorriram quando a repórter perguntou:

— Está pensando o mesmo que eu?

O modelo de reconhecimento mais comum do Dumont D-84 possuía os mesmos motores radiais de 18 cilindros Double Wasp das demais versões. Para melhorar a velocidade, já que o tipo não possuía armamento, a fuselagem fora afilada, aproveitando-se a eliminação do compartimento de bombas ventral das versões comuns.

Já o D-84 R-2, do qual apenas dois exemplares foram deslocados para aquele aeródromo em território francês, era bem diferente. Possuía os mesmos motores Allison V-12 turbo que equipavam os caças P-38, resultando em compartimentos dos motores nas asas muito mais afilados e aerodinâmicos. E um extenso retrabalho na fuselagem a tornara ainda mais esguia. Atingindo mais de 740 quilômetros por hora, era o bimotor a hélice mais veloz dos Aliados.

— E estes nossos dois, — acrescentou Matheus — ainda têm outras modificações, que discuti com o Pro... com um amigo lá na Dumont, no Brasil. Algo similar a nossos Mustangs do Esquadrão Ouro, na verdade.

— Kirk, Kirk — disse Valentina passando o braço pelos ombros do engenheiro. — Até parece que você acha que sou uma repórter de segunda. Durante a reunião de dias atrás, várias vezes vi que você se referiu a esse misterioso "Professor".

O engenheiro, enquanto se aprontava para a decolagem, estava visivelmente constrangido. A cabine do avião era bem mais estreita que a dos demais D-84, e os dois únicos tripulantes sentavam-se mais juntos. Val, risonha, acrescentou:

— Bem, melhor irmos logo, antes que percebam o que estamos fazendo, não?

Não fora difícil convencer o responsável de plantão da base a liberar sua decolagem. Nem sequer avisaram mais alguma pessoa do Esquadrão Ouro. Ricardo provavelmente os mataria diante da loucura que estavam fazendo, mas os dois decidiram não arriscar mais ninguém. Além do mais, sabiam o que estavam procurando.

Chamas saíram dos escapamentos dos turbocompressores, situados na traseira das nacelas de cada asa. Os dois motores Allison roncaram alto, e o veloz reconhecedor se lançou aos céus, rumando para o sul.

✗✗✗

Em Paris, na tarde daquele histórico 25 de julho, De Gaulle discursou no Hotel de Ville. Não parava de elogiar o trabalho heroico da Resistência na derrota do inimigo nazista, em nome da qual tantos haviam dado as vidas. A multidão vibrava a cada palavra do comandante, quando os gritos de terror começaram.

Explosões começaram a acontecer por todos os lados. Três delas muito próximas da Torre Eiffel, que chegou a balançar perigosamente. Prédios explodiam ao ser atingidos, e muitos locais onde tropas aliadas se alojaram foram pelos ares.

Não se via um único avião no céu, e ninguém sabia como aquilo estava acontecendo.

Em Londres, pouco mais de quinze minutos depois, as terríveis novidades chegavam pelo rádio da limusine. A mesma, trazendo o primeiro-ministro Churchill, era acompanhada por uma numerosa escolta.

Alguns de seus auxiliares diziam que o que acontecera em Paris era muito similar ao ataque a Washington de 5 de julho. Churchill, depois de suspirar aliviado por De Gaulle e a absoluta maioria das peças-chave aliadas haverem escapado ilesos, disse:

— Parece que nossos jovens especialistas do Esquadrão Ouro

estavam certos. Quero que consiga uma ligação com a Base Ouro assim que chegarmos. Já é hora de tratarmos da questão de Vigg...

Estavam próximos ao Parlamento, quanto o inferno estourou. Explosões tomaram as ruas, e viram quando uma aconteceu na rua, bem ao lado do Big Ben. Não era com certeza um ataque de bombas voadoras V-1, nem muito menos havia notícias de que os nazistas conseguiam lançar tantas V-2 de uma só vez.

As explosões seguiram acontecendo. Ninguém estava seguro diante de um ataque como aquele.

✕✕✕

Já passava das sete da noite, mas ainda estava claro no verão francês. Voando a mais de 700 quilômetros por hora, o D-84 de Kirk e Valentina finalmente alcançou a região dos Alpes. O radar de bordo havia denunciado a aproximação de uns vinte objetos, que passaram velozmente a uma altitude superior a 12 mil metros rumando ao norte. Os dois não conversaram a respeito, pois estavam chegando ao ponto culminante de sua missão. As grandes câmeras de reconhecimento no ventre da aeronave clicavam a paisagem abaixo, e o engenheiro passou o comando do avião para Valentina:

— Tome cuidado, e voe nivelado, tudo bem?

A repórter não sorria mais. Sabia muito bem que se encontravam sobre terreno inimigo, e que aquela aeronave era bem diferente dos pequenos aviões de seu pai, onde aprendera a pilotar.

Kirk moveu um objeto que a Val se parecia com um periscópio enquanto explicava. Com aquilo, poderia ver o que as câmeras estavam fotografando, e se necessário alterar o ângulo e o foco. Depois de alguns minutos ele exclamou:

— Ali, veja!

Mesmo a cinco mil metros de altitude, também para Valentina foi nítido o que encontraram. Não muito longe da localidade de Bourg, ao pé das encostas, era visível uma longa pista de pouso. Montes de árvores ao lado indicavam que eram utilizados para disfarçar o aeroporto. A pista parecia literalmente entrar na montanha, e não se viam hangares ou outros edifícios.

O que Valentina e Matheus viram, e que os deixou assombrados como nunca estiveram, foram as duas imensas esferas, que Kirk calculou terem vinte e cinco metros de diâmetro e que ocupavam a pista de pouso bem próximas da montanha. Subitamente, elas simplesmente se ergueram no ar, aumentando progressivamente a velocidade.

Kirk retomou o controle do avião, e passou ao largo da base, paralelamente aos Alpes. Viram quando as esferas, após superarem a altitude em que voavam, simplesmente dispararam para cima, acionando o que pareciam motores de foguete em suas bases.

— Já sabemos o que os pilotos daquele Mosquito viram — disse Val. — Matheus, é melhor irmos.

— Concordo plenamente, Val!

Ele virou o avião para o noroeste, acelerando tudo. Mas um troar distante fez com que olhassem para trás. Conseguiram ver dois jatos Me-262 vindo em sua direção, aparentemente após decolar da mesma base.

— Val, se segure, isso vai ser difícil...

Kirk levantou uma pequena tampa vermelha no painel, e acionou a turbina única, tipo Mattarazzo J-3, acondicionada na barriga de seu D-84. O avião deu um tremendo salto, mas, mesmo assim ele sabia que não seria mais veloz que os jatos alemães. Esperava atingir uma altitude em que eles tivessem seus motores apagados, já que a J-3 era preparada para essas condições.

Val olhou para trás, e disse que mais duas esferas estavam decolando, rumando numa trajetória inclinada para o norte, mais ou menos o mesmo rumo dos objetos que haviam detectado.

— E os Messerchmidts estão se aproximando!

Kirk olhou para ela, e forçou a turbina ao máximo.

×××

Ricardo sempre se surpreendia com o verão europeu. Quase oito da noite, e ainda claro como o dia.

Ele liderava uma patrulha de quatro P-51 Mustangs, tendo como companheiros o brasileiro Mourato, que havia convocado do Primeiro Grupo de Caça da FAB, o polonês Masievsk, da esquadrilha dos Poloneses da RAF, e o britânico Fowl.

Haviam chegado há pouco as notícias dos bombardeios a Paris e Londres, e trocaram rápidas palavras a respeito. Os outros não sabiam nada sobre Viggenstein, e Ricardo preferiu que continuasse assim:

— Creio que é hora de voltarmos, rapazes. Deixemos as histórias e especulações para a próxima folga, certo?

Estavam a ponto de virar os Mustangs, enquanto voavam sobre Dijon, quando Mourato disse:

— Capitão, está vendo aquilo? Parece uma esquadrilha...

Rapidamente viram que tinham companhia. E era a pior possível, pois Ricardo ordenou:

— Mourato, são as asas voadoras, peça reforços, rápido!

Os Mustangs atravessaram a formação das asas, viraram e foram atrás delas após acionar as turbinas auxiliares. Atiraram pelas costas dos inimigos, que eram vinte, e derrubaram três deles.

A formação se desfez, algumas das asas aceleraram para cima brutalmente, escapando do alcance, enquanto outras cinco engajavam os aviões. Atingiram justamente Mourato, e enquanto descrevia uma curva acentuada, Ricardo viu o P-51 do brasileiro caindo.

Felizmente, segundos depois a capota em bolha era jogada fora, e ele via a forma do piloto saindo do avião. Ainda teve tempo de ver a abertura do paraquedas, antes de completar a curva e ficar de frente para os inimigos.

Ao lado do polonês Masievsk, Ricardo abriu fogo, e mais uma asa explodiu em chamas. Viraram um para cada lado, e o capitão chamou pelo inglês:

— Fowl, onde você está?

Nenhuma resposta. Ele e o polonês se esquivavam das asas, mas sentiam imensa dificuldade em atingi-las. Finalmente, os inimigos dispararam para o alto, e finalmente Fowl respondeu, gritando:

— Capitão, preciso de ajuda, vire para o sul...

Assim que apontou o Mustang, Ricardo viu do que se tratava. Uma forma redonda estava se aproximando velozmente, e Fowl investia contra ela. O brasileiro gritou:

— Fowl, volte, essa coisa deve ter atacado o Mosquito!

Aproximou-se, e conforme o fazia, Ricardo viu quanto era inacreditável a coisa com a qual se defrontava. A esfera deveria medir uns 30 metros de diâmetro, e tinha um anel ao redor, como se fosse seu equador, de onde saltavam raios de eletricidade. O anel estava azulado, e a esfera desenvolvida uma velocidade alucinante.

Fowl, que estava numa altitude maior, fez pender a asa de seu P-51 e curvou sobre a esfera, mergulhando e disparando suas metralhadoras. Ricardo berrou pelo rádio:

— Tenente Fowl, ordeno que cesse seu ataque e se afaste!

Mas foi tarde demais. Uma descarga elétrica saltou do anel da esfera, e fez explodir o Mustang. Masievsk, que acompanhava a ação do outro lado, foi surpreendido quando a esfera virou, sem ter a menor chance. Os destroços de seu Mustang também caíram em chamas.

Ricardo olhou para cima, procurando as asas voadoras, e viu na distância uma segunda silhueta redonda. Conseguiu divisar um grupo de objetos menores a acompanhando, e percebeu que eram as asas. O grupo de estranhas aeronaves disparou para cima, e subitamente deixou de ser visto.

O capitão tinha seus próprios problemas. Virou o Mustang em um mergulho radical, tentando se afastar daquele monstro. Olhando por sobre o ombro, viu que a esfera o seguia. Tentou chamar pelo rádio, mas só ouviu estática. Estava sozinho, e não conseguia se livrar do formidável inimigo...

CAPÍTULO 7

Ricardo puxou o manche quando seu Mustang deveria se encontrar a meros duzentos metros do solo. Sentiu a vibração da estrutura brutalmente exigida até o limite, e as tremendas forças G que comprimiram seu corpo. Por instantes sua visão chegou a turvar-se.

Voltou a subir, fazendo o caça girar. Olhou por sobre o ombro, e viu que a esfera imensa havia ficado para trás. Ricardo, sem tempo para pensar, acionou novamente a turbina J-3, apontando o Mustang para o norte.

Calculou que estivesse próximo a Troyes, a uns 100 quilômetros de Paris. Enquanto ouvia o troar da turbina, olhou o marcador de combustível e ficou desanimado. Precisaria de muita sorte para conseguir voltar ao aeródromo de Melun.

Tentou o rádio, e felizmente constatou que não havia estática. O intenso eletromagnetismo da esfera devia interferir nas transmissões. Mais do que depressa, gritou suas coordenadas e pediu apoio.

Naquele instante, pouco lhe importava a esfera gigante. Estava com pouco combustível, e sua única chance era rumar o mais diretamente possível para sua base. Olhou novamente para trás e percebeu a silhueta redonda aumentando progressivamente. Olhou para os instrumentos do painel, e viu que também estava com pouca munição. Precisaria de um milagre...

Dois minutos se passaram, e Almeida percebeu que a esfera novamente o estava alcançando. Preparou-se para realizar manobras evasivas e tentar escapar do inimigo, quando seu rádio chiou, e em meio a estática ouviu:

— Foi daqui que pediram ajuda?

A voz de Denise era inconfundível, e novamente olhando para trás, Ricardo viu três manchas passarem muito velozes entre ele e a esfera, vindas de cima. Ao troar das turbinas somou-se o ruído inconfundível dos disparos dos pesados canhões de 20 milímetros.

— Venha comigo, chefe! — disse a voz profunda de Tony.

Gordo pilotava o XP-80, que mergulhou abaixo do P-51. Ricardo tombou seu caça para o lado, e seguiu o jato americano. Outra voz, agora muito pomposa, se fez ouvir:

— Agora, para variar, os ingleses irão salvar a pele dos norte e dos sul-americanos...

Era Holmes, a bordo de um Meteor igual ao que Denise pilotava. Mantendo boa distância, os dois jatos ingleses dispararam seus canhões contra a esfera, que parecia sentir mais os impactos da munição maior.

A Ricardo não agradava fugir do combate, mas se quisesse sobreviver, não tinha escolha. Dificilmente daria para chegar a Melun. Mesmo assim, disse pelo rádio:

— Holmes e Denise, não se arrisquem! Essa coisa acabou com três de nossos Mustangs. Gordo, vi o paraquedas de Mourato, ele deve ter sobrevivido, peça que mandem resgate.

Os quatro aviões passaram a voar juntos no rumo norte. Mas a esfera logo era visível pelos espelhos retrovisores dos Meteors. Holmes disse:

— Temos que acabar com essa coisa. Pode fazer um tremendo estrago se cruzar com uma de nossas esquadrilhas.

— Então, — disse Almeida — agora admite que as máquinas de Viggenstein são uma ameaça?

Ele ouviu o inglês soltar um "*humpf*", para depois responder:

— Digamos que esse assunto precisa ser tratado propriamente, como tratamos dos nazistas aqui em França... Vamos, Landron e Reynolds!

Os três jatos curvaram a esquerda, e dando uma longa volta se postaram atrás da esfera, que ainda seguia o Mustang de Ricardo. Denise reparou que na parte de trás, que deveria ser a parte inferior quando o monstro estava pousado, havia quatro imensos bocais semelhantes aos do motor da bomba V-2.

Os três pilotos dispararam suas armas, e viram as balas de 20 milímetros atingindo o inimigo, que passou a soltar fumaça. Mas a esfera fez um movimento inesperado que os surpreendeu.

Simplesmente deixou-se cair, fazendo os caças passarem sobre ela. Depois Gordo, olhando para trás, a viu acelerar violentamente, buscando os dois Meteors.

Ele ainda berrou:

— Capitão, tenente, cuidado!

Mas foi tarde. Grossos raios saíram do anel equatorial da esfera, atingindo de raspão o avião de Denise, e arrancando o estabilizador direito da cauda do Meteor de Holmes. O caça do inglês deveria ter sido atingido gravemente, pois o motor direito também começou a soltar fumaça.

Tony chamou pelo rádio, e a resposta de Denise chegou cheia de estática:

— Foi só de raspão, Tony, mas está tudo queimado aqui. Acho que só nos resta fugir! Capitão, onde está?

Os dois tenentes fizeram muitas manobras, e conseguiram ficar bem acima da esfera, que agora diminuía consideravelmente sua velocidade. A fumaça que saía havia aumentado muito. Finalmente, os dois ouviram pelo rádio:

— Tenentes, devem escoltar o capitão Almeida de volta para Melun.

— Mas capitão... — protestou Denise.

— Nada de mas, tenente, é uma ordem!

Viram o Meteor bem acima da esfera subitamente mergulhar. A coisa imensa parecia não ter mais controle de voo, mas seguia resolutamente na mesma direção do P-51 de Almeida, que se reduzira a um ponto a distância. Denise e Tony ainda apontaram seus jatos para a esfera, quando viram a capota do Meteor ser ejetada.

— Ele pretende lançar o caça sobre a esfera e se ejetar! — disse Tony.

— É suicídio! — gritou Denise. — Capitão! Não faça isso, está perto demais!

Ainda ouviram pelo rádio, numa transmissão cheia de interferência:

— Pelo Rei e pela Inglaterra!

Uma explosão imensa envolveu a esfera. Quando as chamas se dissiparam, os pilotos a viram despencando, atingindo finalmente o solo em uma planície lá embaixo. Denise verificou sua posição, anotando as coordenadas.

Não havia qualquer paraquedas visível.

Sem alternativas, o XP-80 e o Meteor aceleraram, passando a acompanhar o Mustang. Ricardo, que acompanhou tudo a distância, não disse nada. Foi um voo silencioso até o aeródromo de Melun.

✕✕✕

Quando Kirk acordou com uma tremenda dor de cabeça, surpreendentemente ficou contente. Ao menos estava vivo.

Valentina o olhava com expressão preocupada, e o engenheiro ficou observando fascinado os olhos azuis da jornalista. Mas assim que Val exibiu aquele sorriso zombeteiro, ele voltou a si e perguntou:

— O que houve?

— Você não lembra, Kirk? Como está se sentindo?

Motores de avião eram ouvidos ao longe, e Val emendou:

— Devem estar nos procurando.

Kirk sentou-se, e começou a lembrar o que havia acontecido. Valentina explicou rapidamente. Haviam levado alguns tiros dos Me-262, mas os jatos alemães eventualmente caíram quando seus motores apagaram a grande altitude. Kirk conseguira estabilizar o D-84 danificado e rumou de volta para Paris.

— Estávamos próximos a Yonne quando o segundo motor começou a falhar — disse Valentina. — Você conseguiu fazer um pouso forçado, e cá estamos.

Kirk olhou para a esquerda, onde Valentina iluminou rapidamente com uma lanterna, e viu os destroços de seu D-84. A repórter acrescentou que ele havia conseguido enfiar o avião numa floresta, e estavam ocultos por hora. Kirk finalmente levantou-se com esforço, apesar dos protestos de Valentina, apanhou a lanterna e caminhou até lá.

— O que vai fazer?

Val estava aflita, e o acompanhou. Kirk aproximou-se da lateral, e tentou abrir as portinholas enquanto explicava:

— Temos que recuperar os filmes das câmeras, é nossa única chance de provar o que vimos!

Val mostrou sua câmera, que nunca largava, dizendo que conseguira fotografar a base secreta e as esferas em voo. Kirk disse que aquilo ajudaria também, e por fim constatou que duas das quatro câmeras haviam sido destruídas na queda. Mas conseguiu tirar o filme das outras duas, e Valentina ajudou-o a guardar tudo numa bolsa de lona.

Os dois assustaram-se e se abaixaram quando subitamente um avião passou a pouca distância em voo rasante. Kirk apressou-se em apagar a lanterna. Estavam muito vulneráveis ali, e Valentina disse:

— Será que não deveríamos nos afastar daqui?

Kirk pareceu lembrar de alguma coisa, deu a sacola com os filmes para ela, e voltou-se para a cabine do D-84 dizendo:

— Ainda não! Tive uma ideia...

×××

Ricardo não acreditava no estado de seus aviões ao pousarem em Melun. O Meteor de Denise estava todo enegrecido, e os instrumentos a bordo imprestáveis. O XP-80 de Tony pelo contrário estava praticamente intacto, e seu Mustang já vira melhores dias.

O capitão logo foi convocado para seguir para Paris, onde estava o Alto Comando. Cerca de duas horas depois de sua chegada estava diante de De Gaulle, Eisenhower e Montgomery. Apresentou seu relato, enquanto um tenente exibia o filme da máquina fotográfica de seu P-51. Os comandantes pareciam pouco impressionados, e para complicar ali estava o coronel Johnson:

— Capitão Almeida, não podemos mudar nossa estratégia apenas devido a dois incidentes isolados. Expulsar os nazistas da França continua a ser nossa prioridade, e não buscar histórias fantásticas de armas fabulosas.

Ricardo teve ganas de dar-lhe um soco. Nunca fora obrigado a trabalhar com um sujeito tão arrogante e folgado como Johnson.

Naquele momento chegavam notícias de que Mourato havia sido resgatado e estava sendo trazido. Caças noturnos Mosquito haviam encontrado os destroços da esfera, e um pequeno contingente aliado seria enviado para lá nas próximas horas.

— Senhor, — disse Ricardo — gostaria de solicitar que o chefe do setor de engenharia da Base Ouro, Matheus Kirk, participe do grupo...

— Ainda não sabe?

A pergunta de Montgomery apanhou-o desprevenido. O general olhou-o como se sentisse pena, e disse:

— Um dos novos reconhecedores D-84 saiu em missão para o sul. As duas pessoas a bordo foram identificadas como Matheus Kirk e Valentina Sheridan. Há muitas horas não fazem contato pelo rádio.

Nesse momento, entra na sala o major Nigel Spencer. Oficial de ligação do Esquadrão Ouro com os russos, Ricardo já sabia que seria o substituto temporário de Holmes. Bateu continência, e dirigindo-se a Almeida disse:

— Não sei se já sabe de Kirk e Valentina no D-84...

— O general Montgomery acaba de me informar, major.

Spencer parecia aliviado, o que deixou Ricardo confuso. Finalmente, o inglês disse:

— Estamos captando uma transmissão muito fraca, vinda das proximidades de Yonne.

✘✘✘

Liberados pelos chefes, os dois correram para a central de rádio. No caminho, Almeida perguntou:

— E os ataques a Paris e Londres?

Spencer suspirou, e respondeu:

— Foram muito mais sérios do que o de Washington. Prédios destruídos, muitas vítimas. Churchill chegava ao Parlamento com explosões acontecendo nas ruas próximas. Felizmente escapou ileso.

Almeida hesitou, mas finalmente perguntou:

— E o que ele diz? Está tão relutante em irmos investigar esses ataques misteriosos quanto nossos chefes aqui?

— Eles precisam verificar muitas informações que seus *staffs* fornecem, Ricardo. Por vezes, informação demais. Hoje circularam novamente boatos sobre o foguete A-9...

A bomba V-2, que tanta destruição causara na Inglaterra e outros lugares, tivera o código de projeto A-4. A A-9 seria um foguete ainda maior, talvez com dois estágios e alcance possivelmente intercontinental. Os americanos estavam cada vez mais alarmados com essa possibilidade, e segundo Spencer surgira a teoria de que as explosões em Washington, Paris e Londres eram resultado do uso da A-9:

— Certos setores da Inteligência estão defendendo que, em grandes altitudes e já no rumo do alvo, a A-9 libera uma grande quantidade de bombas, atingindo uma área muito maior.

Aquela era uma teoria interessante, e Ricardo concordou que parecia viável. Mas respondeu:

— Temos feito dezenas de voos de reconhecimento sobre a Alemanha todos os dias, e ainda não vimos qualquer sinal desses lançamentos.

Aquele era um problema com a teoria, mas de qualquer forma, teriam que deixá-la de lado no momento. Chegaram na central de rádio do complexo, e rapidamente foram postos a par da situação.

Uma entrecortada transmissão em código Morse estava vindo da região de Yonne. Apareciam os nomes de Kirk e Valentina, o que foi o bastante para Almeida. Encarou Spencer e disse:

— Não quero nem saber o que nossos superiores pensam disso, vou formar um grupo para ir resgatá-los!

Apossou-se de outro transmissor, entrando em contato com Denise, que voltara ao aeroporto ao norte de Paris. Disse o que precisava, e que viessem buscá-lo em Melun o mais depressa possível.

××××

Ricardo perguntou ao operador de radar e navegador, a seu lado na cabine do D-84, quanto faltava. O rapaz consultou os instrumentos, e disse que faltavam uns quinze minutos para chegarem a Yonne.

Acompanhando o D-84 de transporte armado, estavam dois Mosquitos do Esquadrão Ouro, um deles com Denise no comando:

— Estamos quase chegando, Rick.

— Eu sei, Denise.

Foi só. Pouco conversavam até então, e a partir dali, menos ainda. Mais de quatro horas se haviam passado, entre aprontar os aviões e a equipe, trazê-los até Melun e apanharem Ricardo.

Ele rezava para que ainda houvesse quem resgatar.

A menos de cinco minutos do local das transmissões, os operadores de radar dos aviões anunciaram contatos hostis em suas telas.

×××

Algumas vozes que falavam em alemão eram ouvidas na distância, e Kirk apressou-se em aprontar cargas explosivas para destruir os restos do D-84. Valentina engoliu em seco quando o engenheiro lhe deu uma pistola. A moça estava apavorada.

"Como se eu não estivesse", pensou Kirk. O equipamento fora muito danificado, mas ele conseguira enviar uma mensagem, fornecendo ainda sua posição. Infelizmente o receptor estava inutilizado, então não sabia se o contato fora bem-sucedido.

E não poderiam se afastar muito da região, pois tinha certeza que enviariam o resgate.

Ele colocou os explosivos que pôde encontrar nas proximidades dos tanques de combustível, e torceu para que o controle por rádio funcionasse.

Nisso, as vozes se tornaram mais nítidas. Os alemães que os procuravam gritavam, e eles puderam ouvir também o ronco de aviões. Kirk alegrou-se e correu para abrigar-se junto a Val. A jornalista perguntou:

— O que foi, por que está tão feliz?

Kirk, cada vez mais sorridente, procurou no céu e viu descargas de escapamento, misturadas a disparos de munição traçante, enquanto o ronco dos motores aumentava cada vez mais. Respondeu:

— O ronco dos motores Merlin V-12 dos Mosquitos é inconfundível, Val! E dos Double Wasp dos D-84. São eles, vieram nos resgatar!

✘✘✘

Ricardo reconheceu os quatro atacantes. Viu de relance sob o luar três Junkers Ju-88, e um quarto aparelho que para ele se parecia com o Heinkel He-219, que estava fazendo estrago nos Mosquitos da RAF sobre a Alemanha. Mas contra as aeronaves especiais do Esquadrão Ouro os nazis não tinham chance.

Ele acionou os devastadores canhões de 20 mm, quatro no total, situados abaixo do nariz do D-84. O Mosquito tinha as mesmas armas e na mesma posição, e logo dois dos Junkers caíram em chamas. O terceiro afastou-se depois de receber vários disparos, e quanto ao Heinkel, fugira para não ser mais visto.

Disparos subitamente passaram ao redor deles, e perceberam que eram soldados alemães atirando ao lado de uma floresta lá embaixo. Os três aviões se alinharam e varreram o campo com suas armas.

Almeida ordenou que os Mosquitos ficassem circulando, enquanto dava uma passagem rasante pela área, iluminando-a com os holofotes de bordo. O sargento a seu lado apontou e disse:

— Capitão, ali, rastros de pouso!

— Indo para a floresta, sargento, já vi. Vamos pousar!

Havia um bom espaço, e não foi necessário utilizar as turbinas do avião. O D-84 pousou suavemente, e Ricardo desceu acompanhado pelo sargento e mais dois tenentes das forças especiais.

Vasculharam cuidadosamente a área, e não havia mais sinais dos alemães, exceto por um e outro corpo estirado nas proximidades. Com os três dando cobertura, e o barulho tranquilizador dos Mosquitos circulando acima, Ricardo caminhou para a floresta, seguindo os rastros.

Nisso, viu um vulto em meio a folhagem, apontou a arma e gritou:

— Pare! Fique parado e largue a arma!

Outra figura surgiu, e ficaram diante dele de mãos levantadas. Finalmente, uma voz zombeteira de mulher disse:

— Ah, querido, que bom que chegou! Esperava que fosse me levar para Paris esta noite...

Almeida reconheceu na voz de Valentina um tremor de quem estivera apavorada até há pouco, e gritou que ela e Kirk corressem. Guardou a arma e os iluminou com a lanterna que trazia, enquanto dizia:

— Vou matar os dois! Sabem lá como isso foi perigoso?

Kirk sacudiu vitorioso a sacola com os filmes, com Val fazendo a mesma coisa com sua câmera. O engenheiro respondeu:

— Mas valeu a pena, chefe!

Ricardo colocou a mão por um instante sobre o ombro do amigo. Kirk retribuiu pousando sua mão sobre a do capitão, e logo entrava no avião. Com Valentina, Almeida apenas trocou olhares, mas sentiu que a vontade dela era de abraçá-lo forte. Ricardo teve que reconhecer que gostaria de fazer o mesmo, mas se contiveram. A jornalista subiu a bordo, seguida pelos demais.

O comando por rádio para detonar as cargas acabou não funcionando, e depois que Almeida decolou com o D-84, os Mosquitos metralharam os destroços do reconhecedor, que explodiram. Os nazistas nada mais poderiam obter dali.

— Não vai acreditar na coisa que vimos, chefe!

Kirk já parecia totalmente recuperado, e Val ia comentar alguma coisa, quando Ricardo disse:

— Se estão se referindo a uma grande esfera magnética, também encontramos a mesma coisa.

Contou em poucas palavras o que havia acontecido, os ataques a Paris e Londres, e a morte de Holmes. Kirk, naturalmente, se dispôs a ir naquela mesma madrugada ao local da queda da esfera, e todos lamentaram pelo oficial inglês.

— Mas os nazistas, e Viggenstein, vão lamentar ainda mais, isso eu prometo!

Ricardo apertou o manche do avião, decidido a acabar com aquela charada de uma vez por todas.

27 DE JULHO DE 1944, PARIS, 19:45 H.

A ofensiva fora retomada pelos Aliados nos últimos dois dias. As tropas já se aproximavam de Dijon e Clermont Ferrand, enquanto ao oeste a Baía de Biscaya estava já quase completamente sob controle aliado.

Os alemães já haviam retirado seus submarinos U-Boat, e a Inteligência dava conta de que a maioria fora enviada para o Mar do Norte e o Báltico.

O Esquadrão Ouro permanecia apoiando a ofensiva, e agora também fornecia cobertura aos B-17 americanos que realizavam bombardeios estratégicos em território alemão. Ricardo não estava satisfeito em continuar trabalhando em tendas de campanha, ainda mais porque o aeródromo de Melun era pequeno demais para suas necessidades.

Mas ele optara por transferir seu comando para lá a fim de estar preparado quando finalmente fosse chegada a hora de ir atrás de Viggenstein. O coronel Johnson permanecia um ferrenho opositor, e parecia que conseguira convencer Eisenhower e o russo, general Ivan Raghozov.

Para completar seus problemas, Denise havia sido ferida durante uma missão de escolta aos parques industriais do Ruhr, e somente a muito custo conseguira retornar com seu Mustang crivado de balas. Felizmente, apesar de atingida se recuperava bem, e deveria estar pronta para voltar a ação em duas semanas.

Naquela noite em Paris, Ricardo finalmente se reencontrava com Matheus Kirk. O jovem engenheiro não devia dormir há duas noites, mas encontrava-se inacreditavelmente disposto quando chegou, trazendo um calhamaço de documentos, desenhos e fotos. Ainda na manhã do dia 26, poucas horas depois de ser resgatado junto com Valentina, ele se deslocara para o local, nas proximidades de Sens, onde havia caído a esfera magnética.

Ele trouxera também o caixão de Damon Holmes, que heroicamente colidira com a estranha máquina, conseguindo derrubá-la a um elevadíssimo custo para o esforço aliado. O próprio Winston Churchill decidira vir a Paris novamente, a fim de prestar-lhe honras e ouvir Matheus.

CÉU DE GUERRA

Ricardo, sentado ao lado de Valentina, ouvia as explicações de Kirk. O engenheiro parecia falar com entusiasmo, e de fato estava, diante daquela tecnologia incrível. Mas em sua voz era nítido o temor de que mais daquelas coisas surgissem:

— Senhores, naturalmente os destroços da máquina esférica encontravam-se em péssimo estado quando de nossa chegada, mesmo assim informações valiosas puderam ser obtidas.

Comandava com um pequeno controle ligado por um fio a um projetor de slides a exibição das fotos e desenhos. Estes últimos, de sua autoria, eram esmerados e cheios de detalhes. Ricardo sorriu, pensando que Matheus poderia se tornar um artista quando a guerra terminasse. O engenheiro prosseguiu:

— Este é um esquema geral da máquina. A nave esférica tem 30,24 m de diâmetro, e estimamos o peso dos destroços em vinte toneladas. A construção é idêntica à da asa voadora que mantemos na Base Ouro, suas chapas são formadas por duas folhas muito finas de alumínio, com um recheio de papelão e fibra de vidro. O resultado é uma construção extremamente rígida e leve, mesmo que suas dimensões sejam expressivas.

Explicou que a esfera tinha um único compartimento no interior, para uma carga estimada também em vinte toneladas. Na parte de baixo existiam quatro motores foguete similares aos da bomba V-2, enquanto em compartimentos que ladeavam o de carga, estavam instaladas quatro turbinas, suas entradas e saídas respectivas sendo feitas por orifícios na fuselagem.

— São as turbinas que fazem a esfera voar, engenheiro Kirk?

Ricardo se surpreendeu por ser Johnson que fizera a pergunta. Pensou que ele afinal não deveria ser tão imbecil assim. Kirk respondeu:

— Não, coronel, o que movimenta a esfera é a força magnética, emitida pelo cinturão equatorial que se estende por meio de cilindros hidráulicos. A energia é de tal monta que ioniza o ar ao redor da esfera, e o cinturão o conduz para baixo, contornando a estrutura e erguendo-a no ar. As quatro turbinas meramente movimentam o mesmo número de geradores de eletricidade, que geram a força magnética da nave. E diante do formato e de seu tamanho, sua capacidade de combustível é considerável.

Expôs sua teoria de que a tremenda força magnética, que já haviam visto ser utilizada para propulsão e ataque, permitiria a esfera atingir elevadíssimas altitudes, quando então os motores foguete poderiam ser acionados, possibilitando alçar voos ainda mais altos. Churchill fez a próxima pergunta:

— E para onde a esfera iria, senhor Kirk? Para o espaço?

— Essa, primeiro-ministro, é uma possibilidade.

— E para quê? O que existe lá?

Kirk deu de ombros, e respondeu:

— Não sei, senhor. Essas naves poderiam até mesmo ser as responsáveis pelos ataques a Washington, Paris e Londres, se bem que seriam necessárias mais do que uma ou duas para atingir o devastador efeito que vimos.

Ricardo observou os fundos do pequeno auditório, e viu que a equipe americana mantinha contato telefônico ininterrupto com Roosevelt. Suas expressões davam conta de que estavam impressionados com o relato, coisa bem diferente dos franceses e russos, sentados nas pontas do aposento. O engenheiro aproveitou para apresentar todos os dados que puderam reunir até então.

Não fora localizado qualquer sinal de cadáveres da tripulação da esfera, embora existisse um pequeno compartimento na parte superior que poderia servir para tanto. Ao invés disso, Kirk mostrou que essa unidade específica era controlada a distância por rádio, exibindo restos de um sofisticado e potente sistema encontrado a bordo, mais alguns equipamentos que pareciam familiares.

— São câmeras fotográficas, Kirk?

A pergunta foi novamente de Johnson, ao que o engenheiro respondeu:

— Não coronel, são de televisão.

Apresentou informações que haviam acabado de chegar. Aviões especiais Mosquito, de espionagem eletrônica, haviam captado estranhos sinais nas proximidades da base localizada em Bourg, sinais os quais Kirk teve certeza serem de rádio e também de televisão.

— E não custa lembrar, senhores, — acrescentou ele — que segundo os arquivos analisados na Base Ouro, Adolf Viggenstein trabalhou na equipe que, em 1936, gravou e transmitiu as imagens de Hitler abrindo os Jogos Olímpicos daquele ano em Berlim.

Todos ficaram impressionados, mesmo os russos e franceses. Os americanos pareciam divididos, e era visível a determinação de Churchill em atacar aquela ameaça o quanto antes. A primeira apresentação foi das fotos tiradas na missão de Kirk e Valentina, mostrando a protegida base secreta de onde sabiam que as esferas e asas voadoras decolavam, cuja pista entrava diretamente na montanha. A Inteligência aliada já havia obtido plantas de outras bases semelhantes, espalhadas pela Alemanha e outros países no leste europeu. Como pareciam seguir uma padronização, Kirk e outros engenheiros eram de opinião que aquela em Bourg seria semelhante. Mas muitos ainda não estavam convencidos de que representasse uma séria ameaça.

Kirk olhou para Ricardo, que lhe fez um sinal para aguardar. Uma informação bomba estava sendo guardada, para ser utilizada no momento mais propício, documentos que foram encontrados numa das bases de submarinos na Biscaya por uma equipe de Inteligência Ouro, chefiada pela tenente Morris.

De Gaulle agradeceu a Kirk, e Eisenhower foi o próximo a falar, prestando contas sobre o avanço das tropas aliadas. Em sua opinião, que reforçava as palavras de Johnson, o primeiro a falar naquela noite, com um esforço máximo apoiado pelo Esquadrão Ouro, seria possível fazer os nazistas recuarem até seu próprio território em dez dias.

Naturalmente franceses e russos apoiaram aquela iniciativa, mas os ingleses e parte dos americanos não concordavam. Churchill deixou nítida sua vontade de atacar a ameaça representada pelas forças de Viggenstein, quando Johnson o interrompeu:

— Primeiro-ministro, com o devido respeito, o senhor fala de combater uma miragem. Quantas dessas milagrosas naves esféricas já vimos efetivamente em atividade? Apenas uma!

— Temos as fotografias tiradas por Kirk e Sheridan — disse Ricardo. — Além, naturalmente, de um experiente oficial inglês morto por uma dessas coisas, que contribui para reforçar o perigo que representam.

A arrogância de Johnson era surpreendente, diante de tantas evidências apresentadas:

— Caro capitão, como o senhor acaba de dizer, uma dessas coisas. Uma, apenas!

— Os senhores Churchill e De Gaulle por um triz não foram atingidos em ataques devastadores que, como bem mostrou o engenheiro Kirk, podem ter relação com essas esferas!

— Fale a verdade, Ricardo, o que você quer é vingança por seus homens, enquanto nós nos preocupamos com o destino da guerra.

— Que, a depender de babacas como você, não me parece muito promissor...

— Senhores, basta!

De Gaulle, o anfitrião da reunião, exasperou-se. Churchill, que Johnson interrompera sem a menor cerimônia, olhava para Almeida parecendo divertido. O comandante francês disse:

— Sem dúvida que as armas avançadas dos nazistas são um motivo de preocupação, mas elas não têm sido utilizadas com frequência tal, que mude os ventos da guerra. Que estão, por sinal, a nosso favor, agora que libertamos Paris. E daí que eles possuem a capacidade de despejar algumas poucas bombas até mesmo em território americano? Uma única incursão de nossos bombardeiros basta para devastar uma cidade alemã. Sugiro que prossigamos nesse objetivo, e paremos de perseguir miragens.

Churchill pediu um recesso, e chamou Kirk e Ricardo para uma conversa privada. Afirmou estar convencido do que diziam, e muito preocupado com a ameaça representada por aquelas incríveis armas. Salientou que, como o Esquadrão Ouro era baseado na Inglaterra, ele poderia dar uma ordem para que avançassem contra a base de Viggenstein, mesmo que isso pudesse melindrar os demais. E disse algo para Kirk que mais uma vez deixou Ricardo confuso:

— Sei que o Professor aprovaria, caro Kirk. Se tivéssemos, meus jovens, algo mais para comprovar além de qualquer dúvida que essa ameaça é bem real...

Os dois se entreolharam, e a seguir, Matheus disse a Churchill que uma informação recebida recentemente poderia fazer a diferença. O primeiro-ministro então disse que eles deveriam expô-la.

Kirk novamente se dirigiu a audiência, com novos slides:

— Em uma última exposição, senhores, peço que vejam isto...

Na grande tela, surgiu a imagem de um documento alemão, com o emblema da já conhecida suástica com uma caveira no centro, a insígnia da misteriosa unidade de Viggenstein. O engenheiro disse:

— Recentes esforços da Inteligência aliada têm encontrado este símbolo em muitos documentos, obtidos até mesmo em território alemão. Mas este em particular foi encontrado em uma das bases abandonadas pelos nazistas na Baía de Biscaya.

O engenheiro explicou que era uma descrição de um novo submarino, o U-1001, primeiro de uma nova classe que começava a entrar em serviço. A seguir, anunciou que o próximo slide seria uma foto do mesmo barco.

Quando ela surgiu, todos sem exceção soltaram um murmúrio de assombro. Mostrava um submarino em uma doca, e por meio de um guindaste, um inconfundível míssil V-2 estava sendo acondicionado em sua torre, que era bem mais longa que a de um U-Boat comum. E Matheus acrescentou uma outra observação:

— Senhores, pelo que apuramos, esse submarino pode carregar e disparar até três V-2. Todos já conhecem bem a devastação produzida por esses foguetes em Londres e outras cidades.

Depois de alguns instantes de silêncio, todos começaram a falar ao mesmo tempo, até que Ricardo levantou-se e pediu a palavra, dizendo:

— Senhores, sem sombra de dúvida, varrer a presença nazista do território francês é absoluta prioridade das tropas aliadas. Mas devo lembrar-lhes que não foi para isso que o Esquadrão Ouro foi criado. Somos uma unidade de elite, treinada e preparada com o único propósito de combater a ameaça das armas avançadas da Alemanha nazista.

Fez uma pausa enquanto passava o olhar pelos presentes, demorando-se mais em Johnson, e concluiu:

— Como o engenheiro Kirk bem disse, todos conhecem os efeitos das V-2. Imaginem agora, que podem ser acondicionadas em submarinos. E não sabemos quantos barcos desse tipo existem. Nos documentos de Viggenstein já encontrados, ele alude a esse uso de tais foguetes, com o objetivo de instaurar em qualquer parte do mundo o mesmo terror que já se abateu sobre Londres. Por isso, o que lhes peço é que nos deixem fazer nosso trabalho, que é conseguir respostas. E as mesmas, por tudo que sabemos, podem estar na base que descobrimos em Bourg.

Valentina, que não falara nada, o olhou com um sorriso de aprovação. Churchill parecia muito orgulhoso dos "dois jovens", e disse para todos que concordava com Almeida. Depois de mais um intervalo, Ricardo transmitia ordens para Spencer, que argumentava:

— Almeida, se descobrirem que estamos passando a frente deles...

— Dane-se, Spencer! Você não viu o que aquela coisa, aquela esfera, pode fazer. Quero que apronte nossos homens e aviões em Melun para partida imediata!

Kirk cutucou seu ombro com insistência, e depois de desligar o telefone Ricardo voltou-se, pronto para lhe dar uma tremenda bronca. Mas Churchill e seu *staff* estavam diante deles, e o primeiro-ministro disse:

— Gosta de desafiar seus superiores, capitão?

Ricardo exibiu um sorriso amarelo, mas logo se recompôs. Ficou em posição de sentido, e respondeu:

— Não senhor, claro que não! Desejo apenas estar preparado, junto com meus homens, para a ação, especialmente uma que se faz tão necessária.

O inglês sorriu, soltando baforadas de um de seus charutos, e depois disse:

— Capitão, siga com os preparativos, e mantenha seus comandados de prontidão. Vou fazer o que estiver ao meu alcance para que possa atacar a base de Viggenstein o mais cedo possível. Aguarde meu chamado!

Ricardo agradeceu, e o primeiro-ministro e seus auxiliares se retiraram. Voltou-se para Val e Kirk e disse:

— Para Melun, a hora está chegando!

AERÓDROMO DE MELUN, 28 DE JULHO DE 1944, 7:49 H.

Os Aliados não se decidiam, e haviam finalmente obtido o sinal verde de Winston Churchill. Novamente aludindo ao misterioso "Professor", o primeiro-ministro ordenou a Ricardo que preparasse uma incursão na base em Bourg, com aeronaves que decolariam pontualmente às oito da manhã.

Uma importante informação estava sendo discutida, de acordo com um membro do *staff* de Churchill. Tripulações de bombardeiros B-17 da Oitava Força Aérea americana, que persistiam em suas missões para destruir a indústria e produção petrolífera alemãs, reportaram terem avistado estranhas aeronaves em forma de esferas sobre território alemão. Os estranhos objetos simplesmente surgiam repentinamente, desaparecendo nas alturas a incrível velocidade.

Almeida notara as olheiras e o cansaço visíveis na expressão de Churchill. O primeiro-ministro passara boa parte da madrugada tentando convencer os demais líderes a apoiar o ataque. Roosevelt permitiu que duas unidades, uma de P-51 Mustang e outra equipada com os parrudos e resistentes P-47 Thunderbolt, participassem daquela operação. E a nova informação a respeito das esferas deixara os demais aliados menos reticentes, mas ainda pouco dispostos a apoiar aquela ofensiva.

As tropas de elite seriam transportadas em quatro D-84 do Esquadrão Ouro. Os ingleses voariam em Spitfires e Mosquitos para dar apoio, estes últimos sendo vitais por portarem radares.

Os homens já estavam embarcando, enquanto Almeida inspecionava seu Mustang. Ainda pensava a respeito de uma notícia que Matheus lhe trouxera mais cedo. A Dumont, no Brasil, havia requisitado o B-32 que havia sido convertido para avião-tanque, sem maiores explicações. Notícias haviam chegado que a divisão de pesquisas da fabricante brasileira havia finalmente conseguido que os americanos cedessem um exemplar do bombardeiro B-29, também com o fim de pesquisa.

Qual a natureza dessas experiências, Ricardo não sabia. Kirk tampouco havia falado muito a respeito, e o capitão nem pensou em fazer novas perguntas sobre o Professor. A contragosto, Kirk e Valentina acabaram aceitando ficar em Melun durante o ataque. Ricardo só os queria em Bourg quando a situação estivesse sob controle.

— E então, chefe?

Quem fizera a pergunta era Tony, também com cara de quem havia dormido muito pouco, mas já totalmente equipado e pronto para a ação. O tenente exibia seu habitual ar muito decidido, e Ricardo respondeu:

— Tenho orgulho em voar com você, Tony. Era algo que havia muito queria lhe dizer.

O americano era um sujeito simples, olhou para baixo tímido, e então disse:

— Obrigado, capitão.

— E Denise, teve notícias dela?

Reynolds se animou, dizendo:

— Eu a visitei a noite passada. Está bem, louca para voltar a ação.

Ricardo vistoriou as rodas de seu Mustang, enquanto dizia:

— E tenho a impressão, meu amigo, que bem poderíamos usar Denise nessa missão.

Tony concordou, e a seguir surpreendeu Almeida com uma afirmação:

— Capitão, tenho saudades do começo. Antes, era tudo mais simples!

Almeida saiu de baixo do P-51, encarou o tenente, e perguntou:

— Como assim?

Tony olhou em torno, para os companheiros que também se preparavam, e respondeu:

— Sabíamos o que esperar, chefe! Quer dizer, era só a gente e os nazistas, sabíamos quem eram os bandidos, e sabíamos o que fazer. Esse cientista maluco, essas armas novas de Hitler... Sabe, capitão, os homens estão com medo!

Percebia-se nitidamente que Tony também sentia medo, e ele prosseguiu:

— Quando houve o desembarque, o Dia D, e varremos os chucrutes para longe, libertamos Paris e tal, tudo foi ótimo! Tínhamos os meios e as pessoas nos lugares certos. Mas, capitão... Eu vi aquela coisa, vi o que ela pode fazer!

Ricardo deixou que o amigo falasse, e Tony continuou:

— E se o maldito Hitler construir mais dessas coisas? Se conseguir fazer mais desses bombardeios, como fez em Washington, Paris e Londres? Puxa, lutamos tanto para acabar com esses bastardos, e agora eles inventam essas coisas, que podem mudar tudo de novo!?

Ricardo pôs a mão no ombro de Tony, trocando um longo e significativo olhar com seu tenente, e por fim, lutando para não deixar aparecer suas próprias inseguranças, disse:

— Tony, os ataques das V-2, todas essas coisas incríveis do tal do Viggenstein, tudo não passa de desespero de quem está tomando a maior surra! E daí que eles inventam essas armas incríveis? E pode ter certeza de que são mesmo incríveis!

Sorriu, tentando animar seu ala, e prosseguiu:

— Lembra como foi difícil antes? Você, por ser negro, todo seu pessoal, as dificuldades que enfrentaram? E agora são pilotos respeitados! Bom, de tudo de ruim que os malditos nazis fizeram, ao menos algumas coisas boas aconteceram, não foi?

Tony sorriu, concordando, e Ricardo concluiu:

— Exatamente para impedir que essas estratégias desesperadas deles funcionem é que estamos partindo nessa missão! Precisamente para negar-lhes sua última e tênue, veja que estou frisando isso, tênue chance de virar o rumo da guerra, é que precisamos vencer hoje!

— E vamos vencer, capitão!

Ricardo sorriu diante do entusiasmo de Tony. Sabia que era exatamente disso de que precisavam para vencer aquela guerra.

Estava quase tudo pronto, quando um sargento chegou correndo, com expressão de pânico. Mal bateu continência e disse:

— Senhor, os P-47 de uma esquadrilha de patrulha mandaram uma mensagem urgente. O inimigo está vindo para cá!

Almeida não pensou duas vezes. Mandou o sargento transmitir ordens para a imediata decolagem da equipe, enquanto pulava dentro do *cockpit* de seu P-51. Apertou os cintos e colocou o capacete, ligando o motor enquanto gritava pelo rádio:

— Esquadrão de ataque, preparar para decolar imediatamente! Estejam a postos, podemos enfrentar aeronaves inimigas mais cedo do que esperávamos.

A primeira onda de aeronaves, os Mustangs, decolou as 7:55hs, seguida pelos Mosquitos e Spitfires ingleses. Vindos do campo ao norte de Paris vinham chegando os americanos. Almeida olhou para trás e viu aliviado os D-84 subindo.

Acelerou o Mustang acompanhado pelos demais caças, rumando para o sudeste. Nisso, viu sombras muito finas a distância, que pareciam estar em sentido contrário. Chamou pelo rádio:

— Grupo de ataque, preparar para engajar inimigo!

As asas chegaram rapidamente, logo sendo metralhadas pelos caças aliados. Seu número era em torno de vinte, significando que o Esquadrão Ouro tinha a vantagem numérica. Ao menos três delas foram derrubadas, e surpreendentemente as demais se afastaram deles, rumando para Melun.

— Vão atacar o campo de pouso, chefe! — gritou Tony "Gordo" Reynolds.

— Então temos que fazer algo a respeito, tenente!

Almeida ordenou que os P-47 americanos os acompanhassem, enquanto os demais seguiriam com o plano. As asas estavam a um minuto de Melun quando os caças aliados as atacaram. Mais seis caíram diante do fogo. Era impressionante ver o efeito que tinham os Thunderbolts. Suas oito metralhadoras simplesmente rasgavam as leves estruturas das asas como papel.

— Chefe! — gritou Reynolds. — Parecem que todas essas são tripuladas. Nenhuma daquelas de controle remoto.

— Mas não são menos perigosas, Tony, tome cuidado!

Os dois curvaram, seguindo quatro inimigos que conseguiram escapar e rumar para Melun. Pelo rádio Rick sabia que as defesas do aeródromo estavam prontas. Chegavam também seguidos questionamentos por parte dos franceses, que não sabiam o que estava acontecendo. Almeida torcia para que aquela ação unilateral de Churchill desse certo.

Ele e Tony, acompanhados por três P-47, metralharam os inimigos e mais uma das asas caiu. As demais curvaram e conseguiram se colocar atrás deles. Um dos Thunderbolts foi atingido, e o piloto conseguiu saltar de paraquedas antes de o avião cair.

As aeronaves de Viggenstein era adversários terríveis, porem mais uma foi atingida. Mas as duas restantes colaram-se a cauda dos Mustangs de Tony e Ricardo, com os americanos impotentes diante da maior velocidade dos demais. Quase no limite de sua resistência, Almeida fez um *looping* seguido de um *tuneaux*, e conseguiu atingir mais um dos inimigos. O último, entretanto, não desgrudava de Tony.

Antes que pudesse alertar o amigo, seu Mustang foi atingido e começou a soltar muita fumaça escura. Ricardo finalmente abateu a última asa, ordenando a seguir que os americanos pousassem e se rearmassem.

— Tony, você está bem? Tony!

O tenente não respondia, mas Almeida percebeu que ele seguia para o pouso. Seguindo-o, viu que o trem de pouso da direita não abriu, e Reynolds tocou na pista apenas com uma roda, na menor velocidade que conseguiu. Mas repentinamente o Mustang deu uma guinada e bateu com a asa direita na pista, arrancando-a. O restante do avião girou e finalmente arrastou-se de lado, parando na grama ao lado da pista.

Ricardo gritou, deu a volta, e regressou ao aeródromo pousando na segunda pista, ainda conseguindo ver ambulâncias se dirigindo para resgatar Tony. Por mais que quisesse correr lá e dar apoio ao amigo, sabia que não podia. Tinha ordens de atacar a base em Bourg, e era isso que tinha em mente, quando parou o Mustang e gritou que o abastecessem e rearmassem o mais depressa possível.

CAPÍTULO 8

BASE NAS PROXIMIDADES DE BOURG, 28 DE JULHO, 18:54 H.

Carnificina. Era disso que havia se tratado aquela batalha. Depois de lutarem um dia inteiro, os resultados sem dúvida iriam agradar a Churchill, dando-lhe argumentos para convencer os demais líderes aliados do acerto de sua decisão. E as notícias vindas de Paris davam conta de que realmente havia muita revolta de franceses, russos, e parte dos americanos, com aquela ação.

Sem dúvida haviam obtido informações valiosíssimas, e num primeiro momento, Kirk se animou ao ver que conseguiram capturar dois jatos alemães, um Messerchmidt Me-262, e um Arado Ar-234.

Mas quando o engenheiro e Valentina viram toda a extensão do preço que havia sido cobrado por aquela vitória, deixaram de exibir seus habituais sorrisos por muito tempo.

O próprio Ricardo lembrava-se da batalha em *flashes*, enquanto percorria com eles e mais alguns subordinados os corredores da base.

✕✕✕

Almeida ainda conseguiu alcançar a esquadrilha dos D-84, que levava os grupos de assalto. Pelo rádio, chegavam notícias de uma luta encarniçada.

Não apenas havia, entre os inimigos, asas voadoras tripuladas e controladas por rádio, mas também caças convencionais como os Me-109 e Fw-190. E logo perceberam que, para cada aeronave com piloto, havia duas que voavam sozinhas controladas por rádio, normalmente fazendo o papel de ala para a aeronave principal.

E os ágeis Me-109 e Fw-190, sem carregar um piloto, não necessitavam amenizar a força G quando faziam manobras. Mesmo sendo versões anteriores dos modelos, certamente já com anos de uso, demonstraram continuar sendo adversários temíveis em *dogfights*.

A princípio, concentrados nas asas voadoras, os pilotos dos caças acharam que os Messerchmidts e Focke-Wulf não seriam páreo. Ledo engano! Mesmo com os aviões líderes abatidos, os radio-controlados continuavam voando e abatendo os caças aliados, seguramente comandados a partir da base.

E para tornar tudo ainda pior, os aviões foram atrás das aeronaves aliadas, enquanto as asas se encarregaram dos caças do Esquadrão Ouro.

"Então as notícias de nossa participação na ofensiva na França chegaram a Viggenstein, possivelmente até ao Alto Comando Alemão", pensou Ricardo em meio as manobras.

O capitão pilotava seu Mustang alucinadamente, enquanto tentava se evadir das asas ao mesmo tempo em que perseguia os aviões do inimigo. Estes atiravam sobre os D-84, e alvejavam também os demais caças que tomavam parte da ação. Vários destes caíram em chamas, e houve uma confusão terrível nos primeiros minutos.

Ricardo fez um *looping*, conseguindo postar-se atrás das três asas que o perseguiam. Despejou sobre elas as balas das seis metralhadoras do Mustang, e finalmente conseguiu engajar os seis caças inimigos que perseguiam os P-47 americanos. Os Me-109 eram dos modelos E e F, já superados, mas ainda efetivos, enquanto os FW-190 deveriam ser o modelo B, também antigo. Depois de muitas manobras, subidas e descidas, e várias arremetidas radicais que levaram os inimigos que o seguiam ao chão, não restou nenhum dos inimigos.

A seguir Almeida liderou um grupo de P-47 dos americanos, ordenando-lhes que o seguissem, e juntos destruíram as antenas de radar claramente visíveis nas encostas, e depois souberam, também algumas câmeras de TV com que os inimigos dentro da base acompanhavam a luta. Apenas assim conseguiram superar os adversários.

As asas logo seriam todas destruídas, e o mesmo fim tiveram os caças convencionais. Tudo por um alto custo, entretanto. E então chegaram as esferas...

× × ×

Valentina trazia sua câmera fotográfica pendurada ao ombro, mas não se animou a usá-la. O cenário era de verdadeiro horror, enquanto passavam pelas equipes médicas que atendiam os feridos. Os mortos entre o inimigo, todos eles, tinham na cabeça o implante já analisado antes por Kirk na Base Ouro. Um emissor eletromagnético fazia com que os infelizes tivessem suas mentes controladas. Lutavam de forma insana até serem mortos.

O pior foram as armadilhas, consistindo em placas do piso eletrificadas. Ao menos onze membros das tropas aerotransportadas foram gravemente queimados ou mortos por aquelas coisas.

×××

Pelo rádio chegaram os primeiros informes das equipes de terra. A longa pista da base entrava direto na encosta da montanha, com uma abertura de quase quarenta metros de diâmetro. Lá dentro, espaço para, ao menos, quatro das naves esféricas, três das quais flutuaram para fora e decolaram. Já se aproximavam dos caças aliados, com o ar crepitando em torno das mesmas, quando todos ouviram pelo rádio:

— Chegou a hora da desforra!

Tony Reynolds, parecendo fora de si, pilotava o XP-80 como um louco. Trazendo quatro foguetes sob as asas, disparou dois de cada, em duas das esferas, destruindo-as. A terceira, tendo se atrasado e ainda próxima do solo, foi alvejada pelo americano com os canhões de 20 mm de seu caça, caindo ao solo impotente.

O brasileiro Sebastião Mourato, já recuperado do encontro com a esfera de dias antes, fazia maluquices com seu P-51. Perseguido por três Me-262 a jato, acionou sua turbina J-3 e subiu em velocidade alucinante, perseguido pelos inimigos. Tony foi atrás com seu XP-80, e a grande altitude, os Messerchmidts tiveram perda de potência, adernaram e começaram a cair. Pelo rádio, Ricardo acompanhou quando Tião, como o chamavam, gritou:

— Ei, Gordo, vê se sai de baixo!

Tony fez o XP-80 sair por um lado, enquanto o Mustang de Mourato fazia a manobra conhecida como Hammerhead pelos americanos. Assim que percebeu que os alemães começavam a cair, Mourato cortou a potência, e após sua velocidade chegar quase a zero, o brasileiro virou o Mustang e iniciou uma descida vertical, aproveitando para metralhar os caças inimigos abaixo.

Os três Me-262 explodiram, e Mourato passou no meio deles. Ricardo ouviu a gritaria de júbilo entre ele e Tony, e a seguir mandou que voltassem a formação.

Naquela elevada altitude, os pilotos finalmente repararam em uma imensa área circular, que devia medir meio quilômetro de largura aproximadamente. Entretanto, não tinham tempo de se dedicar a especular para o que serviria.

A seguir, os sobreviventes entre os pilotos trataram de perseguir os restantes caças inimigos, incluindo mais dois Me-262 que deram muito trabalho ao grupo. Finalmente, abateram quase todos eles, com alguns fugindo em direção a fronteira suíça.

×××

A base era vasta. Tropas aliadas que já entravam nas cidades e vilas próximas enviavam mais informações pelo rádio. Franceses de toda aquela região foram feitos prisioneiros e obrigados a trabalhar sob condições desumanas. Os que morriam eram enterrados em covas comuns.

Os trabalhos haviam se iniciado no primeiro mês após a queda de Paris, em 1940. Spencer havia enviado mais informações obtidas do pessoal dos arquivos da Base Ouro. A relativa falta de armas defensivas na base era resultado da postura de Viggenstein, que considerava que os aliados jamais teriam chance sequer de saber de sua existência. E como o cientista sempre prezara sua independência, a sua localização naquela região do sudeste francês lhe daria a liberdade de ação que tanto almejava.

Havia imensos laboratórios, e houve alarme quando as equipes de análise descobriram radiação em um deles. O mesmo foi lacrado, aguardando que especialistas melhor equipados viessem, o que deveria acontecer apenas no dia 29.

Conquistada a supremacia aérea na região, alternadamente os aviões retornavam a Melun para reabastecer e se rearmar. Tony e Mourato nem isso conseguiram, pois seus caças estavam completamente sem combustível, e os dois pousaram na base e passaram a auxiliar as tropas de terra. E se no céu a batalha estava encerrada, em terra a mesma apenas começava.

Com um tremendo agravante. Por volta da metade da tarde do dia 28, mensagens alemãs foram interceptadas, trazendo ordens do alto comando para as tropas que ainda lutavam na França, de recuar até Bourg e defendê-la a todo custo.

A insana tentativa alemã teve como resultado que suas tropas, ao tentarem avançar para o sudeste francês, tornaram-se presas fáceis para os exércitos e aviação regulares dos aliados. Nem mesmo em seus sonhos mais otimistas Churchill poderia esperar por aquilo! Na manhã do dia 29, restavam no centro e no oeste francês apenas alguns bastiões nazistas, o restante tendo sido arrasado ou em fuga. Mas nada que aliviasse a fúria dos que foram contrários aquela operação.

A resistência das tropas da base de Viggenstein, apesar de vigorosa devido a terrível tecnologia de controle da mente, foi inútil. Os aliados, em maior número, experimentaram severas baixas, mas, ao meio dia de 29 de julho, já controlavam a base.

✗✗✗

As primeiras informações recolhidas nos arquivos da base já estavam disponíveis. Houve tentativas desesperadas dos oficiais nazistas presentes em destruir os documentos, mas com pouco sucesso. Infelizmente não foi possível capturar nenhum deles vivo. Quando encurralados, suicidavam-se com tiros de pistola na cabeça.

— Interessante, chefe — disse Kirk. — As equipes não encontraram nenhum oficial com os implantes na cabeça. E entre os que defendiam a base, lamentavelmente alguns eram franceses capturados nas aldeias próximas.

Almeida não quis comentar nada. Aquilo que os nazistas estavam fazendo era inominável.

O pessoal de Inteligência já havia descoberto, entre as primeiras informações encontradas, que havia em território alemão mais duas bases leais a Viggenstein, de onde decolavam as asas e as esferas voadoras.

— Uma próxima a Anklan, outra em Passau na Boêmia — disse Almeida. — Também constam nomes de oficiais do Alto Comando alemão que defendem nosso cientista louco.

Ele virou-se para um sargento da Inteligência, e disse:

— Passe essas informações ao Alto Comando Aliado o mais depressa possível.

O jovem bateu continência e saiu.

Diante do que foram descobrindo a seguir, parecia que Viggenstein, diante do tremendo avanço aliado, já começava a ser mais respeitado e apoiado, até mesmo pelo próprio Adolf Hitler. Os documentos deixavam claro que suas tecnologias inacreditáveis eram vistas como a última esperança da Alemanha na guerra.

E o que foram descobrindo na base pelos dois dias seguintes deixou claro que havia uma possibilidade de isso acontecer. As informações eram tão estarrecedoras que uma nova reunião dos líderes aliados foi marcada na Base Ouro, para o dia 3 de agosto..

BASE OURO, INGLATERRA, 2 DE AGOSTO DE 1944.

A volta para casa tinha sabores conflitantes para todos os membros do Esquadrão Ouro. Se era bom voltar para aquele lugar familiar, por outro lado havia a lembrança dos companheiros que haviam tombado em batalha.

O Esquadrão Ouro havia perdido quinze pilotos desde o começo da ofensiva para libertar Paris. Entre eles estava um dos comandantes da base, Damon Holmes. Outros dez tripulantes haviam morrido. Entre pessoal das tropas de elite e técnicos de terra, o saldo era de quarenta e nove mortos.

Uma cerimônia para honrar sua memória foi a primeira ação a acontecer na base após o retorno. As operações de batalha haviam sido adiadas pelas próximas quatro semanas, e os treinamentos só seriam retomados em cinco dias. O Esquadrão perdera trinta e uma aeronaves e era necessário repô-las, bem como convocar novos pilotos e tripulantes.

Uma operação que teve início imediato foi a dos novos reconhecedores D-84 com motores Allison, que usando câmeras e equipamentos de rádio avançados buscavam os temíveis submarinos lançadores de mísseis V-2 de Viggenstein. Uma das primeiras informações obtidas nos arquivos da base em Bourg foi de que havia três desses barcos em operação, mas infelizmente não fora encontrada nenhuma pista quanto a seus possíveis alvos.

Depois de dias de discussão em Paris, finalmente todos concordaram com os termos e as ações de Churchill. De Gaulle e outros ainda acusavam o inglês de ocultar informações, mas no fim acabaram concordando a contragosto. O próprio Ricardo chegou a ser indicado para ser promovido a major, mas os eventos ainda se atropelavam, e simplesmente não havia tempo para cerimônias.

O brasileiro ainda se sentia cansado, mesmo fazendo aquilo de que tanto gostava. Nos intervalos entre as reuniões burocráticas e a administração da base, dedicava-se a testar novas aeronaves. Passou boa parte do dia primeiro de agosto voando um Corsair F-4U e um Hellcat F-6F, que haviam sido modificados na Base Ouro para receberem no ventre a já famosa turbina J-3.

Tanques de combustível adicionais foram instalados em ambos os modelos, e Ricardo anunciou que estavam prontos para os testes. A Marinha americana naturalmente ficou impressionada com os resultados da adaptação da turbina aos P-51 Mustangs do Esquadrão Ouro, e diante da ferocidade da guerra no Pacífico, pedira que os dois principais caças com base em porta-aviões recebessem o mesmo equipamento.

Também os russos se mostravam impressionados com os resultados desses caças híbridos. Eles mesmos tinham algumas versões experimentais de seu caça Yakovlev Yak-3, de longe o melhor modelo russo, equipados tanto com foguetes quanto com turbinas sob as asas. Havia um Yak-3 sendo preparado na Base Ouro com uma instalação da J-3 similar à do Mustang, mas no momento Ricardo não se preocupava em auxiliar os russos. Não gostara de alguns de seus comentários durante a recente campanha, portanto eles que se virassem.

Estava naquele momento mais interessado em aproveitar o meio da tarde voando com a compensação que pedira e lhe fora enviada pela Marinha americana, pelo trabalho nos Hellcats e Corsairs. Acionou a partida, e o imenso motor R-4360 Wasp Major do mais novo modelo do Corsair, o F2G, soltava seu troar amedrontador. Com 28 cilindros e mais de 3.000 cavalos, era o maior e mais potente motor aeronáutico dos Aliados. O Corsair em que estava instalado também sofrera profundas mudanças, agora contando com uma capota estilo gota igual à do P-51D e P-47D.

A descomunal hélice de 4 pás que girava no sentido horário, do ponto de vista do piloto, fazia o aparelho tender a desviar violentamente para a esquerda, mas Ricardo compensava pisando no pedal do leme. O Corsair decolou, e logo quem estava no chão assistia a um espetáculo de velocidade e de acrobacias de dar tontura. Ricardo sempre adorara conhecer novos aviões, e teve que reconhecer que aquele novo caça era superior ao elegante Mustang em muitos aspectos.

Ele nunca fora fã de motores radiais, mas percebeu como o desempenho do F2G era fenomenal. Kirk comentou que dois exemplares do Wasp Major foram enviados para a Dumont no Brasil, e que estavam adiantados os trabalhos para incorporá-los a um protótipo de nova geração do D-84.

— Será um avião bem melhor com certeza, chefe!

— Mas Matheus, será mesmo necessário?

A pergunta de Almeida pareceu confundir o engenheiro, mas logo ele sorriu, respondendo:

— Realmente, capitão, a era do jato está começando, quer queiramos ou não!

Mas aquilo não importava agora. Ricardo se deliciava com o novíssimo Corsair, emendando *tuneaux* com *loopings* e voos invertidos sobre a Base Ouro. Foi quando ouviu pelo rádio:

— Espero que tenha aproveitado os momentos de diversão, amigo! Gostando de nosso novo pássaro?

Era a voz do americano, Allan Taylor, com quem dividia a administração da base. O inglês, Nigel Spencer, já fora confirmado como substituto do falecido Damon Holmes. Trocaram rápidas palavras, e Ricardo a contragosto virou o magnífico F2G para retornar a Base Ouro.

Uma reunião que mudaria suas vidas estava em seus preparativos finais.

BASE OURO, 3 DE AGOSTO DE 1944, 20:44 H.

Matheus Kirk estava falando havia mais de quarenta minutos. Detalhou desde o começo as primeiras pistas que tiveram de

Viggenstein, as asas voadoras, as naves esféricas... E o assombro de todos que o ouviam, no mesmo auditório onde fora decidida a recente ofensiva para libertar Paris, era nítido.

Sentado na primeira fileira de poltronas, Almeida olhava por sobre o ombro seguidas vezes. Sentia um prazer quase perverso em observar as reações daqueles colegas que foram contrários ao ataque a Bourg, boquiabertos diante das espantosas revelações. No começo da explanação de Kirk houve protestos da parte deles, ainda convencidos que aquela ação unilateral ordenada por Churchill fora um desperdício de tempo, material e vidas.

Agora Rick sentia que temiam por suas próprias vidas. E ele mesmo sentia-se inseguro, embora lutasse por não demonstrar. Recusava-se a pensar a respeito da aterrorizante possibilidade dos incríveis planos de Viggenstein serem bem-sucedidos.

Nesse caso os Aliados, que haviam conseguido virar a guerra contra o Eixo a seu favor, se veriam em maus lençóis. Isso se conseguissem impedir que os nazistas tomassem a dianteira novamente. E todos ali estavam pouco a pouco tornando-se conscientes de que dependeria deles o esforço maior em impedir os planos de Viggenstein.

— ... Então, as melhores equipes de inteligência dos Aliados, — prosseguiu Kirk — puderam seguir a trilha radioativa dentro da base, e encontraram isto.

O slide projetado no telão mostrou um imenso aposento, flagrando alguns dos especialistas enviados para a base, em pesadas roupas de proteção. Matheus continuou:

— Não existe qualquer dúvida nesse sentido. O que estamos vendo aqui é uma pilha nuclear, semelhante a que Enrico Fermi construiu e testou na Universidade de Chicago, em 1942, conseguindo produzir a primeira reação nuclear em cadeia controlada.

O engenheiro, que já era considerado uma das mais preciosas mentes disponíveis aos Aliados, prosseguiu:

— Obviamente, os nazis seguiram os mesmos passos que os americanos, tentando produzir um artefato explosivo de potência jamais vista pela humanidade. Recebemos poucas informações dos americanos nesse sentido, mas o professor Einstein auxiliou na análise das informações. Ele assegura que os alemães ainda estão muito longe de produzir uma bomba atômica.

Suspiros de alívio foram ouvidos no auditório, mas Matheus não os deixou confortáveis por muito tempo:

— Entretanto, há subprodutos dessas experiências que ainda poderiam ter uso ofensivo, e lamentavelmente, é disso que se trata. Pesquisas adicionais foram realizadas no porto francês na Baía de Biscaya, onde sabemos que esteve um dos três submarinos lançadores dos mísseis V-2 projetados por Viggenstein. E traços de radiação foram descobertos em suas instalações.

Para horror de todos, Kirk apresentou e explicou a seguir os planos de construção do que chamou de ogivas radioativas. Explosivos convencionais eram envolvidos por câmaras que continham materiais altamente radioativos, e ele explicou que uma arma assim poderia contaminar áreas de até centenas de quilômetros quadrados:

— Não se enganem, senhoras e senhores! Uma única V-2 com ogiva radioativa pode envenenar bairros inteiros, e até tornar uma cidade como Londres inabitável. Lembrando que o envenenamento radioativo, mesmo que ainda não muito bem compreendido, é uma forma terrível de agonia.

O material era tão extenso que o engenheiro quase não fazia pausas. De acordo com documentos recentemente descobertos na base de Bourg, e informações de agentes que operavam em território alemão, os submarinos portavam três mísseis V-2 cada um. E ao menos um dos foguetes estava armado com a mortífera ogiva radioativa. Haviam conseguido apurar que um dos barcos se encontrava no Mar do Norte.

Os outros dois teriam sido enviados ao Atlântico. Diante do óbvio alvo que representava, a Costa Leste dos Estados Unidos já estava sendo mantida em rigorosa prontidão, com aviões patrulha 24 horas por dia em busca do inimigo. Quanto ao terceiro submarino, possíveis alvos na África e América do Sul estavam sendo analisados, e ordens de reforço das patrulhas sendo expedidas.

Matheus a seguir falou especificamente sobre Viggenstein, com fotos e um histórico de suas atividades. Alguns ainda chegaram a rir diante do interesse dele pela Atlântida e por viagens espaciais, e mesmo para Ricardo foi interessante descobrir que o cientista era um ávido consumidor das chamadas *pulps*, revistas baratas que circulavam pela Inglaterra e Estados Unidos com histórias de Fantasia e Ficção Científica.

O próprio Kirk não perdia um número das aventuras de Buck Rogers ou Flash Gordon, e especialmente os americanos estavam começando a utilizar essas histórias e os quadrinhos para elevar o moral das tropas. Mas o que ninguém esperava é que Kirk mostrasse a seguir a capa de uma dessas revistas:

— Também tenho um interesse pessoal na conquista do espaço, e sem dúvida foi excitante poder examinar detalhadamente o foguete V-2 que nosso pessoal capturou a leste de Paris...

Ele procurou Ricardo, e fez uma reverência para o amigo. O capitão sorriu, e Kirk retomou sua exposição, tirando do bolso um exemplar da mesma revista mostrada no slide, e dizendo:

— E como sou fã dessas histórias, não chegou a me surpreender que nosso misterioso cientista, Adolf Viggenstein, diante do fervor com que encara a tecnologia avançada, também as apreciasse. Eu mesmo tirei algumas ideias, como acoplar as turbinas J-3 aos P-51 Mustangs, das mesmas! Mas o que não contávamos era que o interesse de Viggenstein nesta edição específica não fosse apenas o entretenimento...

As revistas costumavam trazer projetos de naves espaciais, armas fabulosas, foguetes e utensílios de toda espécie, sempre tendo como tema comum o futuro. Kirk explicou que a construção redonda que estavam vendo na ilustração era um modelo de estação espacial. Um grande artefato no formato de roda, possuindo grossos raios que se ligavam do aro exterior até um cilindro central, e que seria construído em órbita da Terra.

Matheus explicou rapidamente os fundamentos básicos dos voos espaciais, como um objeto precisar ser acelerado até uma velocidade de 28.000 km/h para ser colocado em órbita, e como uma vez girando ao redor do planeta seus ocupantes flutuariam em seu interior. A proposta estação espacial possibilitaria imitar a gravidade da Terra, sendo colocada para girar lentamente. Motores foguete posicionados ao longo de sua estrutura se encarregariam do controle.

Churchill, sentado na primeira fila ladeado pelos seus auxiliares, exibia uma sombra no olhar. Já havia recebido aquelas informações em primeira mão e Ricardo reparou como, mesmo agora, hesitava em acreditar. O que Kirk apresentou a seguir deixou todos naquele auditório absolutamente estarrecidos.

✷✷✷

Quase naquele mesmo momento, o Professor recebia finalmente cópias dos documentos obtidos com a invasão a base de Viggenstein. Examinou-os avidamente, sabendo o que iria encontrar. Mas o que viu cobriu sua expressão de horror.

Uma parte de sua mente revelava assombro e até admiração,

pela espantosa realização técnica que fora conseguida em quase total segredo. Chegava a ser maravilhosa a genialidade dos detalhes, como tudo fora pensado e colocado para funcionar de forma tão simples e ao mesmo tempo tão sofisticada.

Mas a maior parte do ser do Professor se revoltava contra aquilo. Se todo aquele esforço tivesse outra finalidade, qualquer outra finalidade, seria admirável, uma realização científica e técnica fabulosa.

Mas aquela monstruosidade representava, nada menos, que uma das mais letais armas já imaginadas pelo ser humano. E os detalhes sobre sua construção, tantas vidas inocentes ceifadas para satisfazer a ambição de um louco...

As mãos do Professor se crisparam, e ele foi tomado pela ira. Conseguiu se controlar, e respirou fundo algumas vezes. Sabia apenas de uma coisa, os trabalhos tinham que continuar. Aquilo tinha que ser destruído, custasse o que custasse, ou o rumo da guerra poderia sofrer uma mudança absolutamente trágica.

×××

Os slides apresentavam planos detalhados, todos com a bem conhecida insígnia da unidade secreta de Viggenstein, para a construção de um artefato absolutamente gigantesco. Mesmo Matheus engoliu em seco antes de prosseguir:

— Ele conseguiu, senhores! Viggenstein construiu uma arma perfeita, contra a qual não temos qualquer defesa!

Exibiu outros slides, mostrando os restos dos imensos dirigíveis que haviam encontrado e examinado na França. A seguir, Kirk apresentou os esquemas originais de Viggenstein, que mostravam os gigantescos colossos do ar, cada um com 350 metros de comprimento, maiores que o Hindenburg, erguendo uma imensa estrutura redonda.

Eram os planos desse objeto que surgiam agora nos slides, enquanto Matheus dizia:

— Cada um dos líderes de *staff* presentes recebeu uma pasta com cópias de todo o material sendo aqui exposto. Como dizia, esta é uma estação espacial, construída por Viggenstein claramente inspirado no modelo publicado na revista já mostrada, editada em 1937. Nosso cientista louco construiu a partir da ocupação da França, na grande clareira encontrada nas proximidades da base por nossas tropas, um cilindro central de cerca de vinte metros de altura, por outros vinte de diâmetro. Do mesmo, saem 4 braços cilíndricos, cada um com cinquenta metros de comprimento por dez de largura. A maioria das peças foram manufaturadas pela indústria alemã.

Todos acompanhavam pelos slides. Finalmente, os braços se uniam a novos cilindros formando uma figura sinistra. Matheus prosseguiu:

— Os braços da parte externa da estação, que formam a suástica, também medindo dez metros de diâmetro por cinquenta de comprimento. A estrutura é reforçada por uma imensa treliça de tubos de aço, com um diâmetro total de 160 metros. Estimamos o peso do conjunto em cerca de quatrocentas toneladas, isso com a coisa vazia...

Todos começaram a falar ao mesmo tempo. Kirk, Ricardo, o Esquadrão Ouro, e até mesmo Churchill eram taxados de loucos, que aquilo era uma invenção ou uma maquinação da propaganda nazista. Alguns berravam que os alemães estavam desesperados e inventariam qualquer loucura para perturbar os aliados e fazê-los perder tempo.

Ricardo olhou para Churchill, e pareceu a ele que o primeiro-ministro estava conformado em não conseguir convencer os demais. O grande líder britânico, entretanto, sorriu para o capitão brasileiro, e este soube o que fazer.

Subiu ao palco, arrancou o microfone de Kirk e gritou:

— Foi esta coisa a responsável pelos ataques a Washington, Paris e Londres!

As vozes continuaram a se fazer ouvir por mais alguns instantes. Mas foram pouco a pouco emudecendo deixando lugar para o silêncio. Quando o único som que se conseguia ouvir no auditório era a respiração tensa daquelas pessoas, Ricardo repetiu:

— Encontramos o responsável pelos ataques a nossas cidades. Viggenstein e sua maldita estação espacial!

Havia um objeto oculto por um pano ao lado do palco. A um sinal de Ricardo, dois soldados descobriram-no, revelando o que parecia uma bomba. Kirk, de novo de posse do microfone, explicou:

— Isto é uma bomba comum alemã, de pouco mais de 400 quilos. Encontramos um grande número destas na base em Bourg. Está envolta em uma cápsula construída com uma liga especial de aço revestida por titânio, capaz de resistir aos rigores da reentrada na atmosfera, um problema do voo espacial que acabei de lhes explicar.

Kirk chamou a atenção dos presentes para o projeto da parte central da estação, mostrando o que haviam identificado como uma comporta para o lançamento de bombas. Ladeando a mesma, uma série de aberturas que serviam para miras e telescópios, e o engenheiro explicou:

— Viggenstein não precisaria de muitos outros recursos técnicos para, sem aviso, bombardear-nos desde a órbita. E ele fez isso por três vezes!

Almeida, ainda de pé ao lado do amigo, observou as muitas faces no auditório, e finalmente começou a perceber na maioria delas uma nítida concordância, acompanhada de determinação. Respirou aliviado percebendo que a maioria dos presentes começava a compreender a gravíssima ameaça que enfrentavam, e que tinha que ser eliminada, custasse o que custasse.

Matheus passou os próximos minutos explicando o intrincado e surpreendente projeto da estação. Esta, de acordo com os documentos encontrados, era servida pelas mesmas naves esféricas que já haviam enfrentado. Haviam encontrado provas de que foram construídas oito unidades destas. Quatro dessas naves foram destruídas na França, enquanto das demais pouca coisa se sabia.

— Nossos voos de reconhecimento e bombardeio sobre a Alemanha nazista — prosseguiu Kirk — bem como nossos agentes, encontraram evidências que ao menos duas dessas esferas de fato existem e encontram-se operacionais. Não têm sido utilizadas para combate, entretanto, o que parece indicar que essas unidades remanescentes estão apenas servindo para o transporte entre a Terra e a estação de Viggenstein. Que por sinal, pelos projetos que encontramos, deve se encontrar numa altitude de cerca de duzentos quilômetros sobre nosso planeta.

Aquela informação sem dúvida era um baque. Nos Estados Unidos, o professor Robert Goddard, que vinha pelos últimos meses recebendo pesados incentivos do governo em suas pesquisas de foguetes, já havia conseguido lançar seus mais potentes artefatos a altitudes em torno de cinquenta quilômetros. Atingir aqueles inacreditáveis duzentos quilômetros de altitude ainda parecia uma tarefa distante, quase impossível.

Kirk explicou, diante de uma pergunta dos franceses, que não fazia ideia de como Viggenstein desenvolvera aquela tecnologia de propulsão magnética. O engenheiro percebeu que colegas americanos na plateia trocaram olhares prolongados, mas isso nada significava para ele. Ainda poderiam se dar por satisfeitos de que as asas voadoras que tantos danos haviam causado não possuíam capacidade de entrar em órbita. Mas podiam atingir altitudes superiores a 60 quilômetros, e daí mergulhar sobre seus alvos, sendo sem dúvida armas formidáveis.

Longas horas foram a seguir tomadas por discussões sobre como enfrentar tais inacreditáveis avanços tecnológicos. Uma coisa era certa, nada daquilo poderia vazar para as tropas regulares ou entre a população. Arruinaria o moral conseguido tão arduamente após o Dia D.

BASE OURO, 4 DE AGOSTO, 7:50 H.

No salão de refeições, os líderes de esquadrilha tomavam o café da manhã. A base já fervilhava de atividade, com a chegada dos novos aviões, que passavam por revisões e instalação dos equipamentos especiais. Graças aos kits desenvolvidos por Matheus Kirk, a instalação das turbinas Mattarazzo J-3 nos P-51 Mustangs era muito rápida, e já havia três aviões prontos.

Denise Landron havia voltado, e Tony e Mourato a colocavam a par dos acontecimentos. O americano ainda usava um colete para as duas costelas que havia quebrado, quando caiu com seu Mustang no começo do ataque a Bourg. A inglesa sentia-se frustrada por não haver participado.

— Você terá sua chance, Denise! Todos terão.

Todos se voltaram, e viram Ricardo Almeida se aproximar. Os pilotos fizeram menção de levantar-se diante de seu oficial comandante, mas este fez sinal para que permanecessem sentados, enquanto dizia:

— Devem ter ouvido muita coisa a respeito da grande reunião de ontem à noite. Que aliás, acabou bem tarde! Quero falar sobre isso com todos vocês.

Allan Taylor e Kirk estavam presentes também, e ajudavam quando necessário. Em rápidas palavras, Almeida explicou tudo a seus pilotos. Dizia que os boatos eram piores que a informação verdadeira, e como seriam eles a enfrentar aquela ameaça, mereciam saber a verdade.

— Então, — perguntou o brasileiro Mourato — se o tal cientista louco tem essa coisa lá em cima, o que o impede de nos bombardear bem aqui, na Base Ouro?

— Pelos dados técnicos que conseguimos, — disse Kirk — os telescópios da Estação de Viggenstein são limitados. Ele não tem como determinar com precisão nossa localização, não ainda. Naturalmente, precisamos ficar vigilantes contra a espionagem, enquanto mantemos nosso pessoal em território inimigo a caça de mais informações.

Repetiu a explicação que dera aos líderes aliados na noite anterior, que a estação havia sido erguida pelos dirigíveis, e levada até o centro da França. Acoplados a ela, motores foguetes maiores que os da V-2 e tanques de combustível, que quando foram acionados fizeram explodir os dirigíveis. A estação seguiu por seus próprios meios até uma altitude considerável, quando se encontrou com três das esferas voadoras, as únicas até então finalizadas, que deram o empurrão final para colocá-la em órbita.

— Bons tempos, chefe — disse Tony. — No começo, quando a guerra era normal. Agora, com essas novidades...

— A coisa fica preta para nosso lado, você quer dizer? — perguntou Mourato.

O americano olhou para o franzino brasileiro, que havia realizado um combate simulado, a bordo de seu P-47 do Primeiro Grupo de Caça, com um piloto americano a bordo de seu P-51, e o derrotado, e respondeu:

— Era tudo mais simples! Eles tinham os aviões deles, nós os nossos, e nos enfrentávamos. O melhor homem vencia...

Denise fez um "han-han", e ele completou:

— Ou a melhor pessoa! Entende o que quero dizer? Era uma coisa justa, não esse absurdo de foguetes e armas espaciais, contra as quais não há defesa.

Todos entendiam, e Ricardo completou:

— Sei o que quer dizer, amigo! Sinto a mesma coisa. Havia um código de honra, que agora está sendo esquecido. Só o que importa a esses loucos, Hitler e Viggenstein, é matar...

Ele tinha outro nome na ponta da língua, certo ditador de sua terra natal, mas absteve-se. Buscando esquecer o quanto o canalha prejudicara o país e sua família, prosseguiu:

— Mas tudo o que podemos fazer é continuar unidos, e nos manter firmes no objetivo de varrer essa escória da face da Terra, antes que a guerra fique ainda pior. Já expliquei a ameaça representada pelos três submarinos lançadores de foguetes que continuam a solta.

Na noite anterior chegaram notícias de que as forças atuando de bases na costa leste americana, haviam rastreado um dos submarinos se aproximando, e passaram a caçá-lo. Aquilo animou os presentes, e foi Taylor quem transmitiu as ordens:

— Denise, você vai organizar um grupo de reconhecimento e ataque, atacantes e reconhecedores D-84, para caçar o submarino que acreditamos esteja à espreita no Mar do Norte. Temos interceptado mensagens nazistas e encontramos indícios de que o ataque pode ser em breve.

A tenente disse que tudo estaria pronto o mais depressa possível. A seguir o americano chamou Tony e Mourato:

— Vocês dois também devem organizar seus grupos, com a mesma constituição, e irão se deslocar para a Ilha de Ascensão, no Atlântico Sul. Espera-se que os americanos destruam o submarino no Atlântico Norte nos próximos dias, então só nos resta o que estava designado para o sul.

— E se ele não estiver lá? — perguntou Mourato. — E se for apenas uma cilada, para nos distrair de outras áreas?

Taylor e Almeida explicaram que outras mensagens interceptadas davam conta de que um ponto de reabastecimento, com um submarino-tanque Type XIV, fora agendado para as proximidades de Cabo Verde. E diante da fortíssima pressão aliada no Atlântico, a partir dos anos terríveis de 1942 e 1943, que varreu os submarinos alemães do oceano, aquilo só poderia significar que os nazistas arriscaram uma operação dessas por terem uma nova arma.

— Que bem pode ser o nosso alvo — concordou Tony. — Entendido, senhor!

×××

Quando todos foram dispensados e se dirigiram a seus afazeres, Tony veio ter com Ricardo:

— Capitão, e o senhor?

Almeida conversava com Taylor, alternou seu olhar entre o oficial e o tenente, e por fim respondeu:

— Aparentemente, amigo, querem falar comigo no Brasil. Devo partir junto com vocês.

— Então quer dizer que aquele nosso voo, para comparar o Meteor ao Me-262 vai ficar para a volta?

Ricardo suspirou. Havia voado com o jato da Messerchmidt capturado em Bourg apenas uma vez, no translado para a Base Ouro. Desde então, a equipe técnica o estudava detalhadamente. Havia combinado com Tony que iriam experimentá-lo contra o rival inglês, o Meteor, e talvez até com o americano XP-80. Mas isso teria que esperar.

— Voar sem compromisso nem preocupações, Tony, quando será que conseguiremos fazer isso de novo?

O americano riu, respondendo com a voz de cantor de jazz:

— Logo senhor, quando acabarmos de uma vez com esses chucrutes!

Todos riram, e Tony pediu licença. Após dar alguns passos voltou-se, e disse:

— Capitão, o senhor vai atrás do canalha, não é? De Viggenstein. Dê umas boas nele por todos nós!

Taylor observou-o enquanto se afastava, voltando-se a seguir para Ricardo e dizendo:

— Conseguiu montar um grupo extraordinário aqui, Almeida!

O brasileiro sorriu, agradeceu, e foi organizar tudo para a viagem. Lembrou-se da conversa com Churchill ao final da reunião, o primeiro-ministro já de partida.

×××

— Capitão Almeida, mais uma coisa...

Falar com aquela já lendária figura sempre deixava o brasileiro nervoso. O primeiro-ministro continuou:

— Meu bom jovem! Tenho lamentado por todos esses anos pelas vidas de outros como você, que tenho mandado enfrentar a morte todos os dias.

— Senhor, — disse Ricardo — todos acreditamos que lutamos pela liberdade.

Churchill pôs a mão em seu ombro, estendeu-lhe um envelope, e disse:

— Kirk me disse que você nos ouviu falando do Professor. Na verdade, tenho secretamente trabalhado com ele há anos, desde antes da guerra. Há coisas que os demais ainda não sabem Ricardo! Coisas traiçoeiras, coisas tão abomináveis que farão o soldado ou comandante mais experimentado sentir o sangue gelar!

Churchill parecia perturbado, mas concluiu:

— Vá com Kirk. Vão para o Brasil, falem com o Professor. Ele é um gênio, Ricardo, o maior que temos. Se alguém é capaz de destruir Viggenstein, é ele. Com sua ajuda!

Ele deu-lhe palmadinhas no ombro, sorriu e afastou-se. Ainda se virou, e disse:

— E talvez, apenas talvez, você ainda possa se vingar pelo que fizeram a sua família.

×××

Na porta de seu escritório, estava Denise. A inglesa sem dúvida o aguardava, e sem nada dizer deu-lhe um beijo.

Um beijo profundo e apaixonado. Havia muito que Ricardo não era beijado daquela forma.

Som de passos se aproximavam. Almeida ainda pensou em voltar-se, mas Denise não o largava. Finalmente, a tenente afastou o rosto, olhando-o com ternura por longos momentos. Então ambos se voltaram.

Valentina os olhava. As duas trocaram olhares. Denise mais uma vez olhou fundo nos olhos de Ricardo, e ainda sem nada dizer saiu, passando diante da americana.

O capitão entrou em seu escritório, a fim de arrumar os papéis que ainda necessitavam de atenção. Queria deixar tudo pronto.

— E então?

Val sentou-se na cadeira diante de sua mesa, e Ricardo não respondeu. A jornalista aguardou uns minutos, e finalmente disse:

— Tudo isso que está acontecendo... Ricardo, parte de mim não quer acreditar que seja verdade! Os acontecimentos... se sucedem tão rápido!

Ricardo sabia como ela se sentia. Como conversou com seu pessoal antes, a guerra estava mudando. Voltando ao final de 1940, mesmo com toda a ferocidade do ataque alemão durante a Batalha da Inglaterra, ainda havia um código de honra entre os combatentes de ambos os lados. Tripulações alemãs que escapavam da queda de seus aviões no mar recebiam equipamento de sobrevivência dos britânicos que os abateram.

Aquilo não valia mais. Com seus foguetes e armas terríveis, e agora a estação espacial de Viggenstein, a guerra estava ficando pior. Mais selvagem, cada vez mais desumana. Valentina completou:

— Esse seria o furo do século, sabe? Os alemães conseguiram lançar um objeto ao espaço! Que jornalista recusaria isso?

Ela mesma respondeu:

— Mas e o esforço de guerra? Se eu publicasse isso, o melhor seria que os aliados depusessem as armas! E os líderes, Churchill por exemplo, ou Roosevelt, falam o tempo todo da moral das tropas, do engajamento da população...

Ricardo parou e olhou para ela. Val parecia aflita, desesperada, sem esperança. Ela sustentou seu olhar, e por fim disse:

— Nunca havia entendido isso, até agora!

CAPÍTULO 9

MAR DO NORTE, 6 DE AGOSTO, 13:22 H.

Denise Landron pilotava o D-84, e estava distraída. Mal prestava atenção as palavras do sargento a seu lado, que manejava os controles do radar. Pensava em Ricardo Almeida. No beijo que trocaram. Na ausência de palavras daquela despedida.

Pela primeira vez naquela maldita guerra, sentia medo. Medo de que nunca mais se vissem.

— Tenente, contato radar! Tenente...? Tenente, a senhora está ouvindo?

O sargento teve que cutucá-la no ombro. Denise voltou a realidade, e pediu orientações ao rapaz. Este forneceu a direção, e Landron instruiu os demais dois D-84 daquela patrulha a acompanharem sua manobra.

Era a terceira sortida do dia. Os primeiros dois grupos, também com três aviões D-84, nada encontraram. Melhor sorte não tiveram os Mosquitos especiais da RAF. Mas aquele contato parecia promissor.

Estavam a uns sessenta quilômetros a noroeste de Haia, na Holanda, quando os radares dos três aviões deram o alerta. Desceram para a altitude de ataque, e a distância, no mar, um submarino emergia. O tenente Harris, um inglês que pilotava o segundo D-84, tinha experiência no combate a submarinos e logo gritou que a torreta daquela embarcação era bem mais longa que o habitual dos U-Boats.

Era o alvo! Os três atacantes mergulharam sobre o barco juntos, e a menos de duzentos metros sobre o mar, despejaram as bombas.

Denise fez a recuperação do mergulho, e a seguir dobrou a direita numa curva acentuada. Ainda conseguiu ver as explosões que em poucos minutos mandaram o submarino e seus mísseis V-2 para o fundo do mar.

"Tivemos muita sorte, no primeiro dia de patrulha!", pensou ela. Fazia votos que a mesma sorte favorecesse os outros.

ILHA DA ASCENSÃO, 6 DE AGOSTO, 23:54 H.

O grupo de combate a submarinos do Esquadrão Ouro, comandado por Reynolds e Mourato, acompanhados pelo D-84 de transporte de longo alcance pilotado por Ricardo, havia chegado à Ilha de Ascensão minutos antes. Pelo rádio, chegou a confirmação da destruição do submarino no Mar do Norte, o que foi motivo de júbilo para todos.

De madrugada, mais razões para otimismo, quando uma mensagem codificada trouxe a informação de que aeronaves americanas baseadas na costa leste destruíram outro submarinos lançador de mísseis, a apenas oitenta quilômetros de Nova York. Essas belonaves tinham a dificuldade de precisarem emergir para preparar e disparar os mísseis. As tripulações americanas afirmavam terem visto grandes escotilhas abertas na torreta do submarino, com as pontas dos mísseis V-2 já aparecendo, e a tripulação do barco correndo sobre seu costado. Eles ainda tentaram usar as armas antiaéreas do submarino, sem sucesso.

Várias bombas atingiram o submarino, e ao contrário do que houve no Mar do Norte, alguns membros da tripulação foram capturados. Equipes especialistas em radiação já se deslocavam para as áreas onde as duas belonaves haviam sido destruídas.

CHEGANDO AO RIO DE JANEIRO, 7 DE AGOSTO DE 1944, 18:24 H.

Depois de escalas em Recife e Vitória, finalmente o D-84 pilotado por Ricardo aproximava-se da Base do Galeão, no Rio de Janeiro. Haviam visto várias aeronaves norte-americanas de patrulha marítima sobrevoando o litoral. O alerta quanto ao submarino restante se mantinha elevado, apesar de ainda não se saber qual seria seu alvo.

— O Rio... faz tempo, querido!

Valentina havia voltado a ser irônica e mordaz. Ricardo não ligou, embora também sentisse forte o impacto das lembranças. Fazia mais de quatro anos que não voltava ao Brasil. As luzes do poente derramavam tonalidades amareladas de inverno pela cidade, formando um panorama belíssimo, que fazia esquecer um pouco o duro ambiente da guerra, e o motivo de sua presença ali.

Matheus cochilava no assento do copiloto, e Ricardo pensava no melhor momento para acordá-lo. Val, sentada no assento suplementar atrás deles, disse:

— Quem será mesmo o Professor, e por que ele fez questão de que eu também viesse?

— O cara certo para responder, Val — disse Almeida — é Kirk. E ele não tem sido muito comunicativo quando perguntado a respeito.

O engenheiro deve ter ouvido, pois abriu os olhos, espreguiçou-se o máximo que o reduzido espaço da cabine permitia, e respondeu:

— Amigos, podem acreditar, nada do que eu possa dizer serve para preparar vocês. Terão que ver com seus próprios olhos. Tenho certeza de que o Professor vai impressioná-los muito!

Esqueceram aquele enigma por hora, pois finalmente chegava o momento do pouso. Ricardo logo obteve permissão, pois como enviado do Alto Comando Aliado tinha todas as prerrogativas de um embaixador, e logo taxiava o D-84 para um hangar afastado do Galeão. Estacionou ao lado de uma aeronave que conhecia.

— Um D-90, vejam só — disse Kirk. — Na verdade, deve ser o D-90 Bis. O caça a jato de duas turbinas da Dumont, quase pronto para entrar em serviço.

Dois tenentes vieram recebê-los, e cada um carregou sua respectiva e pequena bagagem, enquanto técnicos se apressavam a examinar seu avião.

Os tenentes os conduziram a um prédio anexo, onde seriam recebidos pelo comandante da base. Lá chegando, para desgosto de Ricardo, havia mais duas figuras que conhecia muito bem.

Bateu continência para o Coronel Armando Pinheiro, o comandante da base, e esforçou-se para disfarçar o asco, enquanto apertava a mão de Bernardo Vargas, irmão do presidente, e Gener Fortunato, segurança particular de Getúlio.

Enquanto apresentava Kirk e Valentina a eles, esforçou-se para esquecer que foram aqueles dois homens, dois dos especialistas em serviços sujos do ditador Vargas, os responsáveis pela perseguição a seu pai. Por um instante, Ricardo acalentou a ideia de empunhar a pistola que sempre trazia na bota, mas afinal controlou-se.

— Então, Ricardo, meu jovem — disse Bernardo — soube que tem progredido muito. Comandante do Esquadrão Ouro! E como brasileiro, é sem dúvida um motivo de muito orgulho para nossa pátria.

— Dentre tantos motivos que nos envergonham, senhor Vargas, sem dúvida é um alento ser chamado de motivo de orgulho de nosso país.

Vargas procurou não demonstrar que a ironia de Almeida o incomodava, mas era visível que ficara irritado. Fortunato, que sempre fora de poucas palavras, apenas media os recém-chegados de alto a baixo, enquanto o coronel Pinheiro disse:

— Temos sentido sua falta, capitão Almeida! Sua perícia poderia nos ajudar no projeto do D-90 Bis. Ainda mais com os malditos nazistas começando a utilizar jatos. Como parte do esforço aliado, creio que o Brasil deve se esforçar ao máximo para contribuir para a derrota da Alemanha.

— O mesmo penso eu, coronel.

A conversa continuou por mais algum tempo, na maior parte dedicada a amenidades e informações oficiais de que o país ia muito bem, que a polícia política tinha sucesso na busca por espiões do Eixo, e de como a população apoiava os militares brasileiros que lutavam na Europa. Finalmente, para alívio de Ricardo, Vargas e Fortunato pediram licença, desejaram uma boa estada aos três, e se retiraram.

Depois que saíram, Pinheiro levantou-se e foi até a janela, observando a pista de pouso, onde um grupo de quatro P-40 preparava-se para decolar. Após alguns instantes voltou-se para Ricardo, e disse:

— Meu jovem, lamento muito que tenha que passar por isso...

Ricardo ergueu a mão interrompendo, e disse:

— Coronel, por favor não lamente. Quem terá muito a lamentar em breve é Vargas e sua corja.

Pinheiro parecia concordar, dizendo:

— Esses dois me enojam! Tive que pedir desculpas a representantes americanos e ingleses, por Vargas teimar em enviá-los nessas missões de coleta de informações. Imagino que quando estiveram na Base Ouro não deve ter sido fácil...

Ricardo se lembrava da visita dos dois no ano anterior. Fez o possível para estar em missão o maior tempo possível, deixando que o americano, Allan Taylor, os guiasse pelos dois dias de visita. Ainda naquela semana Taylor se lembrara daquilo, dizendo que Almeida continuava a dever-lhe aquele favor.

— Também acho um absurdo, coronel, que esses dois brutamontes tomem conhecimento de alguns dos maiores segredos dos Aliados, mas o que se pode fazer?

Pinheiro descreveu a situação. Vargas seguia perseguindo a imprensa, e o jornal paulista O Estado de São Paulo permanecia sob intervenção. A presença de tropas federais na capital paulista era uma constante.

— Mesmo na sede da Dumont sempre aparecem os membros da polícia política — disse Pinheiro. — Como sempre, Vargas teme a força de São Paulo.

Aquilo não era surpresa. O imenso potencial econômico do estado mais rico do país vinha se impondo pouco a pouco. Vargas tentava se aproveitar do fato de que a Mattarazzo e a Dumont eram empresas essenciais para o esforço de guerra dos Aliados para destes obter vantagens. Mas por outro lado, a força econômica permanecia como uma ameaça aos olhos do ditador. Vargas já havia prejudicado por várias vezes a produção de ambas as indústrias ao insistir em colocar interventores nas mesmas, mas a partir de 1942, com a cooperação junto aos que combatiam o Eixo, isso se tornou mais difícil. Da última vez em que a Dumont esteve sob intervenção, em dezembro de 1943, com a prisão de alguns membros da diretoria prejudicando tremendamente a produção do D-84, Vargas recebeu duros recados dos governos aliados.

— Fico imaginando — disse Ricardo. — Claro que muita coisa a gente ouviu lá na Inglaterra. Sei que disseram a ele, "ou o Brasil é parte da solução, ou parte do problema". Ah, como gostaria de ter visto a cara do safado!

Pinheiro se permitiu rir junto com Almeida, enquanto Kirk e Valentina apenas acompanhavam a conversa. Finalmente, passaram a assuntos mais prementes, e Pinheiro chamou um tenente, estendeu a ele uma folha de papel timbrado, e disse:

— Passe isso para a RA-Zero o mais depressa possível. O capitão Almeida e seus acompanhantes têm trânsito livre para lá.

O tenente bateu continência e saiu. Ricardo novamente sentiu a dúvida que o incomodava, mas o coronel fez um sinal com a mão, dizendo:

— Meu amigo, não me peça para explicar nada. Você vai entender amanhã. Por hora, penso que seria melhor vocês ficarem no alojamento dos oficiais.

✕✕✕

Novamente guiados pelos dois tenentes, os três seguiam para o alojamento quando Ricardo notou uma figura que parecia estar esperando. Reconheceu o homem, e deu sua mala para Kirk, dizendo:

— Encontro vocês depois.

Foi ao encontro do homem, que era Gener Fortunato. Quando parou a pouca distância, mediu sua figura. Gener era um cara alto e forte, a perfeita imagem de um leão de chácara. Ele disse, cinicamente:

— Devia estar esperando uma recepção calorosa, não, Almeida? Pelo trabalho que tem feito lá na Inglaterra...

Ricardo cruzou os braços e ficou medindo o sujeito. Custava a crer que, em nome da cooperação brasileira, os Aliados consentiram que Fortunato e outros gorilas de Vargas conhecessem alguns dos mais secretos programas contra o nazismo.

Sem resposta, Gener continuou a bravatear:

— Parece muito confiante, rapaz! Deve estar pensando que estão dando uma surra nos nazistas, e depois vão voltar para casa em triunfo, talvez até para derrubar o presidente Vargas. Estou certo, não estou?

Ricardo começou a rir. Não conseguiu se controlar e ria, ria alto e gostosamente. Riu mais ainda ao ver que sua atitude, além de surpreender, atingia frontalmente o cinismo de Fortunato.

Quando conseguiu se controlar, disse:

— Na verdade, Fortunato, quem vive no mundo da Lua são vocês! Acha mesmo que as notícias não chegam até nós lá na Europa? Que não sei o que significa esse endurecimento da repressão, intervenção nos jornais e todo o resto?

Gener parecia surpreso, e Almeida prosseguiu:

— Ninguém vai precisar derrubar Getúlio! O regime ditatorial e fascista dele é que está caindo de podre! Ele depende da economia paulista, que fornece material aos Aliados, mas morre de medo dela! É isso, essa livre iniciativa, essa recusa em aceitar a lavagem cerebral diária despejada pela propaganda do regime, que vai derrubar Vargas. E até antes da queda de Hitler, pelo menos é minha esperança...

Para Fortunato, foi demais. Fechou a cara, virou as costas e, antes de sair, disse com raiva:

— Esperança que não vai se realizar, moleque, guarde minhas palavras! Não espere ser bem recebido quando a guerra acabar! Isso se viver até lá, se não cruzar com alguma surpresa no caminho...

Ricardo teve a impressão de que Fortunato sentira que falara demais. O homem teve um estremecimento visível e saiu andando apressado, sumindo por trás de um hangar. Instantes depois, um carro aparecia e afastou-se com velocidade, rumando para a saída da base.

Cruzar com alguma surpresa no caminho... Aquilo ficou martelando na cabeça de Ricardo. Felicitou-se por tipos metidos a fortes como Fortunato frequentemente terem pouco cérebro, mas deixou aquilo de lado por hora. Tinha outros assuntos urgentes para tratar. Especialmente, quem era o Professor, e o que diabos era a RA0.

BRASIL CENTRAL, PROXIMIDADES DE ANÁPOLIS, 8 DE AGOSTO, 14:42 H.

Kirk falava um pouco mais as claras, finalmente, quando o D-84 se aproximava de seu destino:

— RA0 é a Região Aérea Zero, capitão.

— Kirk — disse Ricardo pacientemente — o espaço aéreo brasileiro é por enquanto dividido em cinco Regiões Aéreas. Não existe qualquer Região Aérea 0!

O engenheiro riu, e Valentina soltou um risinho no assento de trás. Ricardo virou-se e perguntou:

— Não me diga que você sabia disso!?

Val deu risada, e respondeu:

— Especificamente de RA0, não. Mas sei que, nos Estados Unidos, trabalhos altamente secretos têm sido realizados em uma região remota do estado de Nevada, além de um campo de pouso remoto no deserto de Mojave, na Califórnia.

Ricardo balançou a cabeça, enquanto Matheus voltava a falar:

— A RA0 foi criada em 1936 nesta região remota, para abrigar os projetos mais secretos da Dumont. Estive aqui por um tempo, entre 1939 e 1940.

— E nunca me contou nada!?

Ricardo estava cada vez mais desconfiado, e Kirk sorriu e respondeu:

— Ora, capitão, se nem o senhor conta para nosso pessoal na Base Ouro tudo que temos descoberto sobre Viggenstein! Vai dizer que agora esqueceu como funciona essa indústria de segredos?

O engenheiro continuava a sorrir, no que foi acompanhado por Ricardo. Naturalmente o capitão conhecia as regras, mas era incrível que aquele segredo tivesse sido mantido por tanto tempo, e ele nunca soubera de nada a respeito.

— Paradoxalmente, embora autorizada por Vargas, as instalações de RA0 nunca foram visitadas por ele. Exigência do Professor. E naturalmente, com o tempo, também se tornou uma ameaça a nosso ditador.

— O Professor é o cara que comanda RA0?

Kirk olhou para Almeida, parecendo espantado pela pergunta, e respondeu:

— Capitão, o Professor criou RA0. Costuma brincar dizendo que é o maior retiro particular do mundo.

Pelo rádio já recebiam instruções, além da confirmação de que os radares da base já os captavam. Foram solicitados a permanecer naquele vetor de aproximação, e o operador de rádio ainda disse:

— Permaneçam nesse rumo, e procurem não se espantar. Temos um pássaro experimental vindo para o pouso, e ele deve passar a seu lado em instantes...

Mal o homem parou de falar, e uma silhueta metálica passou trovejando do lado direito deles. Puderam observar uma fuselagem alongada com uma cauda triangular, e Ricardo teve a impressão de ver grandes asas também triangulares.

O impressionante avião desapareceu por entre as nuvens baixas a frente, onde eles também logo penetravam. Kirk parecia extasiado:

— Nossa! Acho que era o D-114. Centésimo projeto após o 14 Bis! Ouvi dizer que tem capacidade supersônica.

Enquanto Matheus continuava a falar daquele incrível projeto todo animado, sem dar qualquer pista sobre como se mantinha informado, finalmente o bimotor saiu das nuvens, a apenas algumas centenas de metros de altura. Mesmo assim, as instalações do que se chamava de Região Aérea 0 se revelaram em toda sua grandeza a eles.

Ricardo apontou o D-84 para a cabeceira da maior pista de pouso que já vira. A longa reta asfaltada deveria ter quase quatro quilômetros de comprimento. Era ladeada por outras duas pistas auxiliares, a da direita com pouco mais da metade do comprimento da principal, enquanto a da esquerda deveria medir pouco mais de um quilômetro. Algumas pequenas aeronaves estavam estacionadas nesta última, enquanto o incrível jato que os ultrapassara já taxiava na pista da direita, rumando para um dos grandes hangares que a ladeavam.

Outro avião estacionado a direita chamava atenção. Era o bombardeiro XB-32 do Esquadrão Ouro, convertido para avião tanque, e era possível ver que havia pousado havia pouco, pois técnicos andavam a seu redor.

Após as últimas instruções por rádio, Ricardo conduziu o avião a um pouso tranquilo, rumando a seguir como orientado para a direita, num hangar quase no final da pista.

Técnicos com macacões brancos vieram correndo, já ocupados em verificar o avião, enquanto um oficial de cabelos escuros e pele morena veio recebê-los:

— Bem-vindos a Região Aérea Zero. Sou o major Sena, e vou conduzi-los.

Sena acrescentou que sua bagagem seria recolhida a seguir e levada aos alojamentos, e que o Professor os aguardava.

Saíram do hangar olhando para todos os lados. Valentina trazia sua máquina fotográfica pendurada ao ombro, e ninguém se preocupou em pedir que a entregasse. A jornalista, de todo modo, estava como os outros, fascinada com tudo a seu redor.

Passaram diante da porta do hangar ao lado, onde mais técnicos vistoriavam o inacreditável D-114. Agora Ricardo percebia claramente seu formato, as asas triangulares formando um delta, abaixo das quais estavam instalados nada menos que quatro motores a jato. Kirk estava mudo de admiração, e a ponto de entrar no hangar para examinar aquela máquina incrível, quando Sena disse:

— Ah, creio que o Professor preferiu vir a seu encontro...

Os três olharam para onde o tenente apontava, e viram uma figura franzina caminhando em sua direção. Almeida imediatamente pensou que estivesse sonhando, olhou para Valentina a seu lado, e viu que ela também parecia não acreditar.

Olhou para Kirk, que pelo contrário não parecia minimamente surpreso. O engenheiro virou a cabeça e olhou para ele, sorriu sem jeito e deu de ombros.

Ricardo tornou a olhar para o homem que se aproximava. Era impossível! Era baixo e magro, vestia um elegante terno risca de giz e usava um inconfundível chapéu Panamá. Mais perto, percebeu o bigode bem cuidado.

Almeida pensou que estivesse enlouquecendo. Aquele homem, por tudo que sabia, desaparecera havia quase dez anos. Provavelmente havia morrido, mas sua lenda só aumentara dali em diante, com seus conceitos de inovação impregnando desde então a indústria que criara.

Aquele homem fora também um dos maiores desafetos de Vargas, e muitas teorias conspiratórias diziam que o ditador tramara sua morte. De fato, citar seu nome na rua, ou em um jornal, poderia significar no mínimo passar um período na cadeia.

O homem parou a poucos passos de distância. Mantinha as mãos apoiadas nos bolsos do paletó, e sorria amavelmente. A lenda estava diante deles! Um homem cuja memória persistia sendo cultuada mais e mais na sociedade brasileira, alguém que desde sempre era motivo de imenso orgulho para o Brasil.

Tornou-se claro para Ricardo o porquê da alcunha de Professor, mesmo que ainda fosse inacreditável para ele estar ali, diante daquela figura legendária.

Aquele homem era o Pai da Aviação.

Alberto Santos Dumont.

CAPÍTULO 10

REGIÃO AÉREA 0, PROXIMIDADES DE ANÁPOLIS, 8 DE AGOSTO DE 1944, 14:58 H.

Por duas vezes Ricardo estivera antes na presença de Alberto Santos Dumont. Em 1931, no funeral de seu irmão René, após a tragédia no Troféu Schneider, e em 1934, pouco antes de seu desaparecimento, quando Dumont concedeu uma entrevista coletiva criticando duramente o regime de Vargas.

E agora o mesmo Dumont sorria para ele e apertava sua mão, enquanto dizia:

— Meu bom jovem! Caro Ricardo, não sabe há quanto tempo eu queria que nos encontrássemos aqui em RA0!

A seguir o Professor abraçou Kirk, que disse:

— É muito bom voltar a vê-lo depois de tanto tempo, senhor!

Dumont segurou-o pelos ombros. Era um pouco mais baixo do que Matheus, que já era considerado "tampinha" por seus pares, e respondeu:

— Tempo demais, jovem amigo! E esta deve ser a senhorita Sheridan...

Voltou-se para Valentina e beijou sua mão. A seguir encaixou o braço dela no seu, e conduziu-a até o interior do hangar. Os demais incluindo Sena os seguiram, e Dumont apresentou o grande avião a jato a frente:

— O D-114. Centésimo projeto criado por nós após o saudoso 14-Bis! Semana passada, conseguimos pela primeira vez superar a velocidade do som, o que creio ser um novo recorde mundial!

Dumont falava empolgado, enquanto os demais examinavam a extraordinária aeronave. O Professor prosseguiu, dizendo que os americanos, a partir de seu projeto, pretendiam aumentar o tamanho da aeronave e `a partir dele construir um bombardeiro, cuja designação provisória seria XB-58. Ele acrescentou:

— Claro, esse recorde de 1220 quilômetros por hora em voo nivelado, foi conseguido sem o grande compartimento ventral que podem observar, que instalamos há dois dias. Infelizmente, para a próxima missão que temos em vista, o XB-32, mesmo com modificações e o acréscimo das duas mais novas unidades da turbina Mattarazzo J-7, foi tremendamente insuficiente...

A esquerda do D-114, em um setor do hangar oculto por um grande velame plástico, era visível uma outra silhueta, aproximadamente do mesmo tamanho. Dumont apontou para lá e disse:

— Nossa forma de abordar o problema Viggenstein, o D-114 Bis. Mais tarde falaremos dele.

As atenções do capitão e do engenheiro se voltaram para o avião bem menor a direita do D-114, que estava quase oculto pela multidão de técnicos. Era, segundo as explicações de Dumont, um caça a jato totalmente utilizável, que poderia se tornar operacional em pouquíssimo tempo.

Ricardo e Kirk examinaram o extraordinário protótipo. O caça D-115 tinha uma fuselagem lisa, a parte dianteira relativamente similar a do Messerchmidt Me-262, mas mais esguia e de linhas mais retas. Uma cabine pouco pronunciada era prolongada para trás por uma curta espinha dorsal, que terminava logo a frente da tomada de ar da turbina superior, sobre a qual estava montada a deriva triangular.

As asas eram levemente enflechadas, de novo um desenho que lembrava o jato alemão, mas eram bem mais largas que as deste, e com uma envergadura menor. E ainda eram um pouco "caídas", formando um diedro de poucos graus. Na raiz de cada uma delas, os outros dois motores Mattarazzo J-3, perfazendo um inédito total de três turbinas em um caça! E, detalhe muito caro a Dumont, na fuselagem quase a altura da cabine havia duas pequenas asas suplementares horizontais, ou *canards*, lembrando o desenho que vinha desde o 14-Bis.

O caça D-115 tinha uma aparência extraordinária e futurista, mas tudo fora pensado para que sua produção tivesse início o mais depressa possível. Tudo era simples e funcional, e Almeida surpreendeu-se pensando em voar nele.

Foram tirados daqueles devaneios quando o Professor disse:

— Bom, meus queridos amigos, eu bem que gostaria que pudéssemos prosseguir esse *tour* pelas instalações, mas temos urgentes negócios a tratar.

✕✕✕

O escritório de Dumont, em um dos prédios do complexo, era grande e arejado, com amplas vidraças que permitiam uma visão ininterrupta das pistas da base. Quando entraram, perceberam que a parede a sua direita estava tomada por fotografias em quadros, e Ricardo surpreendeu-se reconhecendo as figuras que acompanhavam o Professor nas mesmas:

— Nossa, este aqui a seu lado é Albert Einstein!

Dumont parecia satisfeito, e o incentivou com o olhar a prosseguir. Almeida reparou em outra foto, apontou-a e disse:

— E este é Billy Mitchell, que deu nome ao bombardeiro B-25. Nos anos 1920, enfrentou a corte marcial por sua defesa entusiástica do poderio aéreo. Chegou a afirmar que a base de Pearl Harbor poderia ser atacada pelo Japão, e foi ridicularizado por seus superiores. Que coisa...

Kirk apontou para outra foto em uma moldura, dizendo:

— E este com o senhor é Robert Goddard, o pioneiro americano de foguetes!

— Ele esteve aqui até poucas semanas atrás — respondeu Dumont — nos ajudando com os motores do D-114 Bis. Afirmou que os trabalhos lá nos Estados Unidos prosseguem em ritmo acelerado, e que pretende lançar seu primeiro foguete capaz de superar os oitenta quilômetros de altitude em breve.

Ricardo se surpreendeu com seu próprio pessimismo. Oitenta quilômetros! E Viggenstein estava muito mais alto do que isso...

Um homem bem mais jovem aparecia em outra foto ao lado de Dumont. O sujeito aparentava uns quarenta anos, e havia datado e assinado a foto. "Agosto de 1939, com grande admiração a meu amigo, I. Jones".

— O professor e eminente arqueólogo Dr. Jones nos ajudou muito — disse Dumont ante o interesse de Ricardo. — Creio que devem ter examinado os documentos relativos a Viggenstein, nos quais aparecia seu incomum interesse pela Atlântida.

— Sim senhor — respondeu Kirk. — A maioria de nossos colegas ridicularizaram a ideia.

— Pois não deveriam — disse Dumont. — Naturalmente o interesse dos nazistas em geral, e de Hitler em particular, por objetos e relíquias lendários é bem conhecido há muito tempo.

O Professor mencionou o que já conheciam, que os nazistas buscavam provas de que eram os legítimos descendentes de uma antiga e avançada civilização primordial, cuja grandeza havia se perdido após um cataclismo que os varreu da face da Terra. Sucessivas gerações depois, até mesmo sua pretensa "pureza racial" fora perdida, e era o objetivo declarado do nazismo reaver esse período dourado.

— E para tanto — prosseguiu Dumont — eles se lançaram a caça de relíquias e objetos lendários por todo o planeta. Meu bom amigo Dr. Jones, por exemplo! Em 1936 enfrentou um aliado dos nazis, um francês chamado Belloq, que escavou o que acreditava ser uma poderosa relíquia de uma localidade egípcia conhecida como Tanis.

Depois de uma pausa, olhando para a foto em que aparecia ao lado do amigo, Dumont concluiu:

— Felizmente Jones interveio a tempo e a relíquia, que alguns acreditam ser a Arca da Aliança, veio para as mãos dos Aliados.

— E quanto a Atlântida, senhor Dumont?

Valentina acompanhava tudo com vivo interesse. Dumont voltou-se para ela, sorriu, e depois olhou para outra foto, ao lado da anterior. Ele também aparecia na imagem, ao lado de um homem velho, de barba e chapéu. Havia apenas a inscrição "do amigo Fawcett", e Dumont, sorrindo matreiramente, disse:

— Os nazistas procuraram no mundo inteiro, e Viggenstein, enquanto esteve envolvido nesse projeto, fez muitas suposições interessantes, algumas que conseguimos confirmar tempos depois. Acreditamos que houve mesmo uma civilização mais avançada há alguns milênios, que desapareceu após um cataclismo desconhecido. Essa civilização, segundo as poucas informações que levantamos, chegou a conhecer todo o mundo, e tinha conhecimentos verdadeiramente extraordinários.

Dumont explicou que, durante sua estada na Índia, Viggenstein teve acesso ao texto hindu Mahabaratha, um poema épico de mais de 5 mil anos. Como ali são descritas estranhas máquinas voadoras dos antigos deuses hindus, ele chegou a conclusão que esses deuses eram na verdade os atlantes. O Professor asseverou que isso deixou o alemão muito próximo da verdade.

— Daí ele estudou o texto obsessivamente — disse Dumont — e finalmente concluiu que os atlantes dominavam uma forma de energia magnética. Começou a fazer experiências a respeito em 1937, quando seu chefe na SS, Himmler, já enveredava por caminhos mais místicos que não interessavam mais a Viggenstein. Ele achava que desses estudos poderia vir a propulsão de aeronaves revolucionárias no futuro próximo. E eventualmente conseguiu chegar à tecnologia das naves em forma de esferas que vocês já encontraram.

O Professor voltou a olhar para a foto de seu amigo Fawcett, e concluiu sorrindo:

— Quanto a Atlântida, e felizmente para nós, devido a seu abjeto preconceito, fanatismo e intolerância, os nazistas procuraram em muitos lugares, mas não onde deveriam...

Contornou sua grande mesa, sentando-se em uma cadeira. Os demais se aproximaram, e perceberam uma série de grandes fotografias sobre a mesa. Elas mostravam uma grande concentração de tropas, incluindo pesadas peças de artilharia, formando um cordão de isolamento ao redor de uma grande área. Holofotes iluminavam trechos de uma gigantesca construção que parecia redonda ou esférica bem no meio da área cercada.

Dumont, parecendo constrangido, recolheu as imagens, guardou todas em uma pasta de cor bege, e fechou-a em um grande arquivo ao lado. Olhou a seguir para cada um deles, parecendo escolher as palavras, e por fim disse:

— Infelizmente, jovens amigos, não posso lhes falar muita coisa a respeito das imagens que acabam de ver, e que descuidadamente esqueci sobre minha mesa. Às vezes, para tentar entender as complexidades crescentes deste estranho mundo no qual vivemos, as apanho e fico longo tempo olhando para elas.

Depois de alguns instantes, o olhar perdido e distante, o pioneiro disse:

— O que posso lhes dizer é que isso aconteceu em janeiro de 1943 no Marrocos, logo após a Operação Torch, o desembarque aliado no norte da África. Houve uma conferência dos líderes aliados logo a seguir, Roosevelt, Churchill, Stalin, De Gaulle... Naturalmente, eu também estava presente, ao lado do ministro Oswaldo Aranha e outros dois amigos meus...

Depois de mais alguns instantes em que parecia hesitar, Dumont concluiu:

— Chegaram de surpresa outros participantes para a conferência... Sim, isso é tudo que posso lhes contar. Tivemos naqueles dias uma imensa e totalmente inesperada surpresa. Algo que arrancou dolorosamente todas as nossas ilusões. Não que para mim e outros homens da Ciência presentes fosse algo impossível, longe disso... Mas a extraordinária realidade que nos foi apresentada, naquele momento...

Santos Dumont olhou para seus convidados, sorriu, e pediu que se sentassem, dizendo:

— Por isso, desculpem, nada mais a respeito posso dizer a vocês. Quem sabe em breve...

Finalmente, Dumont começou a explicar porque os chamara ali. Falou rapidamente sobre a criação de RA0. Em 1933 e 34, suas frequentes declarações contra o governo Vargas estavam mais e mais se tornando um estorvo para o ditador, que no famoso encontro que os dois protagonizaram a portas fechadas foi bem direto:

— Ofereceu a mim duas alternativas — disse Dumont. — Eu poderia ser preso ou exilado. Naturalmente, esse primitivo que infelizmente comanda nosso país tem um pouco de cérebro, e sempre soube que o livre pensamento, e a livre iniciativa, eram uma terrível ameaça a seus sonhos neuróticos de poder.

Percebia-se que era penoso para Santos Dumont falar sobre aquilo. Ele então propôs uma alternativa. Desapareceria, e se encaminharia a um local afastado, onde pudesse dar vazão a sua criatividade técnica e científica, contribuindo assim para o progresso da Aeronáutica Dumont, para a indústria e para o Brasil. Na verdade, a base aérea secreta que se tornaria o embrião de RA0 já existia, e Vargas por fim aceitou.

Naturalmente aquilo foi o começo de um estratagema que Dumont foi desenvolvendo conforme o passar dos anos. Repugnava-lhe estar servindo a um governo violento e brutal como o de Vargas, que mantinha a população dócil e subjugada com migalhas, criando a ilusão de que era o "pai dos pobres".

A primeira vez em que viram Dumont realmente ficar furioso foi quando o pioneiro comentou o elogio que Vargas fez em 1940, quando os nazistas ocuparam Paris:

— Paris, minha saudosa Paris! Ver esse energúmeno saudar a invasão nazista como "uma nova aurora para a humanidade"...

Dumont claramente ficou alterado, sua respiração era ofegante, e ele tentou se controlar. Valentina se levantou e foi até uma mesa menor na parede oposta, encheu um copo com água e trouxe para ele. O Professor bebeu, respirou fundo algumas vezes e finalmente se descontraiu, dizendo:

— Obrigado, meu bem. Queiram por favor me desculpar...

— Caro Professor — disse Ricardo — jamais se desculpe para nós. Especialmente para mim! Também sofri com as arbitrariedades desse maldito!

Dumont olhou demoradamente para o capitão, e seu olhar exibia admiração e um carinho quase paternal. Respondeu:

— Conheci Kirk quando o selecionei entre outros poucos estudantes para um estágio aqui em RA0, ainda em 1939. E conhecendo seu talento e suas habilidades de voo, Ricardo, sempre quis que participasse de nossos projetos aqui. Sua família sofreu muito nas mãos do ditador.

— Um dia, senhor, teremos justiça, e Vargas responderá por seus crimes.

Dumont sorriu para ele, dizendo:

— Meu jovem, o ditador sempre encarou um possível encontro entre nós como um perigo terrível. Foi por isso que o expulsaram! Eu quis trazê-lo para cá, mas nossos caminhos se separaram. Talvez tenha sido melhor assim, pois sei que tem feito um trabalho excepcional na Europa.

Santos Dumont asseverou que fariam Vargas pagar, talvez mais cedo do que esperavam. Mas por hora, tinham outros assuntos nos quais se concentrar. O pioneiro prosseguiu:

— Já com o intuito, primeiro de derrotar o nazismo, e depois de enfraquecer Vargas, mantive reuniões secretas tanto com Roosevelt quanto com Churchill, quando viajei no começo de 1941 para encontrá-los em seus países. Já nos correspondíamos assiduamente muito antes disso, e eu mantinha contato com meus colegas cientistas que vocês já viram nas fotos.

Aquilo não passou despercebido para Vargas, e o ditador ameaçou Dumont novamente. O pioneiro apenas disse que, caso se aliasse ao Eixo, Vargas enfrentaria sua pior derrota. Eram já conhecidos os planos americanos de invadir o nordeste, ponto estratégico do Atlântico sul, caso Vargas não colaborasse com os Aliados.

Santos Dumont afirmou o que já sabiam, Vargas temia a tremenda força econômica de São Paulo, e por mais que insistisse com seus interventores, não conseguia dobrar o estado. Isso se tornou difícil depois de 1942, e praticamente impossível quando a indústria paulista se revelou fundamental para os Aliados. Sem alternativas, Vargas aliou-se a eles.

— Já monitorávamos Viggenstein desde meados de 1937 — prosseguiu Dumont — quando ficou claro que era, ao lado de Von Braun, uma das mais brilhantes mentes alemãs. Por essa época, Einstein já nos alertava quanto a pesquisas atômicas que ocorriam na Europa, e em especial na Alemanha, patrocinadas por Hitler. Ele sabia que uma corrida, rumo a energia nuclear, estava começando.

Conversando com o amigo e colega, Dumont e Einstein passaram a patrocinar secretamente diversos estudos e experiências com eletromagnetismo. Havia um grande potencial de tais pesquisas darem origem a novas armas, mas muitíssimo menos destrutivas que as armas atômicas que Einstein tanto temia, temor que deixou patente em sua famosa carta a Roosevelt.

— Por volta do primeiro semestre de 1939, uma experiência altamente secreta ocorreu na Filadélfia, utilizando-se equipamentos construídos a partir de tais pesquisas e instalados em um navio chamado Eldridge. O resultado de tais experimentos não vem aqui ao caso, mas o fato é que se comprovou que o eletromagnetismo poderia ter inúmeras aplicações militares. Camuflagem e propulsão eram os maiores interesses.

Mas, segundo Dumont, descobriu-se depois um vazamento as vésperas da invasão da Polônia em setembro de 1939, o que deu início a Segunda Guerra Mundial. Informações cruciais sobre equipamentos e experiências foram obtidas pelos nazistas, e a inteligência aliada não havia conseguido descobrir quem as havia repassado ao inimigo.

— Foram anos de investigações — prosseguiu Dumont. — Não posso lhes descrever o horror que experimentei, quando chegaram as primeiras notícias das experiências de Viggenstein na França ocupada, em 1940, especialmente quando ainda nesse ano conseguimos provas da existência de suas naves esféricas. O responsável pelo vazamento, simplesmente, havia contribuído para esse pesadelo.

— Viggenstein conseguiu construir e lançar sua estação espacial graças a esse traidor — disse Almeida. — Senhor, por favor me diga que descobriu quem foi esse canalha!

Dumont deu um sorriso triste, e passou um envelope branco para o capitão. Ricardo o apanhou e abriu, lendo o documento que havia em seu interior.

Não aguentou e levantou-se, andando até o grande vitral. Parou e levou as mãos a cabeça. Kirk examinou o mesmo documento, e todos estremeceram quando Ricardo vociferou:

— Aquele bastardo! Vou matar o desgraçado, acabar com ele bem devagarinho...

Valentina também examinou os documentos e ficou chocada, enquanto Dumont, dirigindo-se a Almeida, disse:

— Calma, meu jovem. Tenha paciência! Chegará o momento certo, e como disse, temos outras prioridades.

Diante dos planos já postos em andamento que o Professor descreveu, o humor de Ricardo melhorou tremendamente. A seguir Dumont apanhou planos que estavam sobre outra mesa lateral e os estendeu para que todos vissem. Kirk mal começou a examiná-los e já se mostrava entusiasmado. Ricardo demorou um pouco mais de tempo para entendê-los, mas quando conseguiu, disse:

— Mas que loucura... Senhor, tem certeza de que isso é possível?

Santos Dumont sorriu, e deixou que Kirk falasse. O engenheiro parecia ser capaz de embarcar naquela louca aventura no mesmo instante:

— Capitão, não tenha qualquer dúvida quanto a isso! Decerto já me ouviu comentando sobre os computadores que temos na Inglaterra, tanto em outras instalações quanto na Base Ouro...

— Eu evito me aproximar muito dos malucos da equipe de processamento eletrônico, Kirk...

— Pois temos aqui em RA0 o maior e mais potente computador até agora em uso! Pode confiar que todos os cálculos que vemos aqui foram checados e rechecados seguidas vezes.

Dumont pigarreou, e dirigindo-se a Kirk disse:

— Veja, caro Matheus, tenho certos problemas com essa palavra que utiliza, computador. Nós da velha guarda preferimos algo mais clássico, como cérebro eletrônico... É como me refiro a nossa máquina, aliás!

Kirk sorriu, e respondeu:

— Professor, lamento, mas creio que a designação que vai acabar se tornando corriqueira é computador mesmo... Por sinal, os americanos neste momento estão construindo um ainda maior e mais potente, sob a sigla ENIAC.

— E surpreende a você, meu jovem, que descobrimos frequentes trocas de mensagens entre Viggenstein e um cientista alemão, chamado Konrad Zuse?

Aquele nome parecia familiar a Kirk, e logo ele e Dumont conversavam a respeito dos avanços em eletrônica. O fato era que os nazistas também mantinham pesquisas a respeito, e não foi surpresa saberem que havia informações esparsas a respeito de grandes quantidades de peças eletrônicas enviadas, pelas naves esféricas já conhecidas, a estação de Viggenstein.

Nesse momento, alguém bateu à porta. Dumont disse "entre", e um homem loiro e alto entrou no aposento, cumprimentando a todos com um leve aceno de cabeça. Era muito sério, quase inexpressivo, e entregou ao Professor um envelope pardo.

Enquanto o abria, Dumont disse:

— Meus amigos, este é um dos homens mais capazes e fiéis de nosso setor de Inteligência. Nós nos referimos a ele como O Sueco. Está nos ajudando a combater o horror nazista desde o começo da guerra.

O Professor logo falou a respeito das novidades. Um dos documentos dizia que a órbita da estação estava sendo alterada, e que agora a grande máquina estava passando sobre os estados de São Paulo e Goiás, mantendo ainda sua trajetória sobre a Inglaterra. Aquilo naturalmente era motivo de preocupação, e Dumont pediu licença para dar algumas ordens pelo interfone sobre sua mesa. Recomendou a máxima pressa em todas as operações.

O segundo documento era a listagem das últimas remessas de material via as naves esféricas, para a estação. Constava apenas o nome da empresa que manufaturara o material, C.A. Steinheil.

— Não sei a que se refere.

O Sueco disse isso com uma voz grave e gutural. Foi uma das únicas vezes em que falou durante aquela breve reunião. Tampouco Dumont fazia ideia do que a tal empresa fazia, mas Kirk sabia de algo:

— É uma empresa de Munique, famosa pela qualidade de seus instrumentos óticos. O telescópio que uso as vezes na Base Ouro é dessa empresa!

Os demais pareciam não entender, e foi Ricardo quem explicou com tom zombeteiro:

— Nosso talentoso engenheiro também parece gostar muito de astronomia. De noite, quando as coisas estão calmas, costuma subir ao alto do maior prédio da base e passar a madrugada toda vendo estrelas. O duro é acordá-lo para o trabalho na manhã seguinte!

Almeida comentou que, certa vez alguns pilotos alteraram o telescópio, só de farra, e Kirk os obrigou a trabalharem na base durante o final de semana, além de decretar que ficariam sem sobremesa por um mês. Todos riram, menos o Sueco, que logo pediu licença e saiu depois de discutir brevemente com Dumont detalhes de sua próxima missão. Depois que saiu o Professor disse:

— Ele é nosso principal elemento de infiltração no território alemão. Muitas das informações que a espionagem descobriu para os Aliados passaram por ele.

×××

A seguir saíram do escritório, dirigindo-se novamente ao hangar para que Dumont pudesse explicar melhor os detalhes de seu plano. Passando ao lado do D-114, atravessaram a cobertura que fechava o restante do ambiente, e puderam finalmente ter uma visão desobstruída do D-114 Bis. Era uma aeronave ainda mais espetacular que seu irmão, e Dumont manifestou sua esperança de que pudessem chegar à estação de Viggenstein com ele.

Nos fundos do hangar, outra aeronave muito menor estava sendo também preparada. Dumont disse que sua designação era D-113, ao que Kirk comentou:

— Mas senhor, 113? Tem certeza?

O Professor riu, e respondeu:

— Meu jovem, sabe como me sinto com relação a grande parte do que fazemos aqui. Odeio ver minhas invenções utilizadas para a guerra. É verdade que, há pouco mais de dez anos, me conformei com o fato de esse ser o menor dos males. O terrível é que países com a grandeza de Brasil e Alemanha sejam governados por tipos como... bem, vocês sabem!

Dumont repudiava a ideia de grandes e poderosos líderes. Era um defensor apaixonado do livre pensamento, manifestação e iniciativa.

— Para quê grandes líderes, se todos sabemos como pensar, não é mesmo?

Os técnicos pararam de trabalhar por um momento, para acompanhar a fala do Professor. Logo, uma salva de aplausos encheu o recinto, antes que todos voltassem a seus afazeres. Santos Dumont, enfim, concluiu:

— Portanto, se para vencer um desses males, que atende pelo nome de Viggenstein, precisamos construir algo que sirva como arma, então que, pela única vez, seja utilizada uma designação com um número tão... Que esteja entre os favoritos de bem poucas pessoas, não é mesmo?

Acima do D-113, uma silhueta alongada estava também recebendo os retoques finais. O ousado plano de Santos Dumont para derrotar Viggenstein era como todas as outras invenções do Professor. Inovador e audacioso.

— Tenho três valorosos pilotos que se ofereceram para tripular o D-114 Bis... Mas, em vista de sua presença aqui...

Olhou para os três. Valentina, Kirk e Ricardo se entreolharam. Nos olhos da repórter, um brilho audacioso ansiando pela aventura que lhe estava sendo oferecida. Matheus certamente por nada deste mundo iria querer ficar de fora. Quanto a Ricardo... Olhou para os dois, e a seguir para Santos Dumont, o olhar cheio de determinação:

— Acha mesmo, Professor, que viemos de tão longe para ficar olhando?

Nesse momento, um auxiliar veio correndo, dizendo que o presidente estava na linha.

×××

A Região Aérea 0 não se prestava apenas a estudos de novas tecnologias aeronáuticas. Como Dumont já dissera, eles dispunham ali do mais avançado cérebro eletrônico, ou computador, do continente. Muitos outros ramos da ciência e indústria estavam experimentando um acelerado crescimento no Brasil, graças as pesquisas pioneiras realizadas ali todos os dias.

Um desses ramos era a televisão. Já sabiam que Viggenstein esteve envolvido com a transmissão da abertura das Olimpíadas de 1936 em Berlim, e muitos eram os países que desenvolviam a tecnologia daquele novo sistema de comunicação.

Um sistema similar estava já disponível, operando para comunicações entre o Palácio do Catete, no Rio de Janeiro, e RA0. Por meio de cabos similares aos telefônicos e torres de transmissão situadas em pontos estratégicos, as pessoas situadas em ambas as localidades poderiam conversar entre si ao mesmo tempo em que se viam.

As benesses daquela nova tecnologia, entretanto, não estavam sendo muito apreciadas naquele momento. Pois na grande tela situada em um salão no porão do prédio de administração da base, era exibida uma imagem em preto e branco de Getúlio Vargas, acompanhado de seu irmão Bernardo, e seu mais direto auxiliar Gener Fortunato.

Ao lado de Dumont estavam o major Sena, Kirk e Ricardo Almeida. Valentina observava a cena de uma posição lateral, fora do alcance da câmera, similar à de cinema, que captava as imagens dos quatro homens. Em uma tela igual instalada no Catete, Vargas tinha uma imagem deles.

A jornalista experimentava um conflito íntimo como nunca sentira. Em seu trabalho, tinha um dever, revelar os fatos, apresentar a verdade para que seus leitores pudessem fazer seu próprio juízo. Não haviam sido poucas as brigas que comprara desde o começo da guerra.

Mas, desde que viera à tona a chocante verdade sobre Viggenstein, finalmente conseguira entender, um pouco pelo menos, o que os poderosos queriam dizer quando afirmavam que o povo precisava ser protegido da verdade.

Se a verdade sobre as ações de Viggenstein viessem à tona, o fato de que conseguira pôr em órbita da Terra uma estação espacial... Aquele momento, de fenomenal avanço das forças aliadas contra o Eixo, seria com certeza o pior possível para tal revelação. Devastaria o moral tão arduamente conquistado com morte e sangue, e traria dúvidas e incertezas na mente dos soldados e populações dos países que lutavam pela liberdade.

Ela havia finalmente decidido participar daquela missão potencialmente suicida. Seu dever era documentar tudo, para um dia, talvez poder revelar a verdade. Val tornou a prestar atenção a conversa, e Vargas dizia:

— ... Veja, meu caro Dumont, acredito que é puro desperdício de tempo e recursos que esteja planejando algo como essa missão. Encaremos os fatos, é rematada loucura o que pretende fazer! Sei que prometi não interferir em seus projetos na Região Aérea 0, mas diante de sua insistência...

— Presidente — disse Sena — com todo o respeito, mas essa é uma missão sancionada pelo Primeiro-Ministro Churchill. Temos aqui uma carta em que...

— Major Sena, o senhor sempre foi um servidor hábil e competente — interrompeu Vargas — mas francamente, ao Primeiro-Ministro não compete zelar pelo interesse do Brasil nesse assunto.

O ditador estava sentado em uma cadeira, com o irmão e o capanga a seu lado. A imagem ainda carecia de qualidade, mas era possível ver que vestia o habitual uniforme militar cáqui, e suas botas estavam como sempre brilhando.

Dumont parecia um jogador de pôquer. Era espantoso para Ricardo vê-lo com aquela expressão, tão diferente do cientista distante e por vezes ingênuo, fã de Júlio Verne e que da mesma forma que o mestre francês da Ficção Científica, tinha uma fé inabalável no avanço do conhecimento humano. Almeida apenas poderia imaginar o terrível choque que foi para aquele homem que aos 71 anos exibia um vigor impressionante, saber que sua amada Ciência estava sendo utilizada para criar horrores inimagináveis. Mas, como que para responder a suas dúvidas, Dumont disse:

— Senhor presidente, acredito que não saiba que temos rastreado, via radar, a estação de Viggenstein, e ela agora encontra-se em uma órbita que passa tanto sobre o sudeste quanto o centro oeste brasileiro. Ele está nos procurando, senhor!

Dumont acrescentou a informação que a mudança de órbita, pelos dados que conseguiam obter, contribuiu para um decréscimo significativo da altitude da estação. Ela estava agora passando sobre o Brasil a cerca de 180 quilômetros de altitude.

— A hora de concretizarmos nosso plano, senhor presidente, é agora!

Dumont sorriu, satisfeito por ter deixado Vargas na defensiva. Mas o ditador não se dava por satisfeito. Sua voz chegava um pouco distorcida, mas com suficiente clareza:

— Meu caro Dumont, continuo acreditando que o que pretende fazer, que me foi trazido por elementos fiéis que naturalmente fiz questão de enviar para RA0, não me agrada.

— Nossos soldados, senhor presidente — disse Ricardo — já lutam contra o Eixo na Itália. Nossos pilotos combatem os nazistas em nosso mar territorial e nos céus da Europa. Enquanto

falamos, temos um dos melhores homens do Esquadrão Ouro, nosso compatriota tenente Sebastião Mourato, operando com uma esquadrilha e caçando um submersível experimental alemão...
— O presidente, naturalmente, já sabe — disse Fortunato.
— Como acordo pelo uso de nossas aeronaves e alguns de nossos melhores elementos na Base Ouro, os Aliados têm cumprido a palavra de proporcionar a Sua Excelência as mais recentes informações.

Bernardo Vargas falou a seguir, dizendo que grupos antissubmarino estavam atuando no litoral brasileiro, a fim de que o perigoso submarino portador de mísseis V-2 não tivesse a chance de usá-los. Almeida sorriu, e respondeu:
— Portanto, senhor presidente, o Brasil já toma parte ativamente na luta contra o fascismo! E, se possuímos a tecnologia desenvolvida aqui mesmo, em RA0, para acabar com Viggenstein, devemos utilizá-la!
— É pena — disse Bernardo — que o senhor, capitão, seja apenas um convidado aqui. Um diplomata enviado pelos países aliados a fim de constatar nosso progresso. O senhor, mesmo sendo brasileiro, renunciou ao direito de tomar parte nessas decisões há muito tempo!

Bernardo fora um dos homens que mais haviam perseguido o pai de Ricardo. O capitão nutria por ele não apenas um profundo ódio, mas um completo desprezo. Figura detestável, um dos que metiam a mão na sujeira que Vargas não desejava tocar.

O ditador se fez mais uma vez ouvir:
— Temos que temer também que alguém tão essencial para a estratégia aliada como o capitão Almeida tome parte dessa missão... Além do mais, ainda existe temor pela presença de espiões nazistas em nosso meio. Seria muito desagradável que o conhecimento sobre a assustadora estação espacial de guerra de

Viggenstein chegasse ao público. Só de imaginar o impacto que teria para a moral dos Aliados...

Havia anos que Vargas jogava aquele jogo duplo. A ameaça não fora nem um pouco sutil, mas agora eles tinham meios de rebatê-la e contra-atacar. Ricardo trocou um olhar com Dumont, e satisfeito como poucas vezes em muitos anos, apanhou os papéis sobre uma mesinha ao lado, e disse:

— Pois agora é o seu moral que vai ir pelo ralo, seu ditador imundo!

Experimentou um prazer perverso ao ver quanto suas palavras deixaram atônitos os homens que apareciam na tela. Sem dar tempo de respirar, apanhou uma das folhas de papel e disse:

— Deve com absoluta certeza conhecer esta carta, afinal foi endereçada a você mesmo Vargas! E assinada pelo próprio Adolf Hitler! Nela, o *führer* se derrama em elogios pelas informações preciosas que seu auxiliar, cujo nome Hitler também cita aqui, acabara de lhe entregar.

Ricardo aproximou da lente da câmera a carta, onde se via claramente que o nome do auxiliar era Gener Fortunato. Dumont acrescentou:

— O mesmo Fortunato que você enviou para acompanhar o Experimento Filadélfia, em 1939. O mesmo Fortunato flagrado pela inteligência americana conversando com um notório agente duplo nazista pouco depois. O mesmo Fortunato que a inteligência britânica observou em um encontro na Suíça poucas semanas após, conversando animadamente com conhecidos membros das SS.

Almeida voltou a falar:

— Faça um favor a todos nós, e espalhe para o mundo a existência da estação de Viggenstein! Pois todas essas informações já se encontram de posse de todos os governos Aliados, em envelopes lacrados e com instruções precisas. Se alguma coisa acontecer a Dumont ou a RA0, ou se por algum motivo enviarmos uma senha aos portadores das mensagens, elas serão abertas!

Ricardo, feliz como nunca se sentira, disse:

— Viggenstein só conseguiu colocar sua estação no espaço graças a tecnologia eletromagnética que desenvolveu. E fez isso graças as informações fornecidas por seu capanga, Fortunato! Ou seja, os ataques a Washington, Paris e Londres ocorreram por sua causa! Então o que acha que os países aliados irão fazer com você quando souberem disso?

A imagem estava muito longe de ser perfeita, mas era nítida o suficiente para deixar óbvio o estado de estupor de Vargas e seus capangas, que pareciam não acreditar no que estava acontecendo. Dumont deu o ultimato final:

— Na verdade, eu deveria agradecer a oportunidade que havia anos eu aguardava ansiosamente, senhor presidente! Agora vou tomar a liberdade de desligar, pois temos uma tarefa muito importante a realizar. Nem pense em atrapalhar, Vargas! E mais uma coisa. Considero que este país já o suportou por tempo demais. Após acabarmos com a ameaça representada por Viggenstein e sua estação espacial, gostaria de receber a notícia de que se afastou do governo, após convocar eleições livres e democráticas, digamos, em três meses. Até um dia, bem longínquo de preferência, senhor presidente...

Dumont desligou. Ele e Ricardo trocaram um longo e significativo olhar, e apertaram-se as mãos. O capitão disse:

— Senhor, não tenho palavras para agradecer-lhe...

— Não precisa, meu jovem — disse o gênio levantando-se. — Nossa, há muito tempo não me sentia tão realizado! Até minhas juntas doem, a idade, certamente...

Voltando-se a Ricardo, subitamente perguntou:

— Tem certeza, caro Ricardo, que quer tomar parte disso?
Almeida sorriu, e respondeu sem pestanejar:
— Para isso estou aqui, senhor!
Voltaram-se aos demais, e nem foi necessário perguntar. Santos Dumont, por fim, disse:
— Então, se estão decididos, há muitas instruções a serem dadas. Major Sena, avise os homens, o lançamento será o mais breve possível!

CAPÍTULO II

SOBRE O BRASIL CENTRAL, 10 DE AGOSTO DE 1944, 7:40 H.

Estar a mais de 12.000 metros de altitude sobre o Brasil Central era uma experiência indescritível. Ricardo passara boa parte do dia 9 voando com o D-114, a fim de ter alguma experiência no manejo de seu irmão, o D-114 Bis.

O capitão ocupava o posto frontal no apertado *cockpit*. Matheus Kirk sentava-se logo atrás, um pouco deslocado para a esquerda, monitorando os intrincados sistemas do jato. No assento traseiro Valentina tinha o posto de observadora e fotografava tudo que conseguia, conforme fora instruída por Santos Dumont. Os três vestiam sobre o macacão de voo um traje fechado e pressurizado, arrematado por um capacete de *plexiglass* que segundo Dumont deveria protegê-los em caso de despressurização da cabine.

— Infelizmente, meus caros — disse o Professor — não tivemos tempo de testar o funcionamento de todo o equipamento.

Santos Dumont parecia temeroso de enviar os amigos naquela missão potencialmente suicida, mas todos sabiam que não havia qualquer alternativa.

A decolagem fora algo novo. O D-114 Bis tinha apenas duas turbinas, colocadas próximo a ponta das asas em delta. Eram do modelo Mattarazzo J-11, um tipo experimental com recursos similares aos motores das asas voadoras de Viggenstein. Um complexo sistema de válvulas dentro do motor faria, se tudo funcionasse a contento, com que o ciclo do engenho fosse alterado, parando o eixo que ligava a turbina aos compressores e transformando o motor em um *ramjet*. Tudo funcionara perfeitamente nos voos de teste dos mísseis D-110, lançados por foguete. Rezavam para que funcionasse também agora.

Quase abaixo das raízes das asas, despontavam dois enormes foguetes brancos, os maiores motores a combustível sólido até então concebidos. Por essa característica, não poderiam ser apagados uma vez ligados, e Dumont ainda previu uma ejeção deles em emergência, mas que seria extremamente perigosa. "Professor, tudo nesta missão é perigoso", respondeu Ricardo, atento as instruções.

A linha central do avião era ocupada por um grande *pod* ventral. A sua traseira abrigava o motor foguete mais poderoso já construído, maior inclusive que o da V-2. A maior parte do *pod* era ocupada por tanques de oxigênio líquido e querosene.

Na decolagem, o D-114 Bis não utilizou seu trem de pouso, que funcionaria apenas na volta. Estava apoiado em um trenó, que deslizou por toda a pista assim que o avião levantou voo. A impossibilidade de abortar a decolagem era o primeiro aspecto crítico da missão.

Movido pelas turbinas, Ricardo deveria então apontar o jato para cima, atravessando as camadas inferiores e mais densas da atmosfera até a altitude superior a 10 quilômetros em que se encontravam. O objetivo era se conectar a mangueira estendida a partir do *pod* ventral do D-114, que serviria como avião tanque. Na mesma, seria encaixada a sonda que se estendia a partir do cone frontal do *pod* de sua aeronave.

Uma vez completado o reabastecimento, os aviões se desencaixariam, Ricardo ejetaria a sonda, e daria o máximo desempenho as turbinas enquanto realizava um mergulho suave. Isso deveria bastar para superar a velocidade do som com menor gasto de combustível. Nesse instante, o D-114 Bis deveria ser apontado para cima com o acelerador a toda.

Quando a aeronave superasse os 30 quilômetros de altitude, e uma velocidade superior a 2,5 vezes a do som, entraria em ação o ciclo *ramjet* das turbinas. Os cálculos de Dumont e sua equipe indicavam que deveriam seguir assim ao menos até superar 45.000 metros, quando as turbinas seriam descartadas e os foguetes acionados.

Eles tinham que funcionar até 80.000m, quando seriam também ejetados, e o motor principal do *pod* ventral seria finalmente ligado, para o empurrão final rumo a órbita terrestre e a estação de Viggenstein. O objetivo era uma velocidade superior a 28.000 km/h. Para auxiliar na imensa tarefa, e proteger a frágil fuselagem de alumínio do avião, havia a bordo um conjunto de quatro geradores movidos por turbinas, semelhantes às que movimentavam as bombas do foguete instalado no *pod* ventral.

Esses geradores alimentavam um conjunto de baterias, que por sua vez forneciam energia a um grande gerador eletromagnético, que envolveria o aparelho com um campo similar ao que propulsionava as esferas de Viggenstein. Era o resultado de anos de pesquisas em RA0. As baterias tinham uma autonomia de quinze minutos, que era o tempo máximo de funcionamento do campo. As manobras para entrar em órbita, e para retornar a Terra, atravessando a atmosfera, não poderiam durar mais tempo do que isso. E havia peróxido de hidrogênio para alimentar as quatro turbinas suficiente para apenas três acionamentos do campo. Dumont deu seguidas recomendações que usassem o recurso com a maior parcimônia possível.

Era um plano jamais ensaiado antes, e que possuía tantas fases críticas que o normal seria considerá-lo impossível. Mas Kirk, que parecia o mais preocupado a princípio, passou sua primeira noite em RA0 revisando tudo, e considerou que possuíam boas chances.

— Reabastecimento completo, capitão — disse o engenheiro confiante. — Todos os sistemas operando normalmente.

Ricardo olhou para a frente e para cima, onde estava o avião tanque D-114 a apenas poucos metros de distância. A seguir examinou seu painel de instrumentos, quase idêntico ao de Kirk. O lado esquerdo tinha os instrumentos de voo convencionais, mas continuava estranhando aquela grande tela, semelhante à da televisão que usaram na conversa com Vargas, onde apareciam os dados do radar e vários outros.

— Esse é o futuro — disse Dumont.

— Avião tanque, estamos com tudo OK aqui, preparar para desengatar.

O comando para desengatar era de Ricardo, e ele acionou a chave correspondente.

Nada aconteceu. Ele tornou a ligar e desligar a chave, sem sucesso. A voz de Kirk soou nos fones de seu capacete:

— Capitão, o que há?

Ricardo não respondeu, ainda brigando com o comando. Ouviu a seguir a voz de Valentina:

— Ricardo, o que está fazendo, por que a mangueira não desengata?

— Se eu soubesse, diria!

Ricardo respondera gritando. Completou:

— Tem algum problema, não funciona!

Pelo rádio o pessoal de terra enviava sugestões, mas nada funcionava. Por fim, Almeida disse:

— Creio que só nos resta ejetar a própria sonda.

— Isso vai desestabilizar nosso avião — disse o piloto do D-114.

— Conhece outra forma?

O piloto não sabia. Disse que se a manobra desse certo, teria que imediatamente ejetar seu próprio pod, que abrigava o tanque de reabastecimento, e onde ainda havia uma boa quantidade de combustível.

— É provável que, a essa velocidade, o *pod* se desmanche e exploda.

— Então teremos que ser muito rápidos — disse Ricardo. — Pronto?

O piloto disse que sim. Ricardo fez uma contagem regressiva a partir de cinco, e em seguida acionou a chave que soltava a sonda.

Obrigou o D-114 Bis a virar para a direita, enquanto o outro avião virava à esquerda quase perdendo o controle, ao mesmo tempo em que ejetava seu pod. Como suspeitavam, ele rodopiou loucamente pelo ar se desfazendo, e o combustível restante explodiu, enchendo o céu de fogo.

Os pilotos do D-114 tanque procuraram por todos os lados o avião espacial, e por momentos que pareciam uma eternidade o pessoal de terra aguardou ansiosamente a confirmação de que a manobra fora bem-sucedida. Finalmente, os pilotos ouviram um estrondo, e um avião parecido com o deles passou-os pela direita, a apenas algumas centenas de metros e uma velocidade impressionante, apontado quase diretamente para cima. Havia alegria na voz do piloto quando anunciou pelo rádio:

— Controle de terra, aqui avião tanque. O D-114 Bis está a caminho!

Era impressionante. A pressão nas costas era algo que Ricardo jamais sentira antes. O nariz do avião apontado diretamente para o alto, e a velocidade aumentava sempre. Tudo estava silencioso ao redor, haviam deixado para trás, as ondas sonoras produzidas pelos imensos motores. Kirk, com esforço, ia fazendo a leitura da velocidade e altitude:

— Passamos de Mach 2, 24 mil metros... Mach 2,5, 26 mil metros... Mais dez segundos para chegar a Mach 3...

Quando passaram de três vezes a velocidade do som, os mecanismos internos dos motores alteraram seu funcionamento conforme previsto, e o empurrão nas costas dos três foi absolutamente brutal. Kirk parou de falar, e Valentina, com muito esforço, disse que ele parecia desmaiado. O próprio

Ricardo lutava contra a pressão, mas após alguns segundos a mesma diminuiu, embora a velocidade continuasse aumentando.

— Chegando a 45.000 metros... Passando... 46.000... 47...

Um tranco sinalizou o descarte automático das turbinas, e o avião deu um brutal coice para a frente, ou melhor, para cima. Entravam em ação os poderosos foguetes sólidos. A visão de Ricardo chegou a ficar turva por alguns instantes, mas ele se manteve agarrado ao manche enquanto tentava manter-se atento ao indicador de atitude. O avião começava a voar acompanhando a curvatura do planeta, mas ainda subindo e aumentando a velocidade.

A pressão novamente se estabilizou em um nível suportável, e finalmente ele pôde ouvir:

— O que... o que aconteceu?

Valentina parecia com sono, mas assim que olhou pela pequena janela a seu lado, disse:

— Nossa...

Ricardo também olhou a sua esquerda, e ficou impressionado. Já haviam passado de 65 quilômetros de altitude, e conseguiam ver boa parte do território brasileiro, o Oceano Atlântico, e até a impressionante curvatura da Terra. Continuaram subindo envoltos em um céu cada vez mais escuro, e onde o brilho das estrelas aumentava nitidamente.

— Meu Deus! — disse Kirk finalmente dando sinal de vida.

— Achei que fosse dormir o restante do caminho, amigo!

Ricardo zombava para disfarçar a própria estupefação. Parte dele não acreditava que estava fazendo aquilo, e ele se surpreendeu sentindo saudades de seu fiel P-51D Mustang.

CÉU DE GUERRA

Tudo estava correndo conforme os planos, e Kirk, por meio de esporádicos e difíceis contatos por rádio, ia informando o que conseguia ao controle de RA0. Os foguetes funcionaram até pouco mais de 81.000 metros de altitude, quando foram descartados assim que deixaram de funcionar. Aguardaram por segundos angustiantes que o grande foguete do *pod* ventral desse a partida, em meio ao silêncio da beira do espaço.

Os segundos foram passando, e tudo estava calmo. Sua velocidade era então de 18.900 quilômetros por hora. Não estavam satisfeitos com esse recorde, entretanto, pois seria absolutamente inútil se não conseguissem mais dez mil quilômetros por hora, necessários para entrar finalmente em órbita.

Ricardo olhava para a tela, observando o número que indicava a velocidade, que manteve-se constante por alguns instantes, quando finalmente começou a aumentar, aumentar...

— Estamos a caminho! — gritou Kirk. — Motor foguete principal funcionando a 60 por cento... Oitenta... Cem por cento de empuxo!

Aquilo fora estranho. A diferença de aceleração mal era sentida, e surpreendente diante do que haviam experimentado minutos antes. Agora contavam apenas com os próprios recursos. O combustível e o oxidante que havia nos tanques tinham que ser suficientes tanto para a entrada em órbita quanto para a manobra de frenagem ao final da missão, que os levaria de volta para a Terra.

— Capitão, atingindo 27.000 km/h — disse Kirk. — Pelo que posso ver nos instrumentos, atrito é desprezível nessa altitude.

— Desligando o campo então — disse Ricardo. — Espero que tenhamos o suficiente para voltar para casa.

Finalmente os instrumentos, ligados a dispositivos inerciais como os equipamentos muito mais rudimentares das V-2 alemãs, anunciaram que a velocidade orbital fora atingida, e cortaram a alimentação do foguete. Passaram a se deslocar livremente, e já conseguiam ver a América do Norte a distância, enquanto iam rumando para o Pacífico.

Valentina nada dizia. Estava muito entretida observando sua câmera, que a acompanhava a todas as aventuras, flutuando a sua frente. Os demais também se maravilharam com o efeito da falta de gravidade, mas não podiam aproveitar muito a viagem.

Os dois homens verificaram o funcionamento de todos os sistemas, e constataram aliviados que não havia qualquer perda de pressão na cabine. Puderam finalmente, a base de muito contorcionismo, tirar os pesados trajes pressurizados.

Kirk apressou-se a verificar a rota, dizendo:

— Infelizmente, as leituras são difíceis. Dumont alertou que os sensores poderiam funcionar com dificuldade. Creio que nossa altitude deva ser de aproximadamente 200 quilômetros...

— Kirk...

Ricardo chamou, mas Kirk continuava seu monólogo:

— Espero que tenhamos conseguido uma órbita similar à do inimigo. Uma variação de alguns graus no plano dela nos deixaria a quilômetros do alvo, e temos pouca folga no combustível...

— Kirk!

Dessa vez foi Valentina que chamou, e o engenheiro finalmente largou seus instrumentos e olhou na direção para onde os companheiros disseram. Assim que o fez, prendeu a respiração por alguns momentos, antes de soltar:

— Nossa...

SOBRE O ATLÂNTICO SUL, 10 DE AGOSTO, 11:14 H.

Aquela era a segunda patrulha do grupo de Tony e Mourato. Os quatro D-84, que mesmo menores tinham um alcance superior aos B-17 britânicos que serviam em Ascenção, já estavam fora havia quatro horas, sem nada captar.

Estavam a menos de dez quilômetros do mar territorial brasileiro, que se estendia até 200 milhas oceano adentro, e com pouco combustível. Foi quando o sargento Torres, brasileiro e operador de radar de Mourato, anunciou:

— Tenho um contato a cerca de trinta quilômetros!

As patrulhas, tanto a leste quanto a oeste de Ascenção, cobrindo todos os possíveis alvos do submarino na África e América do Sul, até então nada haviam detectado. Era o primeiro contato que descobriam, mas havia o problema do combustível.

— Aviões 3 e 4 — disse Tony Reynolds — voltem para casa e digam o que encontramos. Os aviões 1 e 2 irão verificar.

Os pilotos dos outros aviões ainda reclamaram, mas Reynolds repetiu a ordem. Enquanto os companheiros voltavam, Tony e Mourato aceleraram e baixaram a altitude, rumando para o possível alvo.

— Também captei o alvo, senhor!

O sargento Mikaylovsky, polonês recrutado pelo Esquadrão Ouro, operava o radar do D-84 de Tony e parecia excitado. O tenente respondeu:

— Prepare as bombas e o torpedo, sargento, não queremos que nossa presa escape.

— E aí, Tony — perguntou Mourato — será que é quem estamos procurando?

— Saberemos em minutos, amigo!

Os D-84 voavam a meros 30 metros de altitude sobre as águas, e as portas de seus compartimentos de bombas foram abertas. Dispunham cada um de seis bombas de 250 kg, mais um torpedo MK XII, o tipo mais recente disponível para os aliados.

O brasileiro Torres olhava atentamente para uma segunda tela, ligada a um novo equipamento dos Aliados, uma câmera de longo alcance que só seu avião dispunha. Estavam a menos de dez quilômetros do alvo quando ele gritou:

— É um submarino, é um submarino! Torre mais longa que os U-Boats normais, é nosso alvo, pessoal!

A partir daí, foi muito rápido. Os dois aviões desceram mais, voando a mais de 500 km/h e a 20 metros das águas, com os tripulantes concentrados em sua tarefa. Os operadores de radar passaram a dedicar toda sua atenção aos dispositivos de mira das armas, enquanto os pilotos mantinham-se atentos aos possíveis disparos dos canhões da embarcação.

Finalmente o submarino tornou-se visível, e a ponta de um dos mortíferos mísseis V-2 já despontava do compartimento traseiro da torre. Eram visíveis as suas portas abertas, e os tripulantes correndo sobre o costado do submarino. Mas em instantes, também se tornaram visíveis os projéteis das pesadas metralhadoras antiaéreas dos alemães.

Os dois torpedos foram lançados, e quase passando sobre o submarino, os D-84 soltaram sua mortífera carga de bombas. Mas logo Tony percebeu que não iriam se safar do ataque impunemente. Projéteis do inimigo atingiram seu avião, perfurando asas e fuselagem. Ele tratou de responder com rajadas de seus 4 canhões de 20 mm, mas logo já haviam abandonado o submarino.

Tony ainda conseguiu olhar por sobre o ombro enquanto lutava para fazer uma longa curva a esquerda. Nesse instante, uma grande explosão foi ouvida, e destroços voaram a grande altura. O submarino fora atingido em cheio, e os sensíveis tanques de combustível de foguete fizeram o resto.

Reynolds olhou para o lado, e chocado percebeu que os projéteis alemães haviam perfurado o painel e atingido Mikaylovsky. Seu operador de radar jazia sem vida coberto de sangue. O avião sacolejava, e olhando pela janela direita Tony viu o motor daquele lado em chamas.

Gritou pelo rádio:

— Tião, cadê você? Fui atingido, Mikaylovsky está morto, e acho que terei que pousar na água. Onde você está?

Nenhuma resposta. Passou a transmitir freneticamente, tentando alcançar tanto Ascenção quanto as estações de rádio de Recife. Foi quando viu um rastro de fumaça negra, e localizou o D-84 de Mourato segundos antes de cair na água, explodindo. Tony engoliu em seco, mas ficou feliz na mesma hora ao ver um paraquedas a pouca distância.

Seu avião balançava cada vez mais, e se tivesse qualquer plano de sair vivo dali, tinha que tentar um pouso forçado. Tentou baixar a velocidade o quanto pôde, enquanto iniciava o mergulho mais suave possível seguindo aproximadamente na direção onde havia visto o paraquedas.

O choque com a água foi muito mais forte do que previa, arrebentando o que restava do para-brisas da aeronave, que imediatamente começou a ser inundada. Tony lutou para se desvencilhar do cinto de segurança, e quando conseguiu ainda tentou encontrar o bote inflável atrás dos assentos.

Praguejou quando viu que os tiros dos alemães o haviam destroçado, e já debaixo da água, lutou para sair do aparelho.

Depois de muito esforço e quase sem fôlego, finalmente conseguiu sair pelo para-brisas, e nadou até a superfície. Tinha que tentar sobreviver usando o equipamento junto ao corpo.

Olhou em torno, e viu a longa distância a fumaça negra dos destroços do submarino. Os malditos nazistas preparavam-se para atacar Recife, mas eles haviam conseguido impedi-los. Entretanto, talvez o custo da ação fosse alto demais.

Tony começou a nadar, tentando encontrar o homem que havia conseguido pular de paraquedas. Tinha uma ideia aproximada da direção, e nadou para lá. Os minutos iam passando, e o americano começava a temer que estivesse sozinho, quando viu um vulto. Gritou:

— Espere aí, não se mexa, estou chegando!

Usou suas últimas forças, e finalmente chegou ao companheiro. Era Mourato. Mas o quadro era muito pior do que esperava.

Sebastião tinha um grande ferimento no peito, do lado direito, e respirava com muita dificuldade. Mas aquele brasileiro maluco ainda conseguia sorrir, e disse:

— Tony... meu amigo... pegamos os malditos, pegamos!

— Quer parar de falar! — disse Tony.

Mas Mourato nem ligou, dizendo com dificuldade:

— Consegui... falar com nossos a... amigos que voltavam para Ascenção. Vão... vão mandar o resgate... assim ao menos você... poderá contar nossa vi... nossa vi... vitória...

— Nós dois vamos nos safar dessa, amigo! Fique comigo!

Tony abraçou Tião, tentando deixá-lo o mais confortável possível e com o rosto fora da água.

Lutava para mantê-lo consciente, enquanto rezava para que o socorro chegasse logo.

✖✖✖

Analisar os planos de uma estação espacial em forma de suástica, com 160 metros de diâmetro, era uma coisa.

Vê-la a pouca distância, flutuando no espaço e girando lentamente sobre si mesma, era outra bem diferente. E com certeza muito mais assustadora.

Matheus encantou-se com os espelhos que ocupavam uma das faces da roda gigante. Descreveu a teoria de que funcionariam como uma forma de controle de temperatura, com um circuito de água correndo por dentro deles e por toda a estrutura da estação. Uma forma simples e barata de manter estável a temperatura na nave.

Fazia quarenta minutos que estavam manobrando o D-114 em uma cuidadosa aproximação. Kirk era o mais tranquilo de todos, o que na verdade enervava Almeida. O capitão esperava um ataque a qualquer instante, diante de sua aproximação:

— Não é possível que o pulha não saiba que estamos aqui, Matheus! Vi os planos dessa coisa, ele tem radar e câmeras como as que vimos em sua base na França!

— Claro que sim, capitão — concordou Kirk. — Mas Viggenstein sofre do mesmo problema que nós. Não tem qualquer folga, tanto em termos de espaço, quanto em peso, energia ou combustível. Sua estação pode lançar bombas sobre alvos lá embaixo, mas não pode fazer nada contra a gente. Na verdade, Viggenstein seguramente nunca esperaria ter companhia aqui em cima.

"Esses cientistas!", resmungou Ricardo. Não se conformava que nem ao menos Dumont tenha conseguido bolar um sistema de armas, um mísero conjunto de foguetes que fosse, como os já utilizados pelos Aliados, a fim de destruir a estação a uma distância segura. A ideia de entrar lá e ficar perambulando, a fim de instalar quatro peças de equipamento não lhe agradava nem um pouco.

Inúmeras diligências dos serviços de inteligência aliados nas últimas semanas revelaram ser impossível encontrar o cientista em parte alguma da Alemanha ou nos países ocupados. A conclusão lógica era que deveria estar a bordo da sinistra estação, o que parecia ser confirmado por constantes transmissões de rádio que captavam quando a estrutura passava sobre a Alemanha.

O D-114 estava equipado, na parte de cima do meio da fuselagem, com um dispositivo de atracação copiado das naves esféricas. Dumont havia conseguido as plantas das mesmas graças a seu espião Sueco. Ricardo já havia aberto as portas que a escondiam em voo, e agora lutava para se aproximar do objetivo.

O avião ia sendo empurrado pelos pequenos motores a reação dispostos pela fuselagem e pontas das asas, manobrando cuidadosamente para igualar o giro da estação. Os dispositivos de acoplamento dela estavam dispostos na parte externa, na lateral dos grandes cilindros que formavam o anel exterior da nave. Kirk reclamou:

— O que esse cientista louco estava pensando!?

Almeida conseguiu virar-se e olhar para o engenheiro, que respondeu:

— Tudo bem, sei como isso saiu..., mas o local mais lógico para um sistema de acoplamento seria no cilindro central, e não aqui na orla da estação! A manobra é muito mais difícil!

— Falando em manobra, qual é a distância?

Ricardo estava cada vez mais mal-humorado, e Kirk respondeu:

— São vinte metros. Tome cuidado para não bater!

Almeida nem respondeu, manejando cuidadosamente o manche, agora ligado aos pequenos motores. Já quase havia igualado a velocidade de giro da estação, e Kirk conseguia ver pela pequena janela acima de sua cabeça o bocal de acoplamento quase imóvel, relativamente a eles. O D-114 girava ao redor da estação como se fosse um *hamster* em sua roda.

Valentina, nesse momento, disse:

— Trouxe cópias das plantas da estação, e um documento de nossa inteligência a respeito de peças pedidas e enviadas a Viggenstein. Na extremidade inferior do cilindro, que aponta na maior parte do tempo para a Terra, além das comportas por onde ele lança as bombas, existem telescópios de vários tamanhos, como aquele que você descreveu em RA0, Kirk.

O engenheiro concordou, e a jornalista prosseguiu:

— Mas, na outra extremidade do cilindro central, existe um telescópio muito maior, que segundo estes documentos se destina a observação astronômica. A inteligência de Dumont descobriu que, em um de seus comunicados, Viggenstein pediu um telescópio que proporcionasse a melhor visão possível da Lua.

O que haveria de interessante para Viggenstein no satélite terrestre, eles não sabiam nem se interessaram em especular. O avião já se deslocava na velocidade correta, de forma que girava junto com a estação nazista. Foi progressivamente aproximando-se cada vez mais, e Kirk suava enquanto acompanhava os últimos metros.

Um tranco suave aconteceu a seguir, e eles olharam pela pequena escotilha superior. Estavam unidos a estação. Lá embaixo, a Terra girava, e eles perceberam outra coisa. Haviam recuperado um pouco de gravidade, e tiveram que prender muitos objetos soltos.

Começaram a preparar o passo seguinte. Não sabiam quanto tempo tinham, portanto tudo teria que ser feito imediatamente. Como Kirk era o mais capacitado a resolver problemas técnicos, ele ficaria a bordo do D-114, enquanto Valentina e Ricardo entrariam na estação. Isso, se aquela comporta similar à de um submarino pudesse ser aberta.

Almeida segurou nos lugares apropriados, e girou a tranca. O comando deslizou mansamente, e finalmente ele conseguiu abrir a comporta. Lá dentro, penumbra, confirmando a observação do engenheiro. Com pouca energia disponível, não havia motivo de deixar tudo aceso. O casal certificou-se de portar tudo que necessitavam, e trocaram uma última olhada com Kirk. O engenheiro ainda apontou pelas pequenas vigias de seu avião, dizendo:

— Estamos passando pela Alemanha, e há poucos minutos, captei um sinal de rádio sendo enviado da estação. É muito parecido com o que captamos da primeira vez que encontramos as asas voadoras...

O pessoal lá embaixo poderia estar em problemas sérios em breve. Kirk a contragosto respondeu "sim senhor" a ordem de Almeida de voltar para a Terra se algo desse errado, e ele e Valentina passaram pela comporta e a fecharam.

A Matheus só restava aguardar.

BASE OURO, 10 DE AGOSTO DE 1944, 16:10 H.

Denise Landron estava reunida com os dois administradores da Base Ouro, o americano Allan Taylor e o inglês Nigel Spencer. As últimas notícias davam conta de que os aviões de Mourato e Reynolds caíram no Atlântico Sul, mas missões de resgate já haviam sido despachadas para encontrar os sobreviventes, e confirmar que o terceiro e último submarino portador de V-2 fora destruído.

Os americanos haviam chegado no dia anterior com equipamentos sensíveis de detecção de radiação, que estavam sendo usados a bordo dos D-84 de reconhecimento em ousados reides sobre território alemão. Até o momento, não haviam sido encontrados sinais de locais de pesquisa radiológica e atômica dos nazistas.

Notícias vindas do Professor davam conta de que Ricardo, Kirk e Valentina já estavam no espaço, a caminho da estação de Viggenstein. Por mais que isso os atormentasse, a única coisa que podiam fazer àquela altura era torcer para que seus amigos conseguissem eliminar aquela ameaça.

Foi quando um sargento, da equipe formada por Matheus Kirk, entrou esbaforido e bateu continência, entregando a Spencer uma folha de papel enquanto dizia:

— Senhor, captamos um sinal de rádio vindo aparentemente de lugar algum, que é similar ao que encontramos anteriormente, e que parecia comandar as asas voadoras do inimigo.

— Quando foi isso, sargento? — perguntou Spencer.

— Há menos de cinco minutos, senhor — disse o jovem.

— E radares por todo o litoral sudeste e nordeste estão captando sinais de aeronaves, que se aproximam deslocando-se a altitudes imensas, da ordem de cinquenta quilômetros, e baixando. Parecem vir da Alemanha, senhor!

Denise levantou-se, e nem precisou pedir permissão. Uma rápida troca de olhares confirmou quais as ações que tomariam a seguir. Spencer ordenou que o sargento instruísse a equipe a monitorar quaisquer transmissões, enquanto Taylor acionou um comando na mesa e gritou para o microfone:

— Aqui é o capitão Allan Taylor, alerta geral, todos os pilotos aos seus caças. O inimigo está se aproximando para atacar!

✗✗✗

Os primeiros a decolar foram os Spitfires, Tempests e Mosquitos que ficariam a postos nas proximidades da base, a baixa altitude, prontos a cair sobre os adversários que sobrassem. Menos de quatro minutos após sair da sala dos comandantes, Denise estava na cabine de seu P-51 Mustang, com a turbina J-3 trovejando na cauda do aparelho. Olhando rapidamente para o lado, viu o restante de seu grupo também decolando, e rapidamente subindo quase na vertical até se estabilizarem a 10.000 metros de altitude, prontos para interceptar os intrusos. Outras formações de Mustangs e dos caças D-84 aguardavam a diferentes altitudes e direções, e um dos bimotores próximos deu o aviso:

— Inimigo aproximando-se, doze quilômetros de distância, vindo diretamente para nós!

A hora da grande batalha estava chegando.

CAPÍTULO 12

A estação de Viggenstein era mesmo impressionante. O primeiro cilindro exterior, aquele no qual haviam acoplado, consistia apenas de alojamentos e instalações como cozinha, sanitários e dispensa. Não encontraram viva alma na penumbra do lugar, mas perceberam que apenas quatro camas estavam postas.

— Kirk disse que, de acordo com o projeto, a estação não comportaria mais de dez pessoas ao mesmo tempo — disse Ricardo.

Valentina fotografava tudo que considerava importante, ao mesmo tempo em que tentava guardar de memória os detalhes. Uma reportagem sobre aquela máquina extraordinária seria a matéria do ano.

Passar a outro ponto da estação já era um pouco mais difícil. O cilindro exterior, quase paralelo a estrutura de tubos que garantia a integridade a imensa roda espacial, conectava-se ao resto da estação por outro cilindro, com dez metros de diâmetro por cinquenta de comprimento. Os outros quatro braços da imensa suástica tinham a mesma conformação.

O interior do cilindro de ligação era tomado, bem no meio, por um tipo de esteira transportadora. Bombas alemãs estavam dispostas ao longo dela, prontas a serem transportadas ao dispositivo disparador que existia na estrutura central da estação.

Val e Ricardo subiram por uma longa escada de metal, que estava fixada a parede do cilindro. Subir era o verbo adequado, pois a fraca gravidade criada pelo giro da estação atuava do centro para o seu exterior. Como estavam indo para o centro, tinham a sensação de subir. Ainda pelas paredes, tanto de onde estavam quanto no grande cilindro exterior, viam os canos do sistema de refrigeração.

O cilindro central tinha vinte metros de diâmetro, por outros vinte de altura. Saindo da escada, deram com um pequeno aposento onde se conectavam os demais braços exteriores da nave. Ricardo disse:

— Se nos separarmos, terminaremos em menos tempo.

— E se encontrar um dos homens de Viggenstein?

Almeida suspirou. Sabiam que em sua base em Bourg, o alemão mantinha pessoas contra sua vontade, controlando suas mentes por meio de implantes na cabeça. Kirk havia dito a eles ser provável que as condições do espaço deteriorassem rapidamente o físico dos auxiliares do cientista louco, mas não tinham como saber.

— Nós dois temos as pistolas de pressão com dardos que Dumont nos deu. Cada uma com seis disparos. Devem funcionar, a menos que você tenha se esquecido como é atirar!

Valentina mostrou uma expressão de enfado, mas não respondeu. Almeida apanhou dois dos transmissores, iguais ao primeiro que instalara no outro cilindro, e deixou um com Valentina, dizendo:

— Não deve demorar muito, com essa gravidade fraca. Nos encontramos aqui em meia hora, certo?

Ela fez que sim, e Ricardo abriu a comporta a direita da qual haviam vindo. Ele se encarregaria do braço central também, enquanto Valentina iria para a comporta da esquerda. Assim que pôs a mão na roda que abria a comporta, uma mão suave pousou em seu ombro.

Ricardo virou-se, e foi surpreendido pelo beijo ardente de Valentina. Ficaram assim segundos a fio, alheios aos perigos ao redor. Por fim separaram-se, e a repórter voltara a exibir aquele sorriso maravilhoso, atrevido e zombeteiro. Almeida tentou ficar sério, e disse:

— De volta aqui em meia hora, certo?

Entrou pela comporta, agora descendo a longa escada. Torcia para que o lançamento do D-113 em RA0 fosse tão bem-sucedido quanto o deles.

REGIÃO AÉREA 0, BRASIL CENTRAL, 10 DE AGOSTO DE 1944, 14:20 H.

A estação de Viggenstein, na altitude em que estava, já deveria ter dado ao menos três voltas ao globo, desde a partida de Ricardo e seus companheiros. Os dados dos radares que acompanhavam a missão não tinham a precisão que Santos Dumont gostaria.

O grande dirigível foi disposto ao longo da pista principal. Tinha 300 metros de comprimento, e foi inflado a base de hidrogênio. O manuseio do hélio ainda era problemático, de forma que tinham que confiar no perigoso gás inflamável.

Abaixo do dirigível, em uma estrutura construída especialmente, estava a maior arma já construída em território brasileiro. O D-113 era um modelo não tripulado e em escala menor do D-114, construído com o único propósito de funcionar como míssil. Sua carga explosiva chegava a quinhentos quilos.

O dirigível o carregaria até superar os trinta quilômetros de altitude, quando o avião acionaria seus motores, uma combinação de jatos e foguetes similar ao dos irmãos maiores, e rumaria para o espaço entrando aproximadamente na mesma órbita que o inimigo.

Ricardo e seus companheiros, por sua vez, deveriam instalar a bordo da estação de Viggenstein quatro transmissores de rádio, que funcionariam em conjunto e guiariam o D-113 até o alvo. Um radar a bordo do avião-míssil se encarregaria dos ajustes finais para assegurar que o alvo fosse atingido.

A Dumont não agradava aquilo. Usar mais uma vez sua invenção como arma... Quando aconteceu pela primeira vez, ainda nos anos 1930, considerou seriamente o suicídio. Eram tempos extremos os que viviam, entretanto, e o grande pioneiro, o maior cientista que o Brasil já produzira, entendeu que medidas extremas como aquela acabavam sendo necessárias. Era, infelizmente, em nome da liberdade, questão de escolher o mal menor.

O major Sena aproximou-se, e disse que tudo estava pronto. Depois de alguma hesitação, Santos Dumont deu a ordem para prosseguir, e o grande dirigível começou a subir aos céus.

✖✖✖

Valentina chegara havia pouco. Assustara-se muito, pois enquanto descia até o cilindro do outro lado, um membro da tripulação fazia o caminho contrário, seguindo por outra escada. O estado do mesmo deixara a repórter com enjoo. O infeliz estava pálido e magro como um caniço, e seu olhar era vidrado.

Chegando ao cilindro exterior, percebeu que era idêntico aquele no qual acoplaram. Havia mais um homem em uma das camas, e parecia convulsionar-se enquanto dormia. Valentina jamais vira nada tão impressionante. O nazismo havia lançado o mundo na destruição e na guerra, mas o que o louco do Viggenstein estava fazendo superava todos os limites.

Nisso chega Ricardo esbaforido, pega sua mão, e a conduz para o cilindro oposto aquele do qual havia vindo.

— Espere, Ricardo — disse Valentina — não era para que eu esperasse aqui?

Sem nem olhá-la, o capitão abriu apressadamente a escotilha e saiu descendo os degraus, enquanto dizia:

— O que vi do outro lado... deve ser igual ao cilindro para onde vamos. Você tem que fotografar tudo, vamos!

Desceram o mais depressa possível, auxiliados pela fraca gravidade. Val nunca vira Almeida tão nervoso. Os dois haviam examinado as plantas da estação junto com Kirk e Dumont, e tanto o engenheiro quanto o cientista não sabiam explicar bem a função do que aparecia na planta daquele cilindro, ou de seu oposto que Ricardo visitara antes.

Chegaram finalmente e Almeida abriu a escotilha, dizendo:

— Não devemos ficar aqui muito tempo, se o que veremos é o que penso.

Apenas agora Valentina reparou no barulho que vinha dali, parecendo dúzias de máquinas de costura em alta velocidade. Assim que entraram, a jornalista viu o que tanto alarmou Ricardo.

Próximo a eles, uma estranha máquina girava dentro de uma redoma cilíndrica. Havia dezenas de outras, com mais três homens muito magros que se movimentavam lentamente, parecendo vistoriar seu funcionamento. Aquelas coisas pareciam familiares a Valentina, quando Ricardo apontou para o instrumento que segurava, e que estava apitando:

— Dumont me mandou trazer este contador Geiger...

Afinal Valentina soube o que eram aquelas coisas. Com profundo espanto, disse:

— Meus Deus... são centrífugas!

A energia para as mesmas vinha de centenas de baterias que ocupavam compartimentos visíveis no grande aposento. Tubos metálicos passavam por todo lado, e um ameaçador invólucro em forma de bomba ocupava o centro do compartimento.

— Dumont me descreveu mais descobertas do Sueco — disse Ricardo. — Aparentemente, Vargas enviou seus homens, como parte da cooperação brasileira, para analisar pesquisas dos americanos com energia atômica.

— E da mesma forma como as pesquisas com eletromagnetismo, essas também foram enviadas para a Alemanha!

Era a conclusão óbvia. Naturalmente estudos sobre centrífugas já existiam ao final dos anos 1930, e uma mente brilhante como a de Viggenstein não estaria alheia a tais estudos. Com a baixa gravidade, as centrífugas poderiam funcionar com mais velocidade, acelerando o processo de enriquecimento de urânio, necessário para uma bomba atômica. O invólucro da mesma, com o tamanho exato para passar pelas escotilhas da estação, estava bem ali.

Valentina fotografou tudo que conseguiu, substituindo pela terceira vez o filme de sua máquina. Ricardo olhou no relógio, e passados pouco mais de dez minutos, disse:

— Val, temos que sair, a radiação...

— Agora que já conheceram minha humilde casa, quem sabe possam me dar o prazer de uma visita?

A voz saiu de alto-falantes que só agora percebiam. Ricardo chegou a mover a mão para apanhar a arma, mas hesitou. Procurou ao redor e viu uma câmera. Disse a Val:

— Vamos!

Os dois saíram e ele apenas encostou a escotilha, colocando o último transmissor para a direção do D-113 próximo a mesma.

Tornaram a passar pela escada, agora com a sensação de subir. Rumavam para o corpo central da estação, para finalmente confrontarem Viggenstein.

×××

A uma altitude superior a 10.000 metros, Denise finalmente observou os primeiros inimigos. Da mesma forma como já estavam habituados, as asas aproximavam-se aos trios. Uma aeronave central tripulada escoltada por unidades controladas remotamente. A tenente olhou ao redor para seu grupo. Nos demais três P-51 estavam o polonês Ivan Jaroslav, o inglês Devon Yorkshire e o francês Timothy Lévy. Denise sentiu falta de Tony e Ricardo, mas ela era a líder do comando de caças, então só lhe restou dizer:

— Rapazes, vamos pegá-los!

A distância, outras formações engajavam as asas. Os trios de inimigos eram ainda mais perigosos pela diversidade de armas que carregavam. As tripuladas contavam com três canhões de 20 mm, enquanto as asas robô tinham dois canhões de 30 mm. Estas últimas costumavam atirar primeiro, devido ao maior alcance de suas armas.

Os primeiros aviões do Esquadrão Ouro foram atingidos, enquanto Denise e seu grupo, na orla da grande formação, viravam a esquerda para acompanhar os três trios de asas que passaram mais perto. Da luta ainda tomavam parte vários Mosquitos e D-84 que, com seu devastador armamento de quatro canhões de 20 mm, simplesmente reduzia a migalhas a leve estrutura dos inimigos.

Denise concentrou-se no grupo que perseguiam. O líder dos mesmos deve ter percebido, pois as asas se inclinaram rapidamente e iniciaram uma longa curva, a mais de 800 km/h. Os Mustangs precisariam das turbinas para atingir aquela velocidade, mas Denise forçou um movimento diferente. A menor velocidade, poderiam fazer uma curva de raio menor.

Os quatro Mustangs acompanharam as asas, e as duas formações passaram a traçar círculos no céu. As asas não diminuíram a velocidade, de modo que seu raio de curva era muito maior. Os P-51, por dentro, descreviam um arco a menor velocidade, mas mantinham a perseguição.

— Tenente — disse o francês Lévy — acho que não poderemos manter a curva por muito tempo!

— E se entrarmos atrás de um deles, ficaremos na frente de outro, que vai nos atingir — completou Yorkshire.

— Tenho outros planos, sargentos!

Denise parecia confiante, e emitiu um sinal pelo rádio. Subitamente, dois Mosquitos aproximaram-se pelo sul, alvejando quatro das asas. As mesmas explodiram e caíram em chamas, o que pareceu surpreender os demais. Nisso, Denise aproveitou para ordenar que endireitassem seus caças, e rumaram para o círculo de nazistas. Dispararam em conjunto pelas asas que passavam velozmente, e mais três delas foram destruídas.

Das nove iniciais, haviam restado apenas duas tripuladas. Os nazistas ainda tentaram atingir os Mosquitos, mas os disparos dos Mustangs os forçaram a se afastar rapidamente, acionando seus foguetes.

— Vamos atrás, turma! — ordenou Denise.

Numa rápida comunicação com o controle, foi informada que a artilharia antiaérea conseguira derrubar muitos atacantes, bem como os Spitfires e Tempests da última linha de defesa. Mesmo assim, algumas instalações da Base Ouro não escaparam de ser alvejadas.

Denise segurou com mais força o manche, ordenando que acionassem suas turbinas. Ainda havia muita luta pela frente.

×××

A sala de observação da estação era algo impressionante. Um único espaço enorme, que ocupava quase todo o diâmetro do cilindro central de vinte metros, e cujas janelas panorâmicas se abriam pouco acima da junção dos quatro conjuntos externos. As janelas ficavam no piso, delimitadas por finos tubos, e eles andavam ao redor das mesmas.

Uma quantidade absurda de equipamentos eletrônicos pareceram a Ricardo serem parte do que Kirk descrevera no Brasil, um computador projetado pelo engenheiro alemão Zuse. Dois homens em cujas cabeças se percebia os já familiares implantes de controle mental manipulavam comandos incessantemente.

O mais impressionante, entretanto, era o espaço fechado em um box de vidro, onde se encontrava o corpo de um homem, conectado por fios a grande máquina eletrônica. Aparentava uns cinquenta anos, e lembrando-se das raras fotografias que existiam nos arquivos dos Aliados, Ricardo não teve dúvidas.

Aquele homem era Adolf Viggenstein.

Sua voz arrogante voltou a sair de alto-falantes colocados em determinados pontos:

— Realmente, para mim é uma imensa surpresa receber visitantes. Não poderia sequer imaginar que os Aliados tivessem tecnologia para chegar a meus domínios espaciais.

— A necessidade desesperada faz maravilhas!

Ricardo mal conseguia aguentar. Estava finalmente frente a frente com o cientista louco responsável pelos ataques a três capitais dos Aliados, além de representar a mais perigosa ameaça ao até então irresistível avanço contra o Eixo. Viggenstein respondeu:

— Mas capitão Almeida, a distância entre a loucura e a genialidade frequentemente costuma ser bem pequena... Prefiro pensar em mim como um empreendedor. Sempre acreditei na busca pelo conhecimento, e veja só onde minha busca chegou! Aqui no espaço, tendo essa visão privilegiada da Terra, fica, ou deveria ficar, perfeitamente clara a estupidez da guerra sendo travada lá embaixo!

De fato, pelas janelas circulava aquela impressionante e estarrecedora visão da Terra. O lento giro da estação os prendia ao piso como uma imensa centrífuga. Viggenstein, unido ao grande computador de uma forma que Ricardo não saberia explicar, prosseguiu:

— Hitler é um imbecil! Sempre foi um estúpido e ignorante, poderíamos ter vencido esta guerra ainda em 1941, destruindo a Inglaterra para depois esmagar a Rússia e qualquer um que tentasse nos atrapalhar! Mas não! Aquele austríaco pomposo e patético fazia questão de manter seu ridículo organograma, persistindo em ignorar os avanços tecnológicos que aconteciam diante de seus olhos!

O corpo não se movia enquanto ele falava, e Ricardo e Valentina apenas ouviam o tom metálico de sua voz sair pelos autofalantes. Ele prosseguiu:

— Apenas com quatro de minhas naves, e esta estação, aterrorizei três capitais aliadas! Imagine, poder atacar o próprio território americano, coisa que Hitler jamais sonhara! E o idiota permanecia com sua fé em suas divisões Panzer, em seus bombardeiros Stuka, sua ultrapassada Blitzkrieg! Eu lhe ofereci uma vitória rápida, mas ele e seus adoradores sicofantas me obrigaram ao exílio na França!

— Mas eu vencerei esta guerra para a glória alemã, e Hitler terá que concordar com meus termos! O tempo dele já passou, da violência e do fanatismo. Uma nova era de conhecimento e tecnologia está para começar, comandada por mim!

Havia telas de televisão ladeando alguns dos equipamentos eletrônicos, e câmeras vigiavam todo o compartimento. Ricardo e Val, que terminara outro filme de fotos, se viram em uma delas. Viggenstein voltou a falar:

— A raça humana foi levada a loucura e a guerra por um único homem. Agora, outro homem tem o dever de liderá-la a uma era mais próspera e esclarecida, dominada pelo conhecimento e pela ciência!

— E suponho — disse Val — que o senhor é esse homem?

— Quem mais, minha cara? Eu, e apenas eu, consegui o feito de colocar esta estação aqui em órbita. Daqui posso controlar a Terra, da mesma forma que as nações de navegantes nos séculos passados, com seu controle do mar, controlavam os continentes!

A imagem de uma das telas mudou, exibindo as centenas de centrífugas do setor da estação que tinham acabado de visitar. Viggenstein disse:

— Aqui, neste ambiente de pouca gravidade, minhas armas de apaziguamento logo estarão prontas. Quando as capitais aliadas forem destruídas, ainda terei toneladas de bombas nesta estação para arrasar o que restar, e o golpe de misericórdia será dado quando eu receber uma nova remessa de urânio e aprontar mais artefatos. Daqui do alto, comandarei as forças leais a mim para exterminar os exércitos que insistem na guerra. Com o fim das forças beligerantes do Eixo e dos Aliados, teremos finalmente paz na Terra...

— O papo de todo cientista louco...

— Todo visionário é inicialmente tomado por louco, capitão Almeida! Mas há algo mais, algo que não estão preparados para saber. Algo que meus instrumentos captaram na Lua...

O cientista louco parecia devanear, e adotou um tom de fascinação ao dizer:

CÉU DE GUERRA

— Sim... Os grandiosos mistérios do Universo... Uma vez que estes comecem a se revelar bem a sua frente, capitão Almeida, você nunca mais será o mesmo! Os eventos que testemunhei aqui em cima mudaram minha visão, e me convenceram ainda mais da futilidade desta guerra estúpida. Agora sei que, para concretizar minha visão, tenho antes de tudo que encerrar a guerra!

— Essa visão nunca vai se realizar, Viggenstein!

Ricardo conferiu o relógio, e viu que chegara a hora. De quatro pontos na estação, os sinalizadores por rádio que instalaram passaram a transmitir assim que seus relógios atingiram a hora programada. Almeida olhou para fora e via que passavam sobre a Inglaterra, rumando a seguir para o Atlântico Sul e Brasil. Ele torcia para que o lançamento do D-113 tivesse sido um sucesso.

Viggenstein riu, sua voz metalizada ecoando pela estrutura metálica, e a comporta se abriu. Três homens entraram, e os outros dois que estavam no salão se voltaram para Valentina e Ricardo.

— Não se preocupem, meus amigos — disse Viggenstein ainda rindo. — Não serão feridos, pelo contrário, terão a oportunidade de ver minha visão se realizar!

✖✖✖

Na Região Aérea 0, receptores de rádio traziam as mais recentes notícias. A estação aliada nos Açores havia captado uma transmissão que parecia vir da órbita. A frequência era a mesma dos transmissores sinalizadores levados por Ricardo e seus companheiros.

O lançamento do D-113 fora um sucesso. O avião-míssil já se dirigia ao espaço, rumando precisamente para a fonte daquela transmissão.

Santos Dumont torcia para que tudo corresse conforme os planos. Era a única chance que tinham.

×××

Os três homens traziam espadas que pareciam bem afiadas. Obviamente Viggenstein não arriscaria um tiroteio naquele ambiente pressurizado e com aquelas grandes vidraças, que ao menor impacto se estilhaçariam e provocariam uma despressurização explosiva.

Os outros dois seguravam punhais. O casal pareceu a Viggenstein totalmente dominado, e ele disse:

— Terminamos finalmente a instalação de um telescópio para observação terrestre muito mais poderoso. Poderemos assim ver detalhes do tamanho de prédios na superfície terrestre. Sim, capitão Almeida, mesmo sem esse instrumento já faço uma boa ideia de que existe uma base secreta da RAF nas proximidades de Oxford. E já vislumbrei uma longa pista de pouso na região central do Brasil que muito me intriga. Quer lançar luz sobre o mistério?

Ricardo olhou para Valentina, que parecia amedrontada mas pronta para a ação. Aqueles homens pareciam bem debilitados, mas com aquelas lâminas eles não poderiam facilitar.

O capitão sacou subitamente sua pistola a ar, disparando três dardos que atingiram os alvos. Os homens caíram inconscientes quase no mesmo instante. Os outros dois tentaram avançar, mas Val atingiu um deles. Ricardo virou-se rapidamente e atingiu o último.

Viggenstein nada disse, e Almeida não se deteve por isso. Aproximou-se do invólucro de vidro, e arrancou vários dos tubos que penetravam no mesmo e se ligavam ao corpo do cientista. Seus olhos finalmente se abriram e o corpo se contorceu em espasmos, causando horror a Valentina. Em instantes, Viggenstein parou de se mover.

Tudo parecia acabado, quando mais uma vez uma risada que só poderia sair da garganta de um louco encheu o ambiente.

Viggenstein permanecia vivo! De alguma forma, sua consciência fora transferida para a colossal máquina eletrônica, e ele disse:

— Espera mesmo me destruir assim, capitão Almeida? Meu intelecto superior viverá para sempre, eu comandarei o mundo, e não serão vocês, insignificantes, que irão me impedir!

Apareceram de repente estruturas metálicas, parecidas com antenas, que já haviam visto antes na base do cientista em Bourg. E sabiam que aquelas armações emitiam mortíferos raios de eletricidade, capazes de fritar um homem.

— E então, meus amigos, como vai ser? Seguramente, meu caro capitão, não espera que seus dardos tenham qualquer efeito em mim!

— Não, mas isso aqui eu sei que terá!

Ricardo apanhou a pistola que sempre levava na bota, apontou para um quadro de força, e disparou várias vezes. Faíscas pipocavam e provocavam fogo em materiais inflamáveis próximos, enquanto Viggenstein passou a dizer frases desconexas. Tudo começou a soltar faíscas, e a própria estação passou a balançar.

— Temos que sair daqui!

Ricardo gritou, e literalmente arrastou Valentina para o compartimento de conexão. Abriram a comporta e entraram no túnel que os levaria ao cilindro exterior onde seu avião estava acoplado. Ambos rezavam para que ainda tivessem tempo.

✖✖✖

A bordo do D-114, Matheus percebeu que a estação começou a balançar, alguns dos foguetes de controle disparando de forma aleatória. Isso começou a desestabilizar a imensa estrutura, e ele temeu que a conexão não fosse forte o bastante para resistir.

Havia alguns minutos ele acompanhava a transmissão dos sinalizadores, que deveriam atrair o avião míssil D-113.

O engenheiro ficava mais desesperado a cada minuto, e só lhe restava esperar que Ricardo e Valentina aparecessem.

Ele olhou por um instante para a direita, e viu um brilho estranho. Pensou que estava imaginando coisas, mas novamente o mesmo brilho avermelhado. Soube quase imediatamente o que era. O D-113 estava se aproximando, corrigindo sua trajetória para atingir em cheio a pavorosa estação de Viggenstein.

Kirk alarmou-se, e quase por instinto começou a fazer verificações nos sistemas. A carga de energia nas baterias estava baixa, o que significava que teriam que acionar os geradores para recarregá-las e ter energia nos emissores de campo eletromagnético. Se aquilo não funcionasse, queimariam na reentrada na atmosfera, e nunca mais ninguém saberia deles.

Matheus consultava o relógio, e acompanhava a aproximação letal do míssil. Já não tinha dúvidas que o plano de Dumont daria certo, e que conseguiriam destruir Viggenstein e sua estação. Mas isso significaria sua própria morte se não saíssem dali a tempo.

Ele deixou tudo pronto, e ficou contando os segundos. A estação balançava cada vez mais, e angustiado, se perguntava onde estariam Valentina e Ricardo.

Nisso, ouviu barulho na comporta as suas costas. Olhou para lá, e a primeira coisa que viu quando a mesma se abriu foi o rosto belíssimo de Valentina, que disse:

— Oi, Matheus, querido! Obrigada por nos esperar!

— Depois! — gritou Ricardo, pulando no *cockpit* depois dela. — Amarrem os cintos!

— E os trajes pressurizados?

Kirk nem lembrava mais da angústia da espera. Só queria sair dali. Almeida respondeu:

— Quer mesmo perder mais tempo!? Onde raios está nosso míssil?

Kirk chamou sua atenção, e os três olharam a direita. Um ponto flamejante crescia cada vez mais.

×××

As águas gélidas do Atlântico ao menos ajudavam a conter a dor dos ferimentos. Tony continuava flutuando abraçado a Mourato, enquanto olhava para o alto entorpecido.

Imaginava que ali, em meio as estrelas, estivesse seu amigo Ricardo. O capitão Almeida, que o tirara de seu esquadrão Tuskegee, formado apenas por pilotos negros, para ser um dos mais destacados pilotos do Esquadrão Ouro. E ele tinha feito a diferença, acabando com o submarino alemão.

Subitamente, um brilho maior surgiu entre as estrelas. Parecia uma explosão, lançando fagulhas que se espalhavam pelo céu com uma trajetória similar a uma estrela cadente.

Tony teve certeza do que era aquilo. Uma alegria selvagem apoderou-se dele, e o americano começou a rir e gritar histericamente.

Ricardo havia conseguido! Havia acabado com a estação de guerra do maldito cientista louco!

Reynolds berrava e berrava, ainda agarrado ao companheiro. Em sua empolgação, não reparou que Mourato já há muito deixara de respirar.

Tony só voltou a si quando foram focalizados por um grande holofote. O facho luminoso saía de um grande quadrimotor que os sobrevoou algumas vezes. A seguir o americano mal conseguiu ouvir o ruído de pouso na água, e logo, perto deles, aparecia um hidroavião Coronado da Marinha americana, baseado em Recife. Logo um bote se aproximava, recolhendo Tony e o corpo de Mourato.

×××

A tarde de 11 de agosto de 1944 se aproximava do fim, e havia poucos minutos chegara a Região Aérea 0 a notícia de que longos rastros semelhantes a meteoros foram vistos no céu do Atlântico Sul, em Ascenção e até mesmo na possessão brasileira da Ilha da Trindade. A trajetória dos mesmos coincidia com a última órbita conhecida da estação de Adolf Viggenstein.

Em RA0 todos os radares e instrumentos óticos faziam buscas pelo céu, e chamadas pelo rádio eram insistentemente feitas para a tripulação do D-114 Bis. Dumont e Sena, e mais dezenas de funcionários e oficiais da base secreta, olhavam para o céu e aguardavam ansiosamente.

Subitamente algumas pessoas começaram a gritar, apontando para o hemisfério leste, que já mergulhava na noite. Um ponto brilhante crescia constantemente, fazendo uma trajetória de ir e vir que denunciava uma sucessão de curvas em S. Os alarmes soaram em RA0, e veículos de controle de incêndio e as equipes médicas correram para a pista principal.

Dumont e o major Sena acompanhavam tudo próximos aos hangares, e logo tornou-se visível um avião prateado de asas em delta, que descia apontado diretamente para a pista principal. Logo eram visíveis várias partes enegrecidas em sua fuselagem, além da falta de quase metade do estabilizador vertical e da ponta da asa direita.

O D-114 Bis vinha balançando, e algumas pequenas explosões em sua parte traseira davam conta de que o piloto usava as últimas reservas de combustível para acionar intermitentemente o motor foguete traseiro, fornecendo alguma propulsão ao maltratado avião.

Dumont respirou aliviado quando os trens de pouso se fixaram na posição apropriada, e o avião espacial realizou um pouso surpreendentemente suave, deslizando pela pista e parando a poucos metros das equipes de resgate. Algumas partes das asas estavam incandescentes, do que logo se encarregou a equipe dos bombeiros.

Escadas foram assentadas ao lado da fuselagem, e o Professor ficou anda mais aliviado ao ver os três tripulantes descerem sãos e salvos. Ricardo, Matheus e Valentina pareciam bem, e antes de ir a seu encontro, Dumont virou-se e disse a Sena:

— Major, é muito importante que a notícia desta vitória chegue o mais depressa possível aos governos aliados.

— Sim senhor, Professor, com todo o prazer!

Sena saiu correndo, enquanto Dumont, após ajeitar o chapéu Panamá, foi ao encontro dos três amigos.

✕✕✕

Os aviões de Denise, Ivan, Devon e Timothy já estavam com muito pouco combustível, quando o último inimigo caiu em chamas.

A batalha pela Base Ouro havia terminado. O custo fora alto, muitos aviões e pilotos aliados foram perdidos, alguns edifícios da base tiveram danos, mas os nazistas haviam sofrido uma pesada derrota. Nenhuma de suas asas voadoras conseguiu escapar. Os grupos Ouro restantes se uniram e fizeram uma revoada da vitória.

Nesse momento chegou a notícia de que a estação de Viggenstein havia sido destruída. O júbilo foi ainda maior. Denise tentou conter as lágrimas, enquanto surpreendia-se ansiando pela volta de Ricardo. Mas sabia que ele tivera Valentina a seu lado por toda aquela aventura.

Enquanto pousava seu cansado Mustang, Denise decidiu que não desistiria de Ricardo sem lutar.

✕✕✕

Vargas recebeu de um auxiliar a notícia. Viggenstein e sua estação haviam sido destruídos. Dumont e Almeida haviam vencido.

Para o ditador, nada poderia ser mais humilhante.

Tudo que ele queria era a grandeza do Brasil. Nada mais! E a melhor coisa para tanto não seria permanecer neutro, tentando tirar de cada lado envolvido na guerra as maiores vantagens possíveis?

Por que eles não conseguiam ver isso?

Vargas leu e releu a nota. Nada do que fizesse a seguir teria mais qualquer importância. Arrasado, reconheceu que Dumont havia vencido. E Almeida, agora a seu lado...

O ditador jogou a nota na lareira. Depois observou, sobre sua mesa, a carta que escrevera e a arma.

Sua decisão fora tomada. Era a única que restava. Estendeu a mão até a arma...

REGIÃO AÉREA 0, BRASIL CENTRAL, 22 DE AGOSTO DE 1944, 7:40 H.

Dumont olhou pela ampla vidraça, vendo sua base. A mesma já experimentava seu movimento normal havia pelo menos quatro dias.

A notícia do suicídio de Vargas, na madrugada de 12 de agosto, parou o Brasil. Milhares de pessoas acompanharam o funeral pelas ruas do Rio de Janeiro e em sua cidade natal, São Borja no Rio Grande do Sul.

Ao receber a notícia, Ricardo ficou inconformado. Chamou o ditador de covarde para baixo, pois ansiava esfregar na sua cara a vitória que obtiveram. Santos Dumont demorou a conseguir que se animasse.

— Meu jovem — disse a ele — não gaste energias com quem não merece. Sabemos o que realmente aconteceu, e um dia a História, e todos, saberão também!

Dumont sorriu, sentou-se em sua cadeira e examinou pela enésima vez as fotografias tiradas por Valentina. A estação de Viggenstein era ainda mais impressionante do que imaginaram. O Professor ainda lamentava que aquela tecnologia incrível houvesse sido desenvolvida e utilizada para o mal.

Quem sabe, nos anos vindouros após a guerra, cujo final ninguém mais discordava que se aproximava com rapidez, pudesse haver uma verdadeira e justa união de todos os povos, para que a última fronteira, o espaço sideral, fosse explorada. Dumont estava decidido a participar daquele esforço, e até quem sabe deixar de se esconder e revelar-se ao mundo uma vez mais.

Matheus Kirk e ele passaram muitos dos dias seguintes a grande aventura fazendo planos ainda mais grandiosos. O jovem engenheiro inglês mostrou-se encantado com a proposta de vir trabalhar em RA0 assim que terminasse a guerra, e já falava em voar até a Lua para descobrir do quê falara Viggenstein.

Agora já sabiam que as naves esféricas, em suas últimas viagens, não apenas haviam enviado material para a estação, mas também trazido para a Alemanha muitas informações obtidas por Viggenstein. O que seriam, ninguém saberia dizer, e havia o temor da Inteligência aliada de que os russos, em seu irresistível avanço, se apoderassem de tais segredos.

Dumont estava sozinho, e portanto ninguém viu a sombra que cobriu de sua expressão. Após a destruição de Viggenstein e da última grande ameaça aos aliados, uma corrida estava se iniciando para obter os segredos nazistas, e desentendimentos já podiam ser notados, entre Estados Unidos, França e Grã-Bretanha de um lado, e a União Soviética do outro. Mais que tudo, o Professor temia que um novo conflito estivesse nascendo, e mais que a corrida espacial que já conseguia vislumbrar, era esse antagonismo entre oeste e leste que ele encarava como sua maior prioridade.

Felizmente o novo presidente brasileiro, General Dutra, era muito mais flexível e dera sua permissão para que Santos Dumont mantivesse controle total sobre RA0. No discurso durante o funeral de Vargas, Dutra prometera eleições gerais e diretas para dentro de um ano.

Dumont guardou as fotos novamente sorrindo, lembrando da promessa de Valentina, que havia ficado com os negativos originais. Ela prometera que publicaria aquela incrível história apenas com a vitória aliada, pois concordava com Dumont.

O mundo precisava saber. Tinha que saber que o responsável pelos horrendos ataques contra três grandes capitais aliadas fora derrotado pelos aliados,

— Com a ajuda do Pai da Aviação! — Valentina acrescentou.

Santos Dumont sorriu. Os jovens!

BASE OURO, INGLATERRA, 22 DE AGOSTO DE 1944, 13:10 H.

Naquele hangar, estavam guardados protótipos que haviam servido de ensaio há anos. Na verdade, muitos no Alto Comando Britânico achavam que tudo aquilo era lixo, devendo ser sucateado e aquele hangar utilizado para algum propósito útil.

Ricardo lembrou-se do funeral de Sebastião Mourato, no Rio de Janeiro. O próprio presidente Dutra esteve presente, antes de voar para o Rio Grande do Sul para o enterro de Vargas. Tony ainda se recuperava no hospital, e lamentou muito não poder se despedir do amigo. O americano se animou um pouco apenas ao receber, do coronel americano líder de seu grupo no Recife, a promoção a capitão. Almeida sorriu, pois era mais que merecida.

Em uma rápida cerimônia, antes de ir para o sul do Brasil, Dutra também lhe transmitira o recado enviado por Churchill. Ricardo Almeida agora era major, e Dutra transmitiu-lhe parabéns, além do convite de voltar ao Brasil após o final da guerra.

Foram dez dias de tanta correria e tantas emoções, que ele se sentia tranquilo como nunca ao regressar ao trabalho na Base Ouro. Lembrou-se dos meses difíceis do começo de 1941, quando os nazistas introduziram o Focke-Wulf Fw-190, alterando o curso das batalhas aéreas. Um dos primeiros projetos de Kirk fora o caça diante do qual passava agora, um Spitfire adaptado para receber o grande motor radial Centaurus de 18 cilindros, no lugar do usual V-12 Merlin. A adaptação deu excelentes resultados, mas o Comando da RAF não acreditava nas vantagens do motor radial. Mas outra inovação daquele protótipo, a capota em bolha com fuselagem traseira rebaixada, estava agora sendo utilizada nos últimos modelos do Spitfire.

— Chefe, quantas recordações, não?

Matheus Kirk o acompanhava, e fora difícil aguentar a quantidade muito maior que o normal de tecno-baboseiras que ele não parava de falar. Ainda ficava boquiaberto com as fotos de Valentina, das quais havia guardado cópias e não parava de estudar. Ele e Dumont já faziam planos para naves espaciais e estações ainda maiores e mais sofisticadas.

— Velharias, amigo — Ricardo respondeu. — Nada que se compare ao D-115!

— Pois é, depois sou eu que não paro de repetir o mesmo assunto, capitão, quero dizer, major! Você realmente se entusiasmou com aquele pássaro, não foi?

— Tenho que aproveitar, pois de acordo com você e o Professor, logo estaremos todos morando no espaço...

— Como deve ser o amor na gravidade zero, hein, querido?

A voz de veludo de Valentina fez com que os dois homens se virassem. Sabendo ser sua deixa, Kirk pediu licença, deixando os dois sozinhos.

Val e Ricardo se olharam por um bom tempo. A seguir ela caminhou, fazendo aquele excitante barulho com seus saltos altos, ao redor do Spitfire-Centaurus e do primeiro Mustang, ainda na versão P-51B, adaptado para receber a turbina de impulso J-3.

— Vou sentir saudades...

Almeida teve a nítida sensação de que Valentina não falava da Base Ouro, mas ficou na sua. Ela voltou a se aproximar dele, exibindo certa melancolia no olhar. Percebendo que Ricardo parecia sentir o mesmo, perguntou:

— Então, não vai se arrumar para o treinamento?

Ricardo enfiou as mãos nos bolsos, olhou para o chão e sorriu. Respondeu:

— Nessas horas, não sei se deveria ter aceitado a promoção para major. Não querem mais que voe em missões de escolta...

— Você tem boas pessoas aqui para fazer o trabalho, Rick! E principalmente como o líder importante que você é...

Ele não apreciava aquilo. Nunca gostara do papel de líder. Só queria voar! Mas reconheceu que Valentina e seus chefes tinham razão. Com sua experiência, valia mais a pena formar novos pilotos. A guerra se encaminhava irremediavelmente para seu fim, com a derrocada final do horror nazista, mas os combates ficavam mais e mais selvagens, e bons pilotos seriam necessários.

Valentina apoiou os braços em seus ombros, acariciando sua nuca. Ricardo a enlaçou pela cintura, olhou fundo em seus olhos, e disse:

— Bem, há várias formas de servir a causa aliada...

— Esse é o espírito, major Almeida! — disse ela rindo. — E quanto as esferas que restaram, alguma notícia?

— Uma possível fábrica de componentes na Romênia foi aparentemente explodida por oficiais alemães, a fim de que os russos não a capturassem. Depois que nossos Mosquitos engajaram e destruíram uma delas há dois dias, sobrou apenas uma. Vamos encontrá-la, não se preocupe!

Finalmente, o que sabiam ser inevitável aconteceu. Valentina e Ricardo beijaram-se, longa e apaixonadamente.

Ficaram ali minutos a fio. A guerra ainda estava acontecendo, e os dois tinham coisas a fazer. Sabiam que era a despedida, mas não havia motivos para que não fosse especial.

Saíram do hangar, minutos depois, de mãos dadas. Ricardo comentou:

— Confesso que me assustei quando vi você e Denise conversando como amigas outro dia.

— Estava pedindo a ela que cuidasse de você. Comigo longe, alguém precisa preencher suas necessidades.

Almeida mostrou-se surpreso e se arrependeu disso no mesmo instante, pois lá estava de volta o sorriso atrevido de Val. Ela completou:

— Afinal, vocês meninos são todos uns bebezões!

Mas não largaram a mão um do outro, caminhando até o avião que levaria Valentina de volta aos Estados Unidos. Os tripulantes, vendo que se aproximavam, correram para bordo e logo os motores deram partida. Pararam junto a escada do avião, e Ricardo, acariciando o rosto de Val e brincando com seus cachos loiros, perguntou:

— E as fotos? E sua história?

— Nossa história, você quer dizer?

Almeida a olhou. Os olhos de Val estavam marejados, mas ela ainda sorria.

— É, nossa história — ele disse.

Val sorriu mais, e respondeu:

— O Professor e eu concordamos. A história tem que ser contada, Rick. Precisa ser! Um dia o mundo vai saber, e é bom que saiba da maneira certa.

O que ouviu a seguir, Val nunca poderia esperar de Ricardo:

— Confio em você, querida!

A jornalista sorriu. Beijaram-se de novo, longamente, e ela subiu pela escada. Suas mãos se seguraram por mais um breve instante, como se pudessem impedir aquela separação. Mas soltaram-se afinal, e Valentina olhou para Ricardo no alto da escada por uma última vez. A seguir a porta se fechou, e o avião começou a taxiar.

Ricardo ficou à beira da pista, enquanto o avião decolava e lentamente desaparecia no horizonte. Sabia muito bem que veria Valentina de novo. Correu por fim para seu P-51 Mustang, pois seus pilotos o aguardavam para mais um treinamento.

Subindo e rumando para o Atlântico, Valentina olhou sua bolsa no assento ao lado, desistindo de abri-la. Preferiu rememorar aquelas semanas, e acima de tudo, aqueles últimos momentos com Ricardo.

Nisso, um grupo de Mustangs passou veloz pela sua janela. Um deles ficou para trás, e ela viu o piloto acenando. Val respondeu com um aceno final, e Ricardo mergulhou para voltar a formação.

Valentina sabia que a guerra terminaria logo. E que ela e Ricardo muito em breve estariam juntos novamente.

FIM

EPÍLOGO

O ÚLTIMO DIA

O dia 7 de maio de 1945 estava claro e ensolarado sobre a Alemanha.

O major Ricardo Almeida comandava a patrulha de dois caças a jato Dumont D-115, tendo no outro aparelho o apoio do americano tenente Stephen Armstrong. Aqueles inovadores caças a jato de três motores eram a mais recente criação da Aeronáutica Dumont, a sempre surpreendente empresa brasileira que estava ajudando a fazer a diferença na guerra.

Todas as opiniões que Ricardo ouvira nos últimos dias como comandante de operações do Esquadrão Ouro, a mais avançada unidade de elite dos Aliados, concordavam em serem aqueles os últimos dias da guerra. As imensas formações de bombardeiros da Oitava Força Aérea do Exército americano estavam reduzindo a pó as últimas instalações industriais da Alemanha nazista, e a combalida Luftwaffe não era nem sombra da força que aterrorizara a Europa no começo da Segunda Guerra Mundial.

Ricardo voava distraído, enquanto cruzavam os céus a 5.000 metros de altitude a uma velocidade de mais de 900 quilômetros por hora. Impulsionado por três turbinas do confiável modelo Mattarazzo J-3 o D-115 era um assombro para pilotar, deliciando seus pilotos. Nem mesmo o inglês Gloster Meteor ou o americano Republic XP-80 chegavam perto do caça brasileiro em performance. Claro que Ricardo sentia saudades de seu P-51 Mustang, cuja manobrabilidade era incomparável. Mas o gênio técnico do Esquadrão Ouro, Matheus Kirk, continuava buscando maneiras de melhorar o desempenho dos jatos, que traziam no nariz e no leme traseiro, o amarelo vibrante que identificava o Esquadrão Ouro.

O brasileiro, que havia começado a combater na Europa durante a Batalha da Inglaterra, pouco antes da formação do Esquadrão Ouro, lembrou-se da longa e perigosa trajetória até então. Dos amigos que perdera, as duras missões de escolta com os P-51 Mustangs e até mesmo os assombrosos acontecimentos do ano anterior. Acontecimentos que, se resolvidos de maneira diferente, teriam mudado o curso da guerra em um rumo nada favorável aos Aliados.

Ainda havia incerteza quanto à existência de outros homens perigosos como o que haviam enfrentado, o cientista louco Doutor V. A Inteligência Aliada proibira que se referissem a ele pelo nome, determinação com a qual Ricardo não concordava apesar de acatar. E concordava menos ainda com aquele mundo cheio de segredos que estava surgindo com a aproximação do final do conflito. Os americanos estavam imersos em sua Operação Clipe de Papel, caçando os maiores cientistas e segredos dos alemães. Os soviéticos, cada vez mais arredios, começaram sua própria caça aos segredos nazistas e o major brasileiro temia que um novo conflito estivesse nascendo aí.

Por cima, os boatos e rumores que circulavam davam espaço para as mais malucas histórias. O grupamento especial baseado na Ilha da Ascenção, no Atlântico, detectara sinais de intensa atividade subaquática, e chegara mesmo a afundar alguns submarinos alemães tentando fugir. Falava-se até que o Alto Comando nazista tentava escapar, talvez pretendendo se refugiar na América do Sul. E Ricardo temia que isso fosse verdade. Os acontecimentos de 1944 também afetaram profundamente o Brasil, e segundo Kirk comentava-se a respeito de seus constantes contatos com o Professor, o grande sábio brasileiro que estava muito preocupado com alguns elementos os quais nunca esconderam sua simpatia pelos regimes fascistas que estavam desmoronando.

E ainda outros rumores, vindos do *front* russo, davam conta de que Hitler até já estaria morto. O Alto Comando Aliado tentava desesperadamente conseguir a confirmação dessa informação. Kirk, que atualmente vivia entre a Inglaterra e os Estados Unidos, como contato de Churchill junto a um certo programa americano chamado Projeto Manhattan, enviara um relatório afirmando que se não terminassem com aquela guerra logo, os americanos o fariam, com uma nova e terrível arma. Ricardo lembrou-se da carta pessoal que o amigo engenheiro lhe enviara, afirmando que tinham mesmo que encerrar a guerra, do contrário a tempestade de fogo que o Projeto Manhattan deflagraria seria terrível demais para imaginar.

— Major, contato no radar!

As palavras de Armstrong ecoaram pelos fones de seu capacete, e Ricardo acompanhou a leve curva para a esquerda de seu ala. Os dois jatos manobraram para localizar visualmente dois pontos que surgiram nas telas. O D-115 estava revolucionando o conceito de guerra aérea, mesmo ainda sem ter travado um combate real.

Em instantes as silhuetas inconfundíveis de dois caças a jato Messerschmidt Me-262 se tornaram bem distintas, logo abaixo deles. Os dois manobraram, ainda em meio à longa curva que realizavam, a fim de entrar logo atrás dos alemães. Stephen comentou:

— Será que são do JV 44, Rick?

Depois de um bom tempo servindo juntos era comum no Esquadrão Ouro os membros se tratarem pelo primeiro nome, independente até da patente. Ricardo, que também convivia com o fato de usarem a versão em inglês de seu nome, respondeu:

— Mas parece que o JV 44 se rendeu há poucos dias em Salzburgo, Stephen. Acho incrível que os nazis ainda tenham jatos operando... A menos que...

Outros boatos indicavam que um novo grupo havia sido formado, nos moldes do velho Jagdverband 44, que fora comandado pelo lendário Adolf Galland, um dos melhores ases alemães e que formara a unidade com os mais hábeis remanescentes da Luftwaffe em fevereiro de 1945. A unidade teve curta duração, mas abateu uma grande quantidade de aviões aliados. Os rumores diziam que esse novo grupo, formado a sua imagem e semelhança, se intitulava os Tigres do *Reich*.

— São eles mesmos! — gritou Armstrong. — Veja os detalhes na pintura, lembrando tigres! E olhe o líder...

— O nariz pintado de vermelho, Stephen! — respondeu Ricardo. — É o Whernstrong!

Até então, pouco se sabia sobre o *Kommando* Whernstrong, essa nova unidade apelidada de Tigres do *Reich*, apenas o nome de seu líder. Helmutt Whernstrong fizera parte tanto do JV 44 de Galland quanto do *Kommando* Nowotny, outra famosa unidade de Me-262. Fanaticamente nazista, era um dos maiores ases alemães, com 218 vitórias, e admirador confesso de Manfred Von

Richtoffen, o Barão Vermelho da Primeira Guerra Mundial, daí a pintura vermelha no nariz de sua aeronave. E outra coisa que Ricardo sabia, fora Whernstrong que abatera Vincent Spencer, um de seus melhores amigos na guerra, ainda na Batalha da Inglaterra.

Os D-115 continuaram sua longa curva descendente, mas os dois alemães perceberam os inimigos e viraram para o outro lado. Certamente já conheciam as façanhas do Esquadrão Ouro, e um combatente do mesmo era sempre uma presa especial para um piloto alemão. Começou um mortífero jogo de gato e rato, pelas informações que dispunham o primeiro combate aéreo totalmente a jato da História.

Os quatro aviões faziam um longo círculo no céu, e os Me-262 se esforçavam para manter sua trajetória o mais fechada possível. Mas o D-115 era mais ágil, tendo como vantagem decisiva o formato *canard*, com pequenas asas postadas nas laterais do longo nariz, as asas curtas com bordo de ataque enflechado e bordo de fuga quase reto. A força G foi aumentando e Ricardo ouviu os sons do mecanismo pneumático injetando ar em seu macacão de voo.

Aquilo era uma novidade, o traje anti-G cujo sistema comprimia as pernas e o ventre dos pilotos, impedindo que o sangue descesse da cabeça em manobras acentuadas e ocasionasse problemas fisiológicos e até perda de consciência. Ricardo e Stephen colocaram força em seus manches e foram fechando mais e mais sua curva. Estavam a ponto de ter os Messerschmidts nas miras quando algo incrível aconteceu.

Dos bocais de exaustão das turbinas dos alemães longas flamas saíram, e os jatos deram um salto e uma virada súbita à direita. Os dois aliados reagiram quase instantaneamente, mas os alemães conseguiram mergulhar e ganhar velocidade, ao mesmo tempo em que se separavam.

— Rick, eles têm pós-combustão!

— Estou vendo, Stephen. Estão se separando, vamos atrás do líder!

"Que diabos!", pensou Ricardo. "Será possível que ainda existe algum cientista maluco, quem sabe até discípulo do Dr. V, inventando coisas para os nazistas?".

Entretanto, ele não tinha tempo de pensar a respeito. Uma luta de vida e morte estava se desenrolando.

Os dois foram atrás de Whernstrong, acreditando que o ala alemão havia feito uma manobra errada e decidira se afastar. Mas, surpreendentemente, balas trançantes passaram ao redor deles, e Ricardo e Stephen precisaram manobrar de forma caótica para escapar.

O brasileiro olhou ao redor e subiu, tentando obter uma melhor visão da luta. Nisso, reparou em um brilho estranho em meio ao azul do céu, bem ao longe, e numa interferência em seu radar. Aquilo era similar ao que ocorrera antes com ele, havia menos de um mês, em outro voo com o D-115. Entretanto, Ricardo não tinha tempo de investigar, pois ouviu pelo rádio:

— Rick, estão me perseguindo, preciso de ajuda!

A transmissão igualmente estava cheia de estática, mas ainda compreensível. Ignorando aquilo, ele acelerou ao máximo seus três motores e finalmente localizou Armstrong, perseguido pelos dois Messerschmidts. Ricardo inverteu o avião e mergulhou, em uma longa curva descendente que o levaria em uma trajetória de encontro a eles, em direção contrária.

Ricardo sentiu a pressão, mas conseguiu ver que o indicador de velocidade já superava os 1.000 quilômetros por hora. Percebeu, e chegou a sorrir quando se lembrou que aquela nem de longe era a maior velocidade que já havia experimentado. Afastou as lembranças enquanto dizia pelo rádio:

— Stephen, quando eu disser, vire com tudo para a direita e para baixo.
— Rick, você está louco? Está vindo direto contra nós! Quer...
— Quer fazer o que eu mando?
— Sim, major...
Seu ala vinha literalmente dançando no ar, tentando escapar dos projéteis de 30 milímetros dos canhões dos Me-262. Ricardo acelerou as três J-3 ao máximo e sentiu seu D-115 balançar pelo esforço, ao mesmo tempo que sua visão começava a ficar turva. A dificuldade para respirar era imensa, mesmo com o traje especial, mas ele conseguiu gritar, logo após virar novamente seu caça:
— Agora!
Stephen virou e mergulhou para a direita como ordenado, e vindo de frente Ricardo atirou a queima-roupa no Me-262 do ala alemão. Conseguiu mal e mal passar pela direita, no mesmo sentido de Stephen, mas em uma curva muito mais aberta, enquanto Whernstrong virava para o outro lado. Atingido pelos dois canhões de 20 milímetros situados nas raízes das asas do D-115, o Me-262 do ala explodiu em chamas.
Stephen gritava pelo rádio:
— Você é louco, Ricardo! Como inventou uma manobra dessas? Podia ter nos matado!
— Meu amigo Tony Reynolds não reclamou quando fiz a mesma manobra para salvá-lo ano passado, tenente!
— O Tony também nunca bateu bem da bola pelo que ouvi dizer, major! Ah, eles de qualquer forma me atingiram, vejo óleo vazando, os controles estão muito duros.
Ricardo olhou para trás e constatou que o alemão fazia uma longa curva e vinha atrás deles. O avião de Armstrong deixava uma fina trilha de fumaça escura, o óleo do sistema hidráulico escapando. Não teve dúvidas:

— Temos um teto máximo de serviço mais alto que o Me-262, Stephen. Suba o mais que puder e saia daqui.

— Mas major...

— Você está em um jato, tenente, e não conseguirá puxar muitos G´s com esse problema hidráulico. Vá para casa!

Armstrong afinal cumpriu a ordem e subiu com as três turbinas no máximo, rumando para a fronteira com a França. Ricardo olhou novamente para o alemão que estava cada vez mais próximo. Pensou:

"Agora somos só nós dois, Whernstrong!".

Girou o caça para a esquerda e depois começou a subir preparando-se para mergulhar sobre o Me-262 inimigo. Mas se surpreendeu quando viu que o alemão mergulhou e depois começou a subir. Cruzaram-se no ar sem conseguir mirar no respectivo adversário e os papéis se inverteram. Ricardo fez uma ampla curva por baixo e Whernstrong por cima, na manobra conhecida como tesoura rolante.

Cruzaram os caças mais duas vezes antes de ambos perderem velocidade. Ricardo acionou as turbinas ao máximo e afastou-se, e com o canto dos olhos percebeu que o alemão fazia o mesmo. Eram dois ases, um tentando suplantar o outro.

O radar era de pouca valia naquele momento e Ricardo pensou que devia desligá-lo, não sem antes perceber que a estática havia aumentado muito. Virou o caça para verificar e viu que o alemão havia desistido de prosseguir com a manobra anterior, passando a perseguir um grupo de três ou quatro estranhas luzes distantes.

Aquele era o maior mistério do final da guerra. Desde meados de 1943 pelo menos, tripulações de bombardeiros e caças aliados voando sobre a Alemanha descreviam encontros com estranhas luzes que acompanhavam os aviões. Os objetos estranhos se evadiam com impressionante facilidade das tentativas de interceptá-los ou abatê-los realizadas pelos aliados, e muitos comandantes diziam que deveriam ser uma nova arma alemã. Essa opinião tornou-se dominante quando surgiram as primeiras informações sobre a bomba voadora V-1, o míssil de longo alcance V-2, o Messerschmidt Me-163 impulsionado a foguete e o Me-262.

Mas fora novamente o Esquadrão Ouro, em arriscadas missões de inteligência sobre o território inimigo, que descobrira que também os alemães estavam sendo perseguidos por aquelas coisas, e o mais surpreendente para todos, as descreviam como armas secretas dos aliados. Os primeiros relatórios foram recebidos com incredulidade pelos comandantes aliados, mas quando as informações foram se acumulando, dando conta do estado de confusão que os objetos, já apelidados de *foo-fighters* pelos americanos, causavam aos alemães, os comandantes afinal se convenceram.

E ali havia uma prova disso. Ricardo tratou de acionar as duas câmeras na parte inferior do nariz do D-115 logo abaixo do radar, a fim de registrar o que estava presenciando. Whernstrong perseguia os objetos e atirava neles enquanto tentava alcançá-los, mas as luzes simplesmente brincavam com ele desviando-se dos disparos com espantosa facilidade. Ricardo, no encontro anterior com aquelas coisas, tentou o mesmo sem sucesso, e agora apenas acompanhava os esforços do inimigo.

Alguém estava monitorando a guerra, disso o brasileiro já tinha certeza. Mas quem seria esse alguém ele não conseguia sequer imaginar. O fato que presenciava pela segunda vez lhe dizia que aqueles *foo-fighters* superavam qualquer coisa que tanto os aliados quanto os nazistas tivessem.

As luzes, depois de muito brincar com o alemão, finalmente acabaram se afastando e desaparecendo com uma velocidade espantosa. Whernstrong pareceu de repente lembrar-se que estava em um *dogfight* e manobrou seu caça procurando Ricardo.

Os dois ases voltaram a realizar um grande círculo deitado no céu, fechando a curva cada vez mais e tentando um ficar na posição seis horas do outro, ou seja, atrás. Ricardo era auxiliado pelos equipamentos de que dispunha, mas o alemão sem dúvida era um excepcional piloto. A tensão foi subindo enquanto os jatos ficavam cada vez mais próximos, quando Ricardo ouviu um chamado pelo rádio, agora sem estática:

— Atenção todos os pilotos! Atenção todos os pilotos! Não disparem! Cessar fogo! A guerra acabou! Repetindo, cessar fogo, a guerra acabou!

Aquilo era inacreditável. Ricardo simplesmente não sabia o que sentir. Um misto de ódio, alegria e alívio se apossou dele, e por instantes esteve quase ausente do que ocorria a seu redor.

Mas depressa se recompôs, pois ainda estava em perigo. Lembrou-se muito bem de ler o arquivo de Whernstrong e sabia que ele falava inglês. Sintonizou as frequências que os nazistas usavam e igualmente ouviu uma voz falar em alemão e em tom muito urgente.

Mas o adversário não saía de sua perseguição. Continuava desenhando o círculo junto com Ricardo, em voltas cada vez mais fechadas.

O brasileiro não teve dúvidas. Na frequência em que sabia que o adversário estaria ouvindo, disse:

— Você não ouviu? A guerra acabou! Cessar fogo!

Nenhuma resposta. Ricardo repetiu o chamado e finalmente ouviu, em inglês:

— Não acabou para mim.

Whernstrong havia tomado sua decisão. A guerra duraria mais alguns minutos para eles.

Ricardo, fechando a curva ao máximo, finalmente conseguiu enquadrar o Schwalbe, apelido do Me-262, e disparou. O alemão realizou uma curva à esquerda e começou a subir. Almeida percebeu que ele dava início a uma nova tesoura rolante e não teve alternativa a não ser mergulhar e entrar no jogo.

Os dois caças se cruzaram durante a manobra por quatro vezes, sem que qualquer dos pilotos conseguisse enquadrar o inimigo. Enquanto isso Ricardo ainda conseguiu enviar uma rápida mensagem e dar sua posição. Soube então que um grupo do Esquadrão Ouro fora enviado e deveria chegar em poucos minutos.

Os aviões finalmente perderam velocidade e Whernstrong afastou-se. Ricardo seguiu na direção oposta, mas olhando por cima do ombro viu que o inimigo fazia a volta para a direita. O brasileiro fez o mesmo em direção oposta e finalmente eles tornaram a se cruzar nos céus, sem conseguirem disparar. Iniciava-se uma nova tesoura.

Ricardo subiu com seu D-115, inverteu e mergulhou, e lá estava o Me-262 subindo. Os caças tornaram a se cruzar muito próximos e o brasileiro se lembrou de seu primeiro encontro com o jato alemão. Mesmo especialmente equipado os P-51 Mustangs do Esquadrão Ouro não conseguiam alcançar os Schwalbes, mas os alemães na ocasião cometeram o erro de entrar em *dogfights*, onde o Mustang era o mais temível adversário. De um grupo de oito, três Me-262 caíram, contra apenas um dos doze Mustangs do Esquadrão Ouro. De volta para a base por dias a fio não se falou em outra coisa, todos temendo que o jato alemão pudesse virar a maré da guerra, o que felizmente não aconteceu.

Whernstrong, forçando ao máximo, conseguiu completar sua curva superior em menos tempo e por instantes o D-115 de Ricardo ficou sob sua mira. Disparos de 30 milímetros passam rente ao jato brasileiro e Ricardo acelerou, chegando ao limite do equipamento. Chegou a sentir a vista escurecer por causa da pressão, mas conseguiu sair da mira do alemão e tornou a mergulhar, subindo em seguida. Mas se surpreendeu ao ver que Whernstrong passou a subir vertiginosamente, com longas chamas saindo pelos escapamentos das duas turbinas.

Era um chamado final. O alemão estava confiante que, graças a seus pós-combustores, conseguiria se manter subindo por mais tempo que Ricardo. O brasileiro seguiu o Me-262 apontando seu avião para cima. Os dois caças subiam utilizando a potência máxima.

Normalmente, as turbinas Jumo 004 não permitiam que os Me-262 subissem a mais de 12.000 metros. Disso muito se aproveitaram os pilotos do Esquadrão Ouro, que com seus aviões especialmente equipados com as confiáveis turbinas J-3 para impulsão de emergência conseguiam atingir altitudes maiores. Agora Ricardo pilotava o D-115 e em testes já havia conseguido atingir os 14.000 metros.

O brasileiro torcia desesperadamente para que o modelo experimental de que seu inimigo dispunha não lhe desse vantagem.

Os jatos foram subindo e Ricardo chegou a ter Whernstrong na mira por um instante, disparando brevemente seus canhões de 20 milímetros mais como desafio do que para atingi-lo. Os dois aviões agora subiam quase emparelhados e os pilotos se olhavam fixamente através das capotas.

Já haviam passado dos dez mil metros. Depois onze mil. Doze mil e subindo...

Ricardo olhou por um instante para o altímetro e viu os treze mil metros chegando e passando. Os quatorze mil metros se aproximavam e uma luz começou a piscar no mostrador de rotações da turbina número 3. O motor começava a falhar.

Ele manteve a pressão. A guerra já havia acabado, mas Whernstrong nem pensava em abandonar a batalha. Ricardo sabia que o alemão iria matá-lo com muito prazer, e talvez até pensasse em depois se entregar aos pilotos do Esquadrão Ouro que chegavam. Já deveria saber que os aliados andavam atrás da tecnologia alemã e possivelmente pensasse em trocar seus serviços por sua liberdade no pós-guerra.

O brasileiro estava decidido a não permitir que aquilo ocorresse.

A luz do motor número 1 começou a piscar, o altímetro marcava 14.200 metros, mas nesse momento algo aconteceu com Whernstrong.

Ricardo conseguiu ouvir, vindo do Me-262, um barulho como um estrondo abafado e subitamente suas duas turbinas apagaram.

Whernstrong ainda se manteve no ar por uma fração de segundo antes que seu caça virasse e caísse.

Ricardo ainda subiu por alguns segundos e por um instante contemplou o negrume do céu, algumas estrelas até se tornando visíveis. Ele enxergou bem ao longe a curvatura do planeta. Finalmente, manobrou o D-115 e partiu ao encalço de Whernstrong.

O alemão girava descontroladamente e chamas saíam de maneira alternada pelos motores. Ele tentava ligá-los, mas as turbinas não respondiam.

Mas Whernstrong ainda era perigoso e disparava sempre que via o borrão, representando o D-115 de Ricardo, diante de si.

Ricardo procurou mirar com todo o cuidado, ao mesmo tempo esquivando-se dos disparos dos 4 mortíferos canhões do Me-262, quando subitamente sentiu algo batendo em seu caça. Um instante depois uma dor lancinante atravessou seu ombro.

Whernstrong, mesmo caindo, conseguira acertar alguns disparos e estilhaços entraram na cabine. Um deles penetrou no ombro de Ricardo, que gritou de dor. Mas procurou ignorá-la e concentrando-se ao máximo finalmente enquadrou o Me-262 em sua mira.

Pensou em dar ao alemão uma última chance de rendição, mas decidiu que ele não merecia isso. Apertou o gatilho e disparos de 20 milímetros atingiram em cheio o jato inimigo, que passou a soltar fumaça.

Mas Ricardo não parava de atirar, mergulhando atrás do alemão a mais de 1.000 km/h. Atirava e atirava, arrancando grandes pedaços do inimigo, e finalmente o caça perdeu uma das asas. No instante seguinte foi coberto pelas chamas no exato momento em que acabava a munição de Ricardo. Continuando a ignorar a terrível dor, ele reduziu a potência e curvou suavemente à esquerda, a tempo de ver o Me-262 explodir em chamas.

Ricardo deu uma longa volta e finalmente viu o que restava do jato alemão cair ao solo e produzir uma grande bola de fogo. Não havia paraquedas visível no ar.

O brasileiro sentiu a vista escurecer por um momento, mas em um último esforço controlou-se, apontando finalmente seu jato avariado rumo a França. Ao longe divisou quatro pontos escuros, que logo se revelaram como dois XP-80 americanos escoltando dois D-84, o bimotor multifuncional que fora o maior sucesso da Aeronáutica Dumont na guerra.

Ainda naquela noite, depois de uma visita à enfermaria da base, Ricardo foi enviado para a Base Ouro, nas proximidades de Oxford, na Inglaterra.

O dia 8 de maio de 1945 amanheceu radiante e ensolarado, e todos os soldados e oficiais do Esquadrão Ouro estavam perfilados diante do hangar principal da base. Um palanque fora rapidamente montado e nele estava boa parte do Alto Comando britânico.

Winston Churchill fez questão de estar presente, e em seu discurso relembrou os momentos desesperados, mas gloriosos na Batalha da Inglaterra, quando foi concebido o Esquadrão Ouro como um grupo de pesquisa de elite para anular a vantagem tecnológica nazista.

— E, se hoje celebramos o fim da guerra e a vitória da civilização sobre a barbárie, boa parte do mérito cabe a vocês. Por isso muito obrigado, e parabéns! Esta vitória é de todos nós!

Ricardo, com o braço enfaixado, mas usando a farda social como todos os outros, se uniu às palmas arrebatadoras e ao clima de celebração. Nunca ele havia visto tantos dos companheiros caírem no choro, e sentiu as lágrimas encherem seus olhos ao lembrar dos amigos que não estavam ali para celebrar o final da guerra, mas também de alegria pelo fim daquele drama de tantos anos.

Kirk aproximou-se dele, também com os olhos vermelhos, e os dois amigos finalmente se abraçaram, ficando assim por longos minutos. Nenhuma palavra era necessária. Os sentimentos eram quase dolorosamente óbvios.

O próprio Churchill veio ter com eles. Seus companheiros ao redor tentaram avisá-los, mas o Comandante pediu que os deixassem. Finalmente Kirk e Almeida se largaram, ficaram em posição de sentido e o major bateu continência.

— Tenho uma última coisa para você, meu caro Ricardo.

Churchill estendeu-lhe uma pequena caixa, que Ricardo apanhou agradecendo. Dentro, um conjunto de insígnias, que o próprio Churchill apanhou e colocou em sua farda, dizendo:

— Parabéns, coronel Almeida. Você mereceu! Uma homenagem sem dúvida pequena diante de nossa eterna gratidão.

Quem estava ao redor bateu palmas, e o primeiro-ministro tomou a iniciativa de abraçar o oficial. Ficaram assim alguns instantes, e Churchill murmurou "obrigado", visivelmente emocionado, ao menos três vezes.

Ricardo e Kirk acompanharam o primeiro-ministro e seu staff. Churchill precisava encontrar-se com o Alto Comando Aliado. Muitas decisões precisavam ainda ser tomadas, como organizar o pós-guerra na Alemanha, sem esquecer que a guerra no Pacífico contra o Japão ainda continuava.

— Rapazes, vocês merecem um descanso — disse o primeiro-ministro a Kirk e Almeida. — Tirem uns dias de folga.

Ricardo parecia distante e Churchill, antes de entrar no carro, perguntou:

— Ricardo, meu bom jovem, o que foi?

O brasileiro tinha uma expressão cansada, e finalmente respondeu:

— Desculpe, Comandante. Estes últimos dias foram extenuantes. E ontem, realmente...

— Sei, meu amigo. Mas o perigo nazista passou, todos esperamos! Considere-se em férias, mas gostaria que se mantivesse nas proximidades. Nunca se sabe, podemos precisar de suas habilidades novamente.

— É mesmo, Ricardo — disse Kirk.

— Ninguém é insubstituível, meus caros — respondeu Almeida subitamente.

Todos ficaram surpresos, e o brasileiro completou:

— Primeiro-ministro, estou muito cansado. Parece que todo o peso do mundo caiu sobre mim após ouvir a notícia do final da guerra. Comandante, se não se importa, gostaria muito de voltar para casa, ver minha família...

Churchill a princípio exibiu uma expressão carregada. Mas em seguida, surpreendendo a todos, voltou a trocar um longo abraço com o amigo brasileiro, completando em seguida:

— Espero que nos vejamos novamente e em breve, meu jovem!

Ricardo agradeceu aquela legendária figura, e respondeu:

— É uma promessa, Comandante!

Churchill entrou finalmente no carro e logo sua comitiva se afastava. De todas as partes chegavam notícias sobre as comemorações com o final da guerra. O pessoal do Esquadrão Ouro, encerrada a celebração, foi tratar de suas responsabilidades, enquanto Kirk e Ricardo andavam um tanto sem rumo pelo pátio da base.

— E então, Ricardo? Ou devo dizer Coronel Almeida? O que vai ser a seguir? Que tal irmos visitar o Professor no Brasil?

Ricardo lançou um olhar ao redor, que se demorou mais em algum ponto indefinível no horizonte, e finalmente respondeu:

— Agora que a guerra acabou temos um mundo novo e bem diferente diante de nós. Apenas isso é desafio suficiente.

Os dois amigos concordaram, enquanto acima deles um grupo de aviões de todos os tipos, que participaram da revoada da vitória sobre Oxford, passaram em rasante brilhando ao Sol.

A vitória contra a tirania, finalmente havia chegado.

GUIA DE REFERÊNCIAS
CONFORME A ORDEM DE MENÇÃO:

Supermarine Spitfire: caça britânico produzido em maior quantidade na Segunda Guerra Mundial. Considerado um dos melhores e mais belos aviões de caça de todos os tempos, era caracterizado pelas asas de formato elíptico e teve inúmeras versões, baseadas em terra ou em porta-aviões (a versão naval era o Seafire). Era equipado com o legendário motor Rolls-Royce Merlin V-12, e versões construídas após 1943 receberam um motor maior da mesma marca, o Griffon. Alguns destes modelos receberam a capota em gota descrita na história. Houve previsões de outros motores, mas tais versões nunca foram construídas. A versão fictícia que descrevemos aqui é uma destas.

Hawker Hurricane: era o caça disponível em maior quantidade durante a Batalha da Inglaterra (que em nossa realidade aconteceu entre 10 de julho a 31 de outubro de 1940). Sua estrutura era em tubos e coberta de tela e lona, tornando-o muito resistente a danos em batalha, e usava o mesmo motor Merlin do Spitfire. Contudo não era tão veloz, e logo se tornou ultrapassado.

O projeto da turbina a gás foi desenvolvido quase ao mesmo tempo, a partir de meados da década de 1920, pelo inglês Frank Whittle e o alemão Hans Joachim Von Ohain. O primeiro avião a jato do mundo foi o alemão Heinkel He-178, que voou em 27 de agosto de 1939. Os ingleses fizeram voar o Gloster E28/39 em 15 de maio de 1941. Depois os alemães experimentaram o He-280, que foi abandonado, e em 1944 entrava em serviço o Messerschmidt Me-262, único caça a jato a combater outros aviões na Segunda Guerra Mundial. O primeiro jato em serviço foi o inglês Gloster Meteor, semanas antes do Me-262 para caçar as bombas voadoras V-1 alemãs. O Gloster Meteor foi também o primeiro avião a jato a operar no Brasil, tendo servido na Força Aérea Brasileira.

Boulton Paul P-82 Defiant: um interessante projeto de caça que fez seu primeiro voo em outubro de 1937, armado unicamente com uma torre com 4 metralhadoras atrás do *cockpit* do piloto, e operada por um artilheiro. Outros caças a hélice do tempo traziam suas armas nas asas ou na fuselagem, e o Defiant logo mostrou que não teria sucesso contra a maior agilidade destes últimos. Terminou sua carreira como caça noturno, equipado com um dos primeiros radares aerotransportados.

A designação ás nasceu ainda na Primeira Guerra Mundial, quando a taxa de sobrevivência dos pilotos era baixíssima. Assim, estabeleceu-se que quando um piloto abatesse cinco adversários no ar, receberia o título de ás, o que ocorre até os dias de hoje.

A empresa Hawker produziu alguns protótipos quando percebeu que o Hurricane se tornava ultrapassado. O Tornado utilizava um imenso motor Rolls-Royce Vulture, com 24 cilindros dispostos em 4 fileiras formando um X. Outro projeto era o Typhoon, com motor Napier Sabre com 24 cilindros em H, mais compacto, que teve maior sucesso. Depois o Typhoon foi sucedido pelo Tempest e pelo Fury, considerados entre os melhores caças do conflito. Por volta de 1939-40, o Tornado recebeu para testes o motor Bristol Centaurus, com 18 cilindros em dupla estrela (radial) e refrigerado a ar, tornando-se um avião bem superior. Mas as autoridades inglesas consideraram um motor a ar menos eficiente, e o projeto foi cancelado.

Rolls-Royce Merlin: motor que foi produzido em maior quantidade que boa parte dos demais propulsores das aeronaves aliadas, equipando caças e bombardeiros principalmente da Inglaterra. Era um V-12 de cerca de 24 litros de capacidade cúbica, e suas versões sempre mais aperfeiçoadas permitiram que a potência passasse de cerca de 1050 HP até mais de 2000 HP nas versões do final da guerra. Foi usado também no melhor caça do conflito, o americano North American P-51 Mustang, e ainda hoje é utilizado em versões de corrida dos velhos caças a pistão da Segunda Guerra Mundial.

Messerschmidt Me-109: principal caça alemão da Segunda Guerra Mundial. Similar em tamanho e performance ao Spitfire inglês, era equipado com um motor Daimler-Benz V-12 equipado pioneiramente com injeção de combustível, que o fazia melhor em mergulhos invertidos e em elevadas altitudes do que os caças ingleses. Assim como o Spitfire, seu trem de pouso estreito era um problema na decolagem ou pousos, mas foi o caça escolhido pela maioria dos ases alemães. O modelo Me-110 era um caça pesado bimotor que se pretendia usar para escoltar bombardeiros, mas que se revelou inadequado para enfrentar os ágeis caças monomotores. Terminou sua carreira como caça noturno equipado com radar.

Dornier Do-335: fez seu primeiro voo em 1943, e trazia um motor na frente e outro na parte de trás, ambos Daimler-Benz similares aos do Me-109. Foi uma ousada aposta no desempenho, chegando a atingir 765 km/h. O Mustang americano, por exemplo, chegava a cerca de 720, e o Spitfire britânico, em suas versões mais aperfeiçoadas, a 705 km/h. Contudo, tal como outras armas avançadas alemãs, felizmente seu uso foi absolutamente insuficiente para alterar o curso da guerra.

Armstrong-Whithworth Whitley: um dos primeiros bombardeiros utilizados pela RAF na Segunda Guerra Mundial. Equipado com dois motores Merlin não era dos mais velozes, mas foi responsável, em 19 de março de 1940, pelas primeiras bombas jogadas sobre a Alemanha desde a Primeira Guerra Mundial. Logo superado por aviões mais modernos, foi, entretanto, usado em outras funções, inclusive caçador de submarinos equipado com radar. E a ideia de um bombardeiro pesadamente armado com metralhadoras para se defender foi de fato utilizada pelos norte-americanos com os Boeing B-17 e outros tipos, mas não foi bem-sucedida devido ao desempenho dos novos caças. A solução foi empregar caças de escolta, sendo o melhor deles o P-51 Mustang.

Robert Goddard: pioneiro norte-americano na pesquisa de foguetes, e o primeiro a conseguir fazer voar um foguete propelido com combustíveis líquidos, em 16 de março de 1926. Suas pesquisas foram avançando, em meados de 1941 ele já lançava projéteis bem maiores. Apenas após o uso pelos alemães da Bomba V-2 o governo americano passou a apoiar fortemente a pesquisa de Goddard.

Werner von Braun: maior cientista alemão de foguetes, e sob sua supervisão foram realizados os primeiros testes com a Bomba V-2 em 1942. Em 1944 esses mísseis começaram a cair sobre Londres, mas essa ofensiva, felizmente, foi demasiado tardia para alterar o curso da guerra. Ele finalmente se rendeu aos americanos antes da queda da Alemanha, e foi o responsável por vários projetos espaciais dos Estados Unidos, culminando com o Saturno-5, o foguete do Projeto Apollo que levou o homem à Lua.

O aparelho descrito é uma versão aperfeiçoada do Focke-Wulf Triebflügel, um dos muitos projetos secretos e revolucionários criados pela Alemanha nazista no final da Segunda Guerra Mundial. Era um interceptador de decolagem vertical com três asas giratórias, dotadas de motores a jato nas pontas. Na traseira, conforme descrito na história, havia motores a foguete. O projeto foi na realidade criado em 1944, mas jamais passou da fase de testes com modelos em túnel de vento. O modelo original da aeronave pode ser visto no cinema no filme *Capitão América: O Primeiro Vingador*.

Boeing B-17 Flying Fortress: bombardeiro de quatro motores desenvolvido durante os anos 1930, e que foi a principal aeronave dessa função da Força Aérea do Exército norte-americano (USAAF) durante a Segunda Guerra Mundial. Era utilizado principalmente em grandes formações em missões diurnas, a fim de garantir a precisão dos ataques. Tais missões sofreram pesadas baixas, mas o avião ganhou uma reputação de solidez em batalha, trazendo a maior parte das tripulações de volta mesmo após sofrer severos danos.

Republic P-47 Thunderbolt: um dos principais caças norte-americanos do conflito, foi produzido em grandes quantidades e serviu em vários países, incluindo o Brasil. Com a entrada em serviço do Mustang passou a ser mais utilizado em ataques ao solo. O Primeiro Comando de Caça da Força Aérea Brasileira teve atuação destacada no cenário europeu com o P-47, como pode ser conferido no documentário *Senta a Pua*.

Messerchmidt Me-163: uma das várias armas avançadas produzidas pela Alemanha nazista nos dois últimos anos da guerra. O Me-163 é, até hoje, o único avião propelido por motor foguete a entrar em serviço, e foi a primeira aeronave a exceder os 1.000 km/h logo após seu primeiro voo, em 1941. Com dois canhões de 30 mm podia derrubar um B-17 com somente três disparos, mas o reduzido número de aeronaves e seu alcance muito curto limitaram sua eficiência.

Messerchmidt Me-262: primeiro caça a jato operacional do mundo, voou pela primeira vez em 1942 e começou a ser utilizado em combate em abril de 1944. Uma das mais avançadas aeronaves da época, causou imensa preocupação na Inteligência dos Aliados, mas felizmente seu uso foi muito atrasado pela insistência de Hitler para que fosse adaptado para ataques ao solo. Mais veloz e pesadamente armado que qualquer aeronave aliada, também não foi capaz de alterar o curso da guerra.

North American Aviation P-51 Mustang: construído a pedido dos britânicos e inicialmente equipado com motor norte-americano Allison, o Mustang mostrou qualidades tais que a utilização do motor britânico Rolls-Royce Merlin, produzido sob licença pela Packard nos Estados Unidos, foi recomendada. Até a variante B o Mustang possuía a capota do *cockpit* do piloto integrada com a fuselagem, recebendo finalmente no modelo D a capota ou *canopy* bolha que se tornaria padrão em todos os caças. Quando foi dotado de tanques auxiliares sob as asas os Aliados conseguiram o que parecia impossível: escoltar os bombardeiros até Berlim, protegendo-os das investidas dos pilotos alemães. Consta que Hermann Göring, comandante da Luftwaffe, a Força Aérea Alemã, disse: "Quando vi os Mustangs sobre Berlim, percebi que a guerra estava perdida". Considerado o melhor caça com motor a pistão de todos os tempos, o P-51 derrotou até mesmo os jatos Me-262 e muitos exemplares continuam voando com pilotos particulares até hoje. Evidentemente só poderia ser ele o principal caça do Esquadrão Ouro!

Comboios, Batalha do Atlântico: a mais longa campanha militar da Segunda Guerra Mundial. Os comboios de navios mercantes, escoltados por vasos de guerra, eram o meio de os Aliados abastecer tanto a Grã-Bretanha quanto a União Soviética. Por sua parte, a Alemanha nazista contra-atacava com seus submarinos, os U-Boats. Por um longo tempo o Comando Aliado temeu que os nazistas obtivessem a vitória no mar, dada a quantidade de navios afundados pelos submarinos. O aperfeiçoamento de técnicas como o radar e o sonar, além de mais navios e porta-aviões leves de escolta dos comboios e aeronaves de longo alcance finalmente fizeram a maré da guerra virar em favor dos Aliados.

Consolidated B-24 Liberator: bombardeiro norte-americano contemporâneo do B-17. Dividiu com a outra aeronave o papel de atacar o Terceiro *Reich*, mas era menos manobrável e menos robusto que o B-17. Com longo alcance, foi muito utilizado nos teatros de operações do Atlântico e do Pacífico.

Tuskegee Airmen ou Esquadrão Red Tails: grupo formado principalmente por pilotos e tripulantes negros que lutou na Segunda Guerra Mundial, compondo o 332º Grupo de Operações Expedicionárias e o 477º Grupo de Bombardeiros. O nome vem do Instituto Tuskegee, que hoje é a Universidade de mesmo nome, situado na cidade de Tuskegee, no Alabama.

Também fazia parte do grupo o 99º Esquadrão de Caça, que voou o P-40, o P-47 e o P-51. Foi a pintura vermelha aplicada na cauda de seus P-47 que rendeu o apelido Red Tails.

Asa voadora: aeronave composta basicamente por uma asa, sem fuselagem separada e sem cauda. A ideia é reduzir a resistência do ar, melhorando assim a velocidade e o alcance de tal aeronave. Entre os modelos mais conhecidos estão o Northrop N-1M, Horten Ho 229, Northrop YB-35 e YB-49, e o atual Northrop B-2 Spirit, bombardeiro invisível ao radar e considerado o avião mais caro do mundo.

Packard V-1650 Merlin V-12: versão norte-americana, produzida sob licença, do Rolls-Royce Merlin britânico. Com doze cilindros em duas fileiras formando um V, possuía capacidade de 1650 polegadas cúbicas, ou 27 litros. Muitos o consideram o melhor motor a pistão, em qualquer aplicação, já construído.

Consolidated XB-32 Dominator: bombardeiro concorrente do B-29 caso o avião da Boeing não atingisse as capacidades projetadas. Somente 118 foram construídos e utilizados em missões no Pacífico.

Boeing B-29 Superfortress: Construído às pressas durante a Segunda Guerra Mundial, foi dotado de muitas inovações avançadas para a época, como cabine pressurizada e torretas de armas defensivas de controle remoto. Foi utilizado a partir de 1944 somente no teatro do Pacífico, e dois exemplares foram utilizados para lançar as bombas atômicas em Hiroshima e Nagazaki, provocando a rendição do Japão e encerrando a Segunda Guerra Mundial. Exemplares que pousaram em território soviético foram copiados pelos russos, dando origem ao Tupolev Tu-4, criando uma linhagem que levou aos Tu-16 e Tu-20/95.

Bomba V-1: Vergeltungswaffe 1 no alemão, ou Arma de Vingança 1, foi desenvolvida a partir de 1939 no centro de pesquisas de Peenemünde, próximo à cidade de Wolgast, e passou a ser utilizada em 13 de junho de 1944, quando do primeiro ataque com essa arma a Londres. Tinha uma ogiva com 850 kg de explosivos e um alcance de 250 km, sendo movida por um motor do tipo pulso jato. Sua velocidade máxima era de 640 km/h, tornando-a passível de interceptação por caças aliados e também por artilharia antiaérea. Era lançada a partir de bases na França ocupada e da costa da Holanda, e mais de 9,500 foram lançadas somente contra a Inglaterra até o final da guerra.

Bomba V-2: segunda Arma de Vingança da Alemanha nazista, é considerada a maior realização tecnológica até então, sendo suplantada durante a Segunda Guerra Mundial somente pelo Projeto Manhattan, que produziu a bomba atômica norte-americana. Foi o primeiro míssil balístico do mundo, o primeiro foguete de grande porte bem-sucedido, e o primeiro objeto feito pelo homem a atingir o espaço em 20 de junho de 1944, quando a V-2 identificada pelo código MW 18014 chegou a 176 km de altitude. Seus primeiros esboços foram feitos pelo engenheiro Werner von Braun em 1937, após uma série de testes com foguetes menores. O primeiro teste bem-sucedido da V-2, então chamada de A-4, aconteceu em 3 de outubro de 1942, atingindo uma altitude de 84,5 km. Com uma ogiva de uma tonelada de explosivos, 14 m de altura e 12.500 kg de peso, a V-2 tinha um alcance de 320 km a uma velocidade de 5.760 km/h, ininterceptável com a tecnologia da época. Mais de 3.000

exemplares foram lançados contra alvos Aliados, principalmente Londres, Antuérpia e Liège. Felizmente a ofensiva foi muito tardia e em número insuficiente para alterar o resultado do conflito, e após o final da Segunda Guerra Mundial a V-2 foi utilizada nos primeiros testes para lançamentos espaciais por parte dos Estados Unidos e União Soviética. Em 24 de outubro de 1946 uma V-2 lançada em White Sands, Novo México, nos Estados Unidos, obteve a primeira fotografia da Terra tirada do espaço. Von Braun foi recrutado pelos norte-americanos e, anos depois, comandou o Projeto Apollo que levou o homem à Lua.

Urânio: elemento químico descoberto em 1789, é o último elemento natural da Tabela Periódica. Tem o número atômico 92 e número de massa 238,03, e é encontrado nos minérios de uraninita, euxenita, carnotita, branerita, torbenite e a coffinita. Tem os isótopos U-234, U-235 e U-238, e o U-235 é utilizado em aplicações como geração de energia nuclear e bombas atômicas. Para uma usina nuclear é necessário que o Urânio seja enriquecido, aumentando a quantidade de U-235 (o único que pode produzir a fissão nuclear), entre 3 a 5 %. Para uma arma nuclear esse enriquecimento é da ordem de 80 a 90 %. Vários métodos são utilizados para realizar esse enriquecimento, sendo o mais eficiente a utilização de centrífugas. No ataque atômico contra Hiroshima foi utilizada a bomba chamada de Little Boy, que funcionava à base de urânio.

XP-80: o Lockheed P-80 Shooting Star foi o primeiro caça a jato norte-americano a entrar em serviço. Dois exemplares pré-série participaram de poucas missões na Itália no final da guerra, e o tipo, renomeado como mF-80, tomou parte ativa na Guerra da Coréia. A Lockheed começou a desenhar outro tipo, o L-133, em

1939, terminando com uma proposta radical com asas principais na parte de trás da fuselagem, integradas a esta, e pequenas asas (*canards*) na frente. A então Força Aérea do Exército norte-americano (USAAF) preferiu a proposta da Bell com o XP-59 Airacomet, cuja performance deixou a desejar. Assim a Lockheed recebeu ordens para desenvolver o XP-80, o que fez em 143 dias em 1943. O Brasil operou 33 F-80C entre 1958 e 1973.

De Havilland Mosquito: aeronave de múltipla função com dois motores Merlin feita para a Real Força Aérea (RAF), na qual foi um dos tipos mais utilizados durante a Segunda Guerra Mundial. Construído em madeira para poupar os estoques de alumínio e outros metais, o Mosquito voou pela primeira vez em 25 de novembro de 1940, entrando em serviço no ano seguinte. Utilizado em missões de bombardeio, caça, caça noturno, reconhecimento e ataque, é considerado uma das melhores aeronaves da Segunda Guerra Mundial, derrubando até mesmo caças monomotores alemães bem menores que ele. O protótipo original, identificado pela sigla E-0234, está preservado junto a outros exemplares no Museu da De Havilland em Hertfordshire, Inglaterra.

North American B-25 Mitchell: bombardeiro médio bimotor norte-americano, voou pela primeira vez em 1941 e atuou em todos os cenários de guerra. Ganhou muita notoriedade quando uma esquadrilha de dezesseis exemplares decolou do porta-aviões Hornet para um ataque contra Tóquio e outros locais em Honshu, Japão, em 18 de abril de 1942, quatro meses após os ataques contra Pearl Harbor. A missão foi concebida e liderada pelo então tenente-coronel James Doolitle, e depois nomeada como Raid Doolittle em sua homenagem. Nosso Dumont D-84 é relativamente semelhante ao B-25, mas um pouco mais esguio e com cauda convencional.

Alberto Santos Dumont: inventor brasileiro e pioneiro da aviação, realizou diversas experiências com balões e dirigíveis que o levaram a conquistar o Prêmio Deutsch (*Deutsch de la Meurthe prize*) em 13 de julho de 1901, contornando a Torre Eifell em Paris com o Dirigível Número 5. Depois ele se voltou a máquinas mais pesadas que o ar, e em 23 de outubro de 1906 fez com seu 14-Bis o primeiro voo de uma aeronave que decolou, voou e pousou com seus próprios recursos no Campo de Bagatelle, em Paris. Esse voo pioneiro percorreu 220 metros, a uma altitude média de seis metros do chão. O 14-Bis era propelido por um motor Antoinette de oito cilindros em V, com 8,0 litros de deslocamento desenvolvendo 50 HP a 1.100 rpm. O motor era refrigerado a água e alimentado por injeção de combustível. O pioneiro teria como suas últimas aeronaves os Demoiselle 19 e 20, este último depois produzido em 50 exemplares. Santos Dumont é até hoje um herói no Brasil, e tinha a convicção de que a aviação poderia trazer uma era de paz e prosperidade para o mundo, por isso jamais tendo patenteado suas invenções, e publicado livremente seus projetos. Em 1931 retornou ao Brasil definitivamente, seriamente doente e deprimido pela esclerose múltipla. Seu estado piorou ao constatar o uso militar de aeronaves durante a Revolução Constitucionalista, e ele cometeu suicídio em 23 de julho de 1932. E como detalhe final, os franceses conheciam o 14-Bis como *Oiseau de Proie*, o que significa Ave de Rapina. Se o leitor é fã de certo universo televisivo e do cinema da ficção científica tanto quanto eu, então certamente está agora com um sorriso no rosto. E claro, este livro é dedicado ao grande pioneiro e herói Alberto Santos Dumont!

Focke-Wulf Fw 190: caça monomotor alemão largamente utilizado na Segunda Guerra Mundial ao lado do Me-109 já comentado neste guia. Quando surgiu em 1941 alguns pilotos aliados o chamaram de "Messerschmidt com motor radial", o que não condizia com a realidade. O FW-190 era um avião bem melhor que o Me-109, com um trem de pouso mais largo e estável, um motor radial mais confiável e mais pesadamente armado. Porém, como quase todos os ases alemães obtiveram suas vitórias com o Messerschmidt, o Focke-Wolf nunca pôde deixar sua sombra. Propelido por um motor radial de 14 cilindros em duas fileiras BMW 801, o FW-190 é o projeto mais conhecido do engenheiro Kurt Tank, que depois da guerra trabalhou por muitos anos na Argentina desenhando aeronaves.

Henschel Hs 293: míssil antinavio desenvolvido a partir de 1940. Propelido por um motor foguete, tinha uma ogiva explosiva de quase 300 kg e alcance de 2,2 a 8 quilômetros dependendo da altitude em que era lançada. O avião que a carregava precisava manter uma trajetória paralela a do navio alvo, mantendo-o na linha de visão a fim de guiar o míssil, e não podia realizar manobras evasivas caso fosse atacado. Mesmo assim a Hs 293 afundou vários navios aliados no curso da guerra.

Focke-Wulf Fw 200 Condor: tendo voado pela primeira vez em 1937 como aeronave de transporte comercial de passageiros, esse avião quadrimotor logo se tornou um bombardeiro, usado também em ataques contra navios. Seja atacando-os com bombas ou foguetes como a mencionada Hs-293, ou sinalizando a posição dos vasos aliados para os submarinos, o Condor mostrou-se muito efetivo, ganhando de Churchill o apelido "flagelo do Atlântico".

Com o desenvolvimento das táticas e das técnicas dos Aliados, o FW-200 mostrou-se um alvo fácil para os caças. Na versão civil de transporte de passageiros dois exemplares foram utilizados no Brasil, pela companhia Cruzeiro do Sul e pelo Syndicato Condor, subsidiária da Lufthansa no país.

Dornier Do 217: Bombardeiro bimotor desenvolvido a partir do Do-17. Introduzido em 1941, serviu até o final da guerra em todos os *fronts*, tendo melhor desempenho e capacidade do que o contemporâneo He-111 e as primeiras versões do Ju-88. Uma versão de caça noturno com radar também foi utilizada.

Troféu Schneider: Competição realizada, com intervalos, entre 1913 e 1931. Foi proposta por Jacques Schneider, entusiasta da aviação, que acreditava que hidroaviões e barcos voadores seriam o tipo de veículo ideal para integrar as nações, visto que podem pousar em qualquer superfície líquida sem a necessidade da construção de dispendiosos aeroportos. A competição foi responsável por grandes avanços no setor aeronáutico, notadamente no desenvolvimento de motores com os cilindros dispostos em linha ou em V e refrigerados a água, mais esguios do que os radiais refrigerados a ar. Com o tempo a velocidade pura se tornaram o grande objetivo das fábricas participantes, e esses desenvolvimentos são nítidos em aeronaves da Segunda Guerra Mundial como o Spitfire, o Mustang e o italiano Macchi C.202 Folgore. O último vencedor em 1931 foi o Supermarine S.6B, que estabeleceu as bases para o projeto do Spitfire, assim como seu motor V-12 Rolls-Royce R, de 2800 HP, deu origem ao Merlim. A competição de 1930 não aconteceu, somente na linha temporal em que nossa história acontece.

Tigres Voadores: oficialmente chamado de Primeiro Grupo Voluntário Americano (*First American Volunteer Group*, AVG) eram oficialmente membros da Força Aérea da República da China, usavam as cores daquele país mas voavam sob controle norte-americano. Recrutados pelo presidente Franklin Roosevelt e liderados por Claire Lee Chennault, eles defendiam a China contra as incursões do Japão. Atrasos fizeram o grupo entrar em ação somente em 20 de dezembro de 1941, 12 dias após Pearl Harbour. Os Tigres Voadores foram fundamentais no desenvolvimento de técnicas de combate aéreo, e seus feitos elevaram o moral dos Aliados no início da Segunda Guerra Mundial. Eles utilizavam o Curtiss P-40 Warhawk com a famosa arte de nariz (*nose-art*) com a boca de tubarão, depois copiadas inúmeras vezes em caças de várias forças aéreas. Confira também Joseph Sullivan logo abaixo.

FAB (Força Aérea Brasileira): em 28 de janeiro de 1942 o Brasil, finalmente, rompeu relações diplomáticas com os países do Eixo, declarando guerra em 22 de agosto do mesmo ano. O Ministério da Aeronáutica havia sido criado em 20 de janeiro de 1941, e a FAB em 22 de maio seguinte. O Primeiro Grupo de Aviação de Caça (1º GAVCA) chegou ao teatro de operações na Itália com 350 integrantes, sendo 43 pilotos. Em Livorno foi integrado ao 350º Grupo de Caça da Força Aérea do Exército norte-americano. Utilizando caças P-47 Thunderbolt as operações começaram em 11 de novembro. O símbolo usado pelo Primeiro Grupo de Caça até hoje foi criado no navio que levou os brasileiros para a Itália. A moldura verde-amarela representa o Brasil, o céu vermelho a guerra, o avestruz o piloto brasileiro que precisou se adaptar a outra alimentação, e o escudo azul com o Cruzeiro do Sul é o símbolo das Forças Armadas do Brasil. Senta a Pua é o grito de guerra do 1º GAVCA. Em 1986 o Primeiro Grupo de Caça recebeu do embaixador dos Estados Unidos e do Secretário da Força Aérea norte-americana a *Presidential Unit Citation*, que somente outras duas unidades estrangeiras receberam. Aos heróis brasileiros que lutaram na Segunda Guerra Mundial nosso eterno agradecimento!

Gloster Meteor: primeiro caça a jato britânico e uma aeronave a jato dos Aliados a combater na Segunda Guerra Mundial. Seu primeiro voo aconteceu em 1943, e o tipo entrou em operação em 27 de julho de 1944 com o Esquadrão 616 da RAF. Inicialmente eram utilizados somente para interceptar as bombas voadoras V-1, e os pilotos eram proibidos de voar sobre território ocupado pelos alemães, pelo receito de o jato ser capturado. O Meteor sofreu também desenvolvimento como caça noturno e aeronave de pesquisa, e nos pós-guerra foi utilizado em vários conflitos e voou por várias forças aéreas, incluindo a FAB.

Grumman F7F Tigercat: caça bimotor pesado desenvolvido para a Marinha e Corpo de Fuzileiros Navais norte-americano. Voou pela primeira vez em novembro de 1943, sendo liberado para serviço no ano seguinte. O modelo mostrou grandes qualidades, mas chegou tarde para lutar na linha de frente da Segunda Guerra Mundial. Tomou parte da Guerra da Coréia, quando já era amplamente superado pelos novos jatos, e foi aposentado em 1954.

Pratt & Whitney R-2800 Double Wasp: motor aeronáutico produzido de 1939 a 1960. Tem 18 cilindros em duas fileiras radiais ou estrelas de nove, e capacidade total de 2800 polegadas cúbicas, ou 46 litros. Como comparação, os antigos carros populares tinham 1,0 litro de capacidade, e os últimos Fuscas produzidos no Brasil 1,6 litros. Aproveito para recomendar, já que falamos no carro mais simpático do mundo, meu universo de fantasia, terror e folclore Vó Nena e os Caçadores, onde um dos personagens recorrentes é o Fusca Azul assombrado (daí a infame brincadeira) dirigido pela veterana caçadora de assombrações e monstros.

Atlântida: lendário continente perdido mencionado pelo filósofo grego Platão em Timeu e Crítias. Conforme escreveu era uma nação muito adiantada, situada além das Colunas de Hércules, e dominou amplas regiões da Europa e África em cerca de 9600 a.C. Esse relato inspirou inúmeros outros, e pesquisadores e aventureiros a procuraram em vários cantos do mundo, até mesmo no Brasil.

Joseph Sullivan é um personagem do filme que foi uma das inspirações para a criação do universo de *Céu de Guerra*. Não poderia deixar de prestar um tributo e pequena homenagem a essa produção de 2004 que tem no elenco Gwyneth Paltrow, Jude Law, Giovanni Ribisi e Angelina Jolie além de, claro, um P-40 Warhawk.

Fuzileiros Navais: *United States Marine Corps* (USMC) é parte das Forças Armadas norte-americanas, especializada em operações anfíbias e expedicionárias. Os Fuzileiros Continentais foram formados em 10 de novembro de 1775, e em seu formato atual em 11 de julho de 1798. A Arma opera suas próprias aeronaves, utilizando para isso bases terrestres espalhadas pelo mundo, suas próprias embarcações e os porta-aviões da Marinha norte-americana. Durante a Segunda Guerra Mundial os Fuzileiros tiveram um papel central no combate contra as forças japonesas no Pacífico. O F-4U Corsair foi operado em bases terrestres pelos Fuzileiros com extraordinários resultados durante o conflito.

Vought F4U Corsair: considerado entre os melhores caças a pistão de todos os tempos, esse caça norte-americano voou pela primeira vez em 29 de maio de 1940, inovando pelo maior motor e maior hélice já instalados em um caça, com 4.06 m de diâmetro. O primeiro era o R-2800 já mencionado, com o qual o protótipo atingiu 640 km/h, ou 400 milhas por hora, em 1 de outubro de 1940. Devido ao tamanho da hélice as asas foram projetadas no famoso formato de asa de gaivota invertida, e as primeiras unidades sofriam com o trem de pouso que os fazia saltar durante o pouso, sendo considerados inadequados para porta-aviões. Assim os Corsair operaram com os Fuzileiros em bases em terra, subjugando com facilidade os melhores caças japoneses. O Corsair, resolvidos os problemas iniciais, passou também a ser operado a partir de porta-aviões, ganhando fama como um dos melhores caças do conflito, dominando o campo de batalha e gerando várias versões, inclusive um caça noturno com radar instalado na asa. Como era comum no período, a aeronave foi fabricada nos Estados Unidos por outras empresas, incluindo a Brewster e a Goodyear. Esta fez a versão F2G, chamada de Super-Corsair, de que falaremos daqui a pouco.

Heinkel He-111: principal bombardeiro alemão no início da Segunda Guerra Mundial, voou pela primeira vez em 24 de fevereiro de 1935. O avião foi apresentado como aeronave civil, pois na época ainda estavam em vigor as proibições impostas à Alemanha após a Primeira Guerra Mundial. No entanto a fuselagem esguia traía seu propósito militar, e a aeronave foi utilizada com muito sucesso durante as primeiras batalhas. Contudo, na Batalha da Grã-Bretanha, as limitações do He-111 em termos de armamento defensivo ficaram evidentes. Ele continuou a ser utilizado e continuamente aperfeiçoado, servindo em todas as frentes da guerra, carregando bombas, torpedos e até mesmo a bomba voadora V-1 em versões experimentais. A produção se encerrou em setembro de 1944, quando s produção passou a ser concentrada em caças.

Dwight Eisenhower: líder militar e estadista norte-americano (14/10/1890-28/03/1969). General de cinco estrelas durante a Segunda Guerra Mundial, ele foi Comandante Supremo da Força Expedicionária Aliada na Europa. Também conhecido pelo apelido Ike, planejou e supervisionou a invasão Aliada no Norte da África, batizada como Operação Torch, iniciada em 8 de novembro de 1942. Fez o mesmo com a invasão da Europa na Normandia, a Operação Overlord mais conhecida como Dia D, em 6 de junho de 1944. Em 1945 Ike previu que haveria no futuro uma negação do Holocausto, buscando descaracterizar os crimes dos nazistas como propaganda. Para evitar isso ordenou uma extensa documentação em fotos e filmes dos horrores dos campos de concentração. Depois da guerra foi o primeiro Comandante Supremo da Organização do Tratado do Atlântico Norte (OTAN), e venceu as eleições presidenciais de 1952 e 1956 por larga margem. Após a União Soviética lançar o Sputnik 1, primeiro satélite artificial da Terra, em 4 de outubro de 1957, Eisenhower autorizou a criação da Agência Nacional de Aeronáutica e Espaço (NASA), levando à corrida espacial.

Operação Overlord, o Dia D: codinome da bem-sucedida invasão da Normandia em 6 de junho de 1944 pelos Aliados.

Cerca de 1500 aeronaves precederam mais de 5000 navios de guerra, transportando 160000 soldados através do Canal da Mancha. Inicialmente prevista para o dia 5, a operação foi atrasada devido ao mau tempo. A decisão por invadir a Europa ocupada pelos nazistas através do Canal foi tomada em maio de 1943 em Washington, e nos meses anteriores ao evento os Aliados realizaram a Operação Guarda-Costas, um conjunto de técnicas incluindo falsas mensagens de rádio para dar aos alemães informações erradas sobre a invasão. Uma semana depois da operação os Aliados já haviam desembarcado mais de 326000 soldados, 50000 veículos e 100000 toneladas de equipamento. No final de junho o importante porto de Cherbourg foi tomado, e até o final de agosto de 1944 as forças aliadas atingiram o Rio Sena, livraram a maior parte da França do jugo nazista, e Paris foi libertada em 25 de agosto de 1944. A partir daí os Aliados avançaram Europa adentro, garantindo a vitória na Segunda Guerra Mundial com a rendição da Alemanha em 8 de maio de 1945.

Charles De Gaulle: militar e estadista francês (22/11/1890-09/11/1970). Liderou a França Livre contra os nazistas durante a maior parte da Segunda Guerra Mundial, comandando a Resistência a partir de Londres, onde se refugiou. Entre 1944 e 1946 liderou o governo provisório, restabelecendo a democracia no país. Em 1958 foi convocado pelo presidente René Coty para ser primeiro-ministro, e foi eleito presidente no mesmo ano. Foi reeleito para o cargo em 1965, e renunciou em 1969.

Josef Stalin: Joseph Vissarionovich Stalin (18/12/1878-05/03/1953), ditador que comandou a União Soviética de 1927 até sua morte em 1953. Em seu regime calcula-se que por perseguição política, repressão, limpeza étnica, fome e outros motivos, um número entre 3 e 8 milhões de pessoas morreram. Durante os anos 20 e 30 o controle estatal da economia causou a rápida industrialização do país, mas também a chamada Grande Fome entre 1932 e 1933. Em 1939 assinou um pacto de não agressão com a Alemanha nazista, rompido com a invasão desta à União Soviética em 22 de junho de 1941. É consenso que nenhuma nação sofreu mais com os ataques do nazismo que a Rússia, mas sua reação, mais sua fenomenal máquina industrial, reverteu a maré da guerra, encerrando os conflitos na Europa com a tomada de Berlim em maio de 1945. Nos anos que se seguiram teve início a Guerra Fria contra os Estados Unidos, tornando-se ainda mais acirrada quando os soviéticos detonaram sua primeira bomba atômica em agosto de 1949. Seu sucessor, Nikita Khrushchev, denunciou os crimes de Stalin e iniciou uma campanha para eliminar o culto a sua personalidade.

Franklin Roosevelt: presidente dos Estados unidos entre 1933 e 1945 (30/01/1882-12/04/1945) superou a severa crise econômica da Grande Depressão iniciada em 1929 com sua política do *New Deal*. Manteve a nação neutra na primeira fase da Segunda Guerra Mundial, embora apoiasse econômica e diplomaticamente a Grã-Bretanha, a China e a União Soviética. Após o ataque japonês a Pearl Harbor, que chamou de "um dia que viverá na infâmia" declarou guerra ao Eixo. Roosevelt estruturou o esforço de guerra Aliado tornando a vitória sobre a Alemanha nazista uma prioridade. Ordenou a criação do Projeto Manhattan, que desenvolveu a tecnologia que permitiu a criação da bomba atômica, e deu os primeiros passos para a implementação da Organização das Nações Unidas (ONU). Foi o único presidente norte-americano a cumprir mais de dois mandatos.

CÉU DE GUERRA

Conferência de Casablanca: aconteceu entre 14 a 24 de janeiro de 1943 no Hotel Anfa em Casablanca, Marrocos, e estiveram presentes Franklin Roosevelt, Winston Churchill, Charles de Gaule e outras autoridades dos Aliados. Ali foi decidido o curso da Segunda Guerra Mundial até a rendição incondicional de cada membro do Eixo. Decidi incluir uma menção a esse evento como referência à minha primeira história de ficção científica, publicada como *e-book* no ano 2000.

LZ 129 Hindenburg: dirigível de transporte de passageiros alemão apontado como a maior máquina voadora já construída. Com uma tripulação de 40 a 61 membros, tinha uma capacidade de 50 a 70 passageiros. Media 245 m de comprimento, 41,2 m de diâmetro e um volume de 200.000 metros cúbicos. Era cheio com hidrogênio e voou pela primeira vez em 4 de março de 1936. Realizou 63 viagens até sua destruição, em 6 de maio de 1937 em um incêndio durante o pouso em Manchester Township, New Jersey, Estados Unidos. Até hoje é debatida a origem do desastre.

Barreira do som: o som viaja pelo ar em ondas, propagando-se a partir de sua fonte. Um objeto atravessando a atmosfera comprime o ar a seu redor, principalmente à sua frente. Em um avião em voo, quanto maior a velocidade, mais as ondas adiante dele se comprimem, acumulando-se quanto mais se aproxima da velocidade do som. Esta foi medida pela primeira vez pelo físico Ernst Mach, e é de aproximadamente 1226 km/h ao nível do mar, variando conforme a temperatura do ar. Por isso a velocidade do som é determinada como Mach 1. Esse fenômeno da compressibilidade das ondas sonoras adiante do avião foi sentido pelos pilotos durante a Segunda Guerra Mundial, causando trepidação e perda do controle da aeronave. Após a guerra muitos países se lançaram à pesquisa de aeronaves supersônicas, e em 14 de outubro de 1947 o piloto norte-americano Chuck Yeager (13/02/1923-07/12/2020), ás da Segunda Guerra Mundial com 11 vitórias confirmadas, incluindo uma sobre um Me-262, realizou o primeiro voo supersônico com o avião-foguete experimental Bell X-1.

Motor *ramjet*: motor a jato sem partes móveis, onde a queima de combustível acontece graças à pressão com que o ar é admitido em seu bocal de entrada, e comprimido em seus dutos internos. Esses motores só funcionam em velocidades bem acima da do som, por isso é necessário que o veículo tenha outro sistema de propulsão para o impulso inicial. Quando acionado, contudo, o *ramjet* permite atingir enormes velocidades.

***Ahnenerbe*:** organização nazista com o propósito de estudar a "herança ariana" e sua alegada superioridade. Comandada por Heirich Himmler, um de seus objetivos era descobrir informações sobre a Atlântida, de quem os alemães seriam descendentes. Himmler era fanático pelo oculto e astrologia, e a organização realizou diversas expedições pelo mundo, incluindo o norte da África, Índia e Tibete.

Einstein, Bohr, Rutherford: Albert Einstein (14/03/1879-18/04/1955) físico alemão mais conhecido por sua Teoria da Relatividade. Recebeu o Prêmio Nobel de Física em 1921 por suas contribuições no campo da física teórica, especialmente sua teoria do efeito fotoelétrico, que foi fundamental no estabelecimento da física quântica. Niels Bohr (07/10/1885-18/11/1962) físico dinamarquês cujo trabalho foi fundamental na compreensão da natureza e estrutura do átomo e para a física quântica. Entre os físicos que o auxiliaram e ampliaram o alcance de seu trabalho estavam o próprio Einstein, Erwin Schrödinger e Werner Heisenberg. Ernest Rutherford (30/08/1871-19/10/1937) físico e químico neozelandês que descobriu o conceito de meia-vida radioativa, comprovando que um elemento químico se transforma em outro pela desintegração radioativa. Por esse trabalho recebeu o Nobel de Química em 1908, sendo conhecido como o pai da física nuclear.

Carta de Einstein: em 1939 um grupo de cientistas, entre os quais o físico húngaro Leó Szilárd (11/02/1898-30/05/1964) fez uma tentativa de alertar o governo norte-americano a respeito das pesquisas alemãs sobre a energia atômica. A iniciativa não deu resultado, então Szílard se reuniu com Edward Teller e Eugene Wigner e visitaram Einstein para explicar-lhe as pesquisas sobre urânio e fissão nuclear, além dos cálculos de Szílard sobre reação em cadeia, conceito que ele desenvolveu. Einstein confessou que não havia considerado aquelas possibilidades práticas, e concordou em subscrever uma carta, utilizando seu imenso prestígio para convencer o presidente Franklin Roosevelt a dar atenção à questão. O presidente nomeou um grupo para estudar as afirmações dos cientistas, trabalho realizado entre 1940 e 1941. Após Pearl Harbor. o governo autorizou o início dos trabalhos para a produção da bomba atômica em 1942, sendo estabelecido o Projeto Manhattan. Em 1954 Einstein lamentou sua decisão de subscrever a carta, contrariando seus valores pacifistas, mas a justificou apontando o perigo de os nazistas construírem essa arma. Como curiosidade, Szílard tirou a ideia da reação em cadeia após a leitura do livro de ficção científica *The World Set Free* de H.G. Wells.

Foo-fighters: relatos de encontros de aviadores com luzes misteriosas durante a Segunda Guerra Mundial que permanecem como um dos mais duradouros mistérios daquele conflito. Entre as primeiras testemunhas encontram-se tripulações de bombardeiros B-17 avistaram pequenos objetos luminosos enquanto voavam em missão sobre a Alemanha. Logo inúmeros outros relatos foram divulgados, e eram frequentemente atribuídos a experimentos de armas secretas dos nazistas. Após o final da guerra e a consulta a arquivos dos alemães, descobriu-se que estes também se encontraram com objetos luminosos de similar aparência, e que da mesma forma não demonstravam hostilidade contra os aviões e suas tripulações. E os alemães atribuíram os estranhos objetos a armas secretas Aliadas. Entre as teorias para tentar explicar esses avistamentos está a de naves de procedência extraterrestre.

Lockheed P-38 Lightning: caça bimotor norte-americano cujo desenho muito distinto compreendia fuselagens duplas para cada motor, cauda também dupla e uma nacele central na asa onde ficava a cabine do piloto. Pilotos japoneses o chamavam de "dois aviões, um piloto". Muito bem-sucedido como caça de longo alcance, caça noturno e aeronave de reconhecimento, e foi o principal caça de escolta de bombardeiros no teatro do Pacífico até a chegada do Mustang. Voou pela primeira vez em 27 de janeiro de 1939, e seus dois motores eram Allison V-1710 V-12, o único motor refrigerado a água norte-americano a ser utilizado na Segunda Guerra Mundial. Tinha 1710 polegadas cúbicas de capacidade, ou 28 litros. Esse motor equipou os primeiros Mustangs, assim como os P-40, mas para uso no P-38 recebeu turbocompressor, tornando-o o melhor caça norte-americano em grandes altitudes do início do conflito. Como curiosidade cada motor desse bimotor girava em sentido contrário, a fim de o giro das hélices não influenciar o controle direcional da aeronave.

Poloneses da RAF: As Forças Aéreas Polonesas eram formadas por pilotos daquele país que fugiram após a invasão nazista de 1939. A maioria era composta por veteranos dessa fase do conflito, que tiveram atuação destacada durante a Batalha da Inglaterra, quando o número de poloneses na RAF era de 145. Até o final da guerra 19400 poloneses serviram na RAF.

Foguete A-9: entre 1933 e 1945 cientistas a serviço da Alemanha nazista desenvolveram a Família Agregada de Foguetes (*Aggregat series*) da qual o membro mais conhecido e bem-sucedido foi a V-2. Um dos projetos foi precisamente uma V-2 lançada a partir de submarinos, mas não exatamente como apresentado neste livro, e sim como um contêiner rebocado por um U-Boat até sua posição de lançamento no mar. Com a invasão Aliada da Europa ocupada, Von Braun e outros cientistas foram pressionados a desenvolver versões de maior alcance da V-2, e uma ideia de 1939 era a de equipar esses foguetes com asas, a fim de que o míssil pudesse planar na fase final de seu voo, ampliando seu alcance para cerca de 750 km. Por sua parte, trabalhos no A-9 começaram em 1940 com os primeiros estudos como uma versão maior e alada da V-2. Logo esse desenho foi agregado ao *Projekt Amerika*, um míssil intercontinental com capacidade de atingir os Estados Unidos, e lançado sobre um primeiro estágio chamado A-10. A ideia inicial, em 1940, era que esse foguete tivesse seis motores iguais aos da V-2, logo substituído por um só motor muito maior, com capacidade de empuxo de 200 toneladas. Como os sistemas de direção da época foram considerados imprecisos para essa distância, o A-9/10 seria guiado por um piloto. O A-10 teria 20 m de altura e lançaria o A-9 a cerca de 4300 km/h. Então o segundo foguete atingiria 10080 km/h a 56 km de altitude, cobrindo 4000 km em cerca de 35 minutos, caindo verticalmente sobre o alvo. O A-10 seria recuperado após cair de paraquedas para ser reutilizado. Felizmente esse projeto nunca saiu do papel. Os cientistas alemães também desenharam o A-11, que seria o estágio inicial colocado abaixo do A-10 e do A-9, com capacidade de colocar uma carga de cerca de 300 kg em órbita da Terra. Von Braun publicou seus desenhos em 1946. E ainda houve o A-12, que seria o primeiro estágio de um enorme foguete que teria o A-11 como segundo estágio, o A-10 como terceiro e o A-9 compondo o quarto estágio. Este teria capacidade de inserir 10 toneladas em órbita terrestre.

Junkers Ju-88: bombardeiro bimotor alemão que realizou seu primeiro voo em 21 de dezembro de 1936. A ideia em torno de sua construção era fazer uma aeronave tão veloz que dispensasse a escolta de caças, pois os inimigos não conseguiriam interceptá-lo. Produzido até 1945 em mais de 15000 exemplares, foi um dos mais versáteis aviões do conflito, e entre suas versões estão caça pesado, caça noturno, torpedeiro, aeronave de reconhecimento e até bomba voadora. Projetos dele derivados, como os Ju-188, Ju-288 e Ju-388 terminaram por ser descontinuados em favor do crescente número de versões especiais do Ju-88.

Heinkel He 219 Uhu: caça noturno alemão que voou pela primeira vez em 6 de novembro de 1942. Foi uma das primeiras aeronaves a desde o início possuir radar, e o primeiro avião militar com assentos ejetáveis. Um grande avanço diante dos demais caças bimotores alemães, era também uma resposta ao Mosquito britânico, e três unidades pré-série, em junho de 1943, abateram 20 aeronaves da RAF ao longo de dez dias, incluindo seis Mosquitos. Somente cerca de 300 exemplares foram construídos, e caso estivessem disponíveis em maior número, poderiam ter dificultado muito os bombardeios aliados.

Jogos Olímpicos de Berlim de 1936: 11º Jogos Olímpicos da Era Moderna, aconteceram de 1 a 16 de agosto em Berlim. O evento foi utilizado por Hitler como plataforma de propaganda da alegada supremacia da raça ariana, frustrado pelas 4 vitórias do norte-americano Jesse Owens (12/09/1913-31/03/1980) nas competições de salto em distância, 100 metros rasos, 200 metros rasos e revezamento 4 por 100, sendo até hoje aclamado como o herói que destruiu o mito da pretensa superioridade ariana. A menção à Olimpíada de 1936 acontece também por ter sido a primeira a ser transmitida por televisão, tendo cobertura ao vivo ao longo de 70 horas pelo Serviço Postal Alemão, utilizando equipamento da Telefunken. A transmissão da abertura dessa Olimpíada foi o primeiro sinal de televisão forte o suficiente para se propagar para o espaço, fato utilizado pelo astrônomo e divulgador científico Carl Sagan em seu livro Contato.

Arado Ar-234 Blitz: primeiro bombardeiro a jato do mundo, serviu na Luftwaffe de 1944 até o final da Segunda Guerra Mundial. Seu primeiro voo aconteceu em 15 de junho de 1943 e ele foi utilizado principalmente como aeronave de reconhecimento. Nas missões de bombardeio mostrou-se quase impossível de interceptar por parte dos Aliados. Foram construídas versões com quatro motores ao invés dos dois originais, e com radar para utilização como caça noturno. Foi utilizado em missões de reconhecimento sobre o território invadido pelos Aliados após o Dia D, e em abril de 1945 tornou-se a última aeronave da Alemanha nazista a sobrevoar a Inglaterra. Os pilotos apreciavam a aeronave, e dos 214 construídos o único sobrevivente foi restaurado e está exposto no *New Steven F. Udvar-Hazy Center* nas proximidades de Fairfax, Virginia, Estados Unidos. Essa instituição é um anexo do Museu Nacional Smithsonian do Ar e do Espaço.

Grumman F-6F Hellcat: caça norte-americano que foi a principal aeronave da Marinha desse país na metade final da Segunda Guerra Mundial. Considerado uma das melhores aeronaves do conflito, foi construído com o objetivo de sobrepujar o temido A6M Zero japonês. Maior, mais potente e melhor protegido, tinha armamento pesado para dominar os céus do Pacífico, sendo utilizado pela Marinha e Fuzileiros Navais, além de outros países Aliados. Tinha o mesmo motor R-2800 do Corsair e do P-47, e 12275 deles foram produzidos em pouco mais de dois anos, após o primeiro voo em 26 de junho de 1942, destruindo um total de 5223 aeronaves inimigas.

Yakovlev Yak-3: caça soviético que foi considerado o melhor utilizado por aquele país na Segunda Guerra Mundial. Pequeno e altamente manobrável, era considerado um duro adversário no combate próximo ou *dogfight*, tendo voado pela primeira vez em 28 de fevereiro de 1943. Foram construídos 4848 exemplares.

Goodyear F2G Corsair: também conhecido como Super-Corsair, foi uma variante desenvolvida pela Goodyear e equipada com o motor Pratt & Whitney R-4360 Wasp Major de 28 cilindros. Seu primeiro voo foi em 15 de julho de 1945, e o plano era que fosse um interceptador. Entre as inovações estavam uma capota bolha acompanhada da fuselagem rebaixada na parte de trás. Contudo o desempenho se revelou como insuficiente, demandando maiores desenvolvimentos. A era do jato já se impunha, e o F2G teve somente dez unidades construídas. Somente dois exemplares existem hoje, o de número 88454 exposto no Museu do Voo em Seattle, Washington, e o 88458, que ainda tem condições de voo e tomou parte de diversas corridas aéreas. O monumental motor radial R-4360 tem 28 cilindros dispostos em quatro estrelas de sete cilindros, e um deslocamento de 4362,5 polegadas cúbicas, ou 71,489 l. Os modelos iniciais desenvolviam 3000 HP, e os seguintes 3500 HP. Foi o último motor a pistão desenvolvido pela Pratt & Whitney, e chegou tarde para lugar na Segunda Guerra Mundial. Além do F2G equipou no pós-guerra várias aeronaves, das quais as mais notáveis foram o Boeing B-50 Superfortress, uma versão mais avançada do B-29, o cargueiro Fairchild C-119 Flying Boxcar e o bombardeiro Convair B-36 Peacemaker.

Pilha nuclear de Enrico Fermi, 1942: construída em uma quadra de squash sob o campo de futebol americano da Universidade de Chicago, esse foi o primeiro reator nuclear construído pela humanidade. Conhecida por *Chicago Pile 1* (CP-1) era formada por blocos de urânio e grafite, com hastes de cádmio, índio e prata e descrita pelo supervisor do projeto, o físico italiano Enrico Fermi, como "uma pilha de tijolos pretos e vigas de madeira". A pilha custou 2.7 milhões de dólares, e continha 22000 pastilhas de urânio, 380 toneladas de grafite, 40 toneladas de óxido de urânio e seis toneladas de urânio metálico. Não havia qualquer proteção contra radiação, nem sequer sistema de refrigeração. Fermi convenceu todos os responsáveis que seus intrincados cálculos estavam certos, e que a reação em cadeia não sairia do controle e nem haveria uma explosão. A construção começou em 16 de novembro de 1942, e o reator atingiu uma reação nuclear autossustentável em cadeia em 2 de dezembro, pela primeira vez na história, o que foi fundamental para o Projeto Manhattan. Enrico Fermi (29/09/1901-29/11/1954) recebeu o Prêmio Nobel em 1938 por seu trabalho de indução da radioatividade por bombardeio de nêutrons e pela descoberta dos elementos transurânicos. Tais elementos não ocorrem naturalmente, e são produzidos por reações nucleares. Após o teste nuclear chamado Ivy Mike, em 1952 um elemento artificial ali encontrado, de número atômico 100, foi batizado de *fermium* em sua honra. O cientista italiano é também conhecido pelo Paradoxo de Fermi, por em uma conversa com colegas a respeito de avistamentos de objetos voadores não identificados e vida extraterreste, argumentou que diante do colossal tamanho do universo e a grande probabilidade de as estrelas distantes possuírem seus próprios planetas, muitos deles com condições de abrigar vida, ainda não encontramos sinais evidentes desta, nem de civilizações extraterrestres. Essa questão ainda é uma das mais importantes a serem respondidas.

Ogiva radioativa, bomba suja: também chamado de dispositivo de dispersão radiológica, a teoria a descreve como uma arma explosiva convencional dotada de algum elemento radioativo a ser disperso pela explosão. O objetivo é contaminar a maior área possível, mas na prática, diante das fontes disponíveis, o tipo e a quantidade de material radioativo que poderiam ser usados em uma bomba suja não seriam suficientes para causar danos severos à saúde ou morte. Há muito existe o temor de que terroristas possam construir uma arma desse tipo, mas os especialistas afirmam que seus efeitos não seriam tão graves.

Um exemplo do que poderia ser foi o acidente radiológico de Goiânia, acontecido entre setembro de 1987 e março de 1988. Catadores de sucata entraram em uma clínica de radioterapia abandonada e levaram uma cápsula contendo césio 137 em pó. Várias pessoas tiveram contato com o material, das quais 249 foram contaminadas, 151 mostraram sinais de contaminação no interior e exterior do corpo, 20 ficaram seriamente doentes e 5 morreram. A tragédia mostrou que elementos radioativos em pó como o césio 137 podem ser muito perigosos, porém caso fossem espalhados por uma grande área por um dispositivo explosivo seus efeitos seriam muito reduzidos.

Revistas Pulp: revistas de baixo custo produzidas entre 1896 até o final dos anos 1950 nos Estados Unidos. O nome se deve ao papel grosseiro e barato, de polpa pouco prensada e baixa durabilidade, no qual eram impressas. O auge dessas publicações, a maioria voltada para a ficção científica, fantasia e horror, se deu entre 1920 e 1950. Representavam uma fuga da realidade através da literatura para milhões de trabalhadores e imigrantes, especialmente na época da Grande Depressão. O ano de 1896 é marcado pela transformação da *Argosy*, uma revista antes voltada ao público masculino e que passou a publicar ficção. Inúmeras outras, dedicadas a vários gêneros incluindo faroeste, aventura, mistério e sobrenatural surgiram nos anos seguintes. Entre as publicações mais conhecidas estavam a *Weird Tales Magazine*, a *Amazing Stories Magazine* e a *Astounding Stories Magazine*, cujo editor John W. Campbell é considerado uma das mais importantes figuras na popularização da ficção científica, prezando por textos com temas diferentes e alta qualidade, tornando o gênero respeitado pelo elevado nível dos autores e os temas que discutiam. Conan, Tarzan, Zorro e Sombra foram alguns dos personagens a surgirem nessas revistas de capas sempre coloridas e com cenas fantásticas. Entre os autores que iniciaram nas *pulps* e hoje são lendas da literatura fantástica estão Isaac Asimov, Ray Bradbury, H.P. Lovecraft, Arthur C. Clarke, Philip K. Dick, Robert E. Howard, Edgar Rice Burroughs, Agatha Christie, Philip José Farmer, Frank Herbert e inúmeros outros. A esses mestres um eterno obrigado pelas histórias e pela inspiração!

Buck Rogers: personagem de ficção científica criado por Philip Francis Nowlan para a história *Armageddon 2419 A.D.*, publicada na revista *pulp Amazing Stories* em agosto de 1928. No ano seguinte o personagem reapareceu em uma tira de quadrinhos no sistema *Syndication,* publicada em diversos veículos. Logo as aventuras do herói que fica em animação suspensa e desperta no século XXV migraram para outras mídias, como os quadrinhos, o rádio, cinema e televisão. A mais recente foi Buck Rogers no Século 25 (*Buck Rogers in the 25th Century*) da rede NBC, que ficou no ar entre 1979 e 1981, sendo estrelada por Gil Gerald como o capitão William "Buck" Rogers, Erin Gray como a coronel Wilma Deering e Tim O'Connor como Elias Huer.

Flash Gordon: o sucesso das tiras em quadrinhos de Buck Rogers inspirou outros autores e jornais a lançarem seus próprios personagens de ficção científica. Destes o mais famoso foi Flash Gordon, criado por Alex Raymond. Sua primeira publicação se deu em 7 de janeiro de 1934, e ele igualmente foi adaptado para outras mídias, sempre em sua batalha contra o impiedoso Ming, imperador do planeta Mongo. Entre suas encarnações mais famosas está o filme de 1980, no qual a arte original de Alex Raymond fazia parte dos créditos iniciais. Outro destaque foi a trilha sonora assinada pela banda *Queen*. Outra celebrada adaptação foi o seriado em animação produzido pela *Filmation* entre 1979 e 1980, intitulada *The New Adventures of Flash Gordon*. Além disso, foi produzida ainda a animação Defensores da Terra, que tomou várias liberdades em relação ao material original, e na qual Flash Gordon contracenava ao lado do Fantasma e de Mandrake, ambos criações de Lee Falk.

Estação espacial circular: o conceito científico de uma estrutura em órbita da Terra e habitada por longos períodos surgiu nos trabalhos do cientista russo Konstantin Tsiolkovsky (17/09/1857-19/09/1935). Em 1929 o engenheiro de foguetes e pioneiro da astronáutica eslavo Herman Potočnik (22/12/1892-27/08/1929) publicou o livro O Problema da Viagem Espacial – O Motor Foguete (*Das Problem der Befahrung des Weltraums - der Raketen-Motor*). Na obra ele descreveu como poderia ser colocada uma estação espacial em órbita da Terra, para observações do planeta e propósitos pacíficos ou bélicos, propondo de forma pioneira que fosse uma estrutura redonda e giratória, a fim de produzir gravidade artificial. Werner von Braun aperfeiçoou essa ideia e a publicou em 1951 no periódico *Collier's Week* em 1951. A ideia foi explorada por muitos autores de ficção científica, apareceu em capas de inúmeras revistas *pulp*, e apareceu com grande destaque no filme 2001: Uma Odisseia no Espaço (2001: A Space Odyssey) filme de 1968 baseado na obra homônima de Arthur C. Clarke e dirigido por Stanley Kubrick.

Curtiss P-40 Warhawk: caça norte-americano cujo primeiro voo se deu em 14 de outubro de 1938, tendo sido utilizado também por diversas nações aliadas, incluindo o Brasil. Era equipado com o motor Allison V-1710 V-12, embora algumas versões tenham utilizado o Packard Merlin, e seus primeiros combates foram nas campanhas do Oriente Médio e norte da África. Como seu motor não possuía compressor, era inferior em desempenho em maiores altitudes, e muitos o consideram uma aeronave inferior a outras mais bem sucedidas, como o Mustang e o P-47. Entretanto, o P-40 foi muito utilizado, além das regiões já mencionadas, no sudoeste do Pacífico e na China. Barato e resistente, garantiu que mais de 200 pilotos aliados de vários países se tornassem ases. Em novembro de 1944 sua produção foi encerrada com 13738 unidades produzidas, das quais hoje existem 38 exemplares em condições de voo.

Valentina: "trabalhos altamente secretos têm sido realizados em uma região remota do estado de Nevada". Evidentemente é uma menção à famosa e misteriosa Área 51, objeto de inúmeras teorias conspiratórias e que já apareceu em vários filmes, seriados e livros.

Convair B-58 Hustler: XB-58 era a designação do protótipo deste bombardeiro supersônico norte-americano, e é comum a designação com a letra X para a unidade inicial de toda nova aeronave militar dos Estados Unidos até hoje. O Hustler foi o primeiro bombardeiro operacional capaz de voar a Mach 2, ou duas vezes a velocidade do som, e seu primeiro voo se deu em 15 de novembro de 1956, sendo operado pela Força Aérea norte-americana de 1960 a 1970. Para atingir esse desempenho foi utilizada uma asa em delta, comum a vários caças a jato desse período. A ideia original para a aeronave veio de do Estudo Generalizado de Bombardeiro (Gebo II) divulgado em fevereiro de 1949 pelo Comando de Desenvolvimento e Pesquisa Aérea sediado na Base Aérea Wright-Patterson. Dessa forma, o Dumont D-114 descrito nesta obra, que divide os mesmos conceitos, foi somente um pouco adiantado em relação ao original.

Dumont D-115: espero que a descrição do caça mais avançado da Aeronáutica Dumont seja suficientemente precisa para que o leitor identifique a fonte de inspiração. Caso reste dúvida, basta lembrar-se de um saudoso seriado de ficção científica do final dos anos 1970, cuja abertura começava com estas palavras: "Existem aqueles que creem que a vida aqui começou lá em cima. Bem distante no Universo, com tribos de humanos que podem ter sido os antepassados dos egípcios, ou dos toltecas, ou dos maias. Seres que podem ser irmãos do homem, e que até agora lutam para sobreviver em algum lugar muito além daqui".

"Agosto de 1939, com grande admiração a meu amigo, I. Jones"; "Em 1936 enfrentou um aliado dos nazis, um francês chamado Belloq, que escavou o que acreditava ser uma poderosa relíquia de uma localidade egípcia conhecida como Tanis". Será que preciso mesmo dizer o nome do personagem homenageado nesta cena, e cujo encontro com o grande Santos Dumont imaginei como inevitável nessa época? Os filmes desse personagem estrearam em 1981, 1984, 1989 e 2008.

ENIAC: Computador e Integrador Numérico Eletrônico, foi o primeiro computador eletrônico, digital, programável e de propósito geral construído. Seu projeto e construção foi financiado pelo Comando de Pesquisa e Desenvolvimento do Exército norte-americano, e o contrato para sua construção assinado em 5 de junho de 1943. O ENIAC foi completado em 1945 e acionado com finalidade prática em 10 de dezembro desse ano. Em 14 de fevereiro de 1946 foi apresentado para o público, e sua versatilidade chamou a atenção de cientistas e industriais. Seu propósito inicial era calcular tabelas de artilharia para o exército, e seu primeiro programa foram cálculos para verificar a viabilidade de construção de armas termonucleares, ou bombas de hidrogênio. O computador custou o equivalente a 6 milhões de dólares em valores atuais, tinha 70000 resistores e 18000 válvulas de vácuo, tudo consumindo 200000 watts de energia. Pesava 30 toneladas e ocupava uma área de 180 metros quadrados, e seu sistema operacional eram cartões perfurados. O ENIAC operou na Universidade da Pennsylvania até novembro de 1946, em seguida recebendo melhoramentos incluindo maior capacidade de memória, e foi transferido para o Campo Aberdeen em Maryland em 1947. Esteve em operação contínua até ser desligado, em 2 de outubro de 1955. Hoje vários de seus componentes estão espalhados por museus nos Estados Unidos e outros países.

Experimento Filadélfia: uma das teorias de conspiração mais duradouras que se conhece. A alegação é de que um experimento militar secreto foi realizado a bordo do destroier de escolta USS Eldridge em 28 de setembro de 1943, utilizando eletromagnetismo para tornar o navio invisível aos inimigos. O experimento teria supostamente ocorrido no Estaleiro Naval da *Phyladelphia*. A história teve origem em uma carta recebida pelo pesquisador ufológico Morris K. Jessup, ator do livro *The Case for the Ufo*. A correspondência descrevia o alegado experimento, acrescentando ainda que o Eldridge não só ficou invisível, mas também foi teletransportado para o estaleiro Norfolk na Virginia, viajou a outra dimensão onde encontrou seres alienígenas, e inclusive viajou no tempo. Alega-se ainda que vários marinheiros a bordo morreram, alguns ficaram loucos e outros foram fundidos ao metal da embarcação em decorrência do experimento. Ao longo dos anos várias versões da história foram publicadas, incluindo que o experimento teria utilizado a Teoria do Campo Unificado, que uniria os conceitos da Relatividade de Einstein com o eletromagnetismo e a física de partículas, algo que a ciência busca até os dias de hoje. Não existe absolutamente qualquer evidência a respeito do experimento, muito menos dos marinheiros que teriam sido vítimas dele. O próprio USS Eldrige foi lançado em 25 de julho de 1943, e comissionado em 27 de agosto do mesmo ano, estando na data apontada em sua viagem inaugural de teste nas Bahamas. Entre 4 de janeiro e 9 de maio de 1945 o navio cumpriu missões de escolta no Mar Mediterrâneo, e partiu de Nova York em 28 de maio de 1945 para serviço no Pacífico. Em 15 de janeiro de 1951 foi transferido para a Grécia, onde serviu sob o nome Leon. Descomissionado em 5 de novembro de 1992, foi vendido como sucata em 11 de novembro de 1999. O Experimento Filadélfia, entretanto, persiste como lenda urbana, tendo rendido um filme em 1984.

SOBRE O AUTOR

Renato nasceu em São Paulo em 04 de dezembro de 1969. Formou-se em Engenharia Eletrônica na FAAP em 1995, e poucos anos depois enveredou pelo jornalismo e pela escrita. Passou a contribuir com as revistas Ufo e *Sci-Fi News*, e tornou-se jornalista profissional graças aos artigos nelas publicados.

Pela revista *Sci-Fi News* escreveu colunas sobre a influência da ufologia e da ciência na cultura pop. Em dezembro de 2002, na edição 62, publicou sua primeira história em mídia física, o conto de ficção científica Zé da Pinga. Entre 2004 e 2006, também na Sci-Fi News, publicou a série de contos A Lista, que ainda hoje desenvolve.

Seu primeiro livro, "De Roswell a Varginha", foi publicado em 2008 pela Tarja Editorial, uma história envolvendo uma conspiração ligando os dois famosos casos da ufologia mundial. Baseado nessa escreveu vários contos, alguns dos quais foram publicados em seu segundo livro, Filhas das Estrelas, publicado em 2011. Participou ainda de diversas antologias, e continua publicando histórias e artigos em seu blog Escritor com R e na Amazon.

Em 2013 fez parte da primeira turma do curso de Oficina

de Roteiro do Senac Santo Amaro, e tem projetos de um filme e um seriado de ficção científica já registrados. Em 2016, na mesma instituição, fez o Workshop Roteiro de HQ, passando a desenvolver também nesta área vários projetos.

Em suas obras já explorou os mais variados temas, como alienígenas, conspirações, universos paralelos, realidades virtuais e alternativas, *steampunk, cyberpunk, dieselpunk,* folclore, vampiros, monstros (e seus caçadores) entre outros. Em 2020, ao lado de outros nomes da literatura fantástica no Brasil, participa da Coleção Fênix de Literatura Fantástica.

Se quiser conhecer mais sobre seu trabalho procure o blog Escritor com R (http://escritorcomr.blogspot.com/).

Instagram: @renatoa.azevedo

Made in the USA
Coppell, TX
28 May 2022